# MEMOIRES
*POUR SERVIR*
A L'HISTOIRE
DES
# HOMMES
ILLUSTRES.

*TOME XXI.*

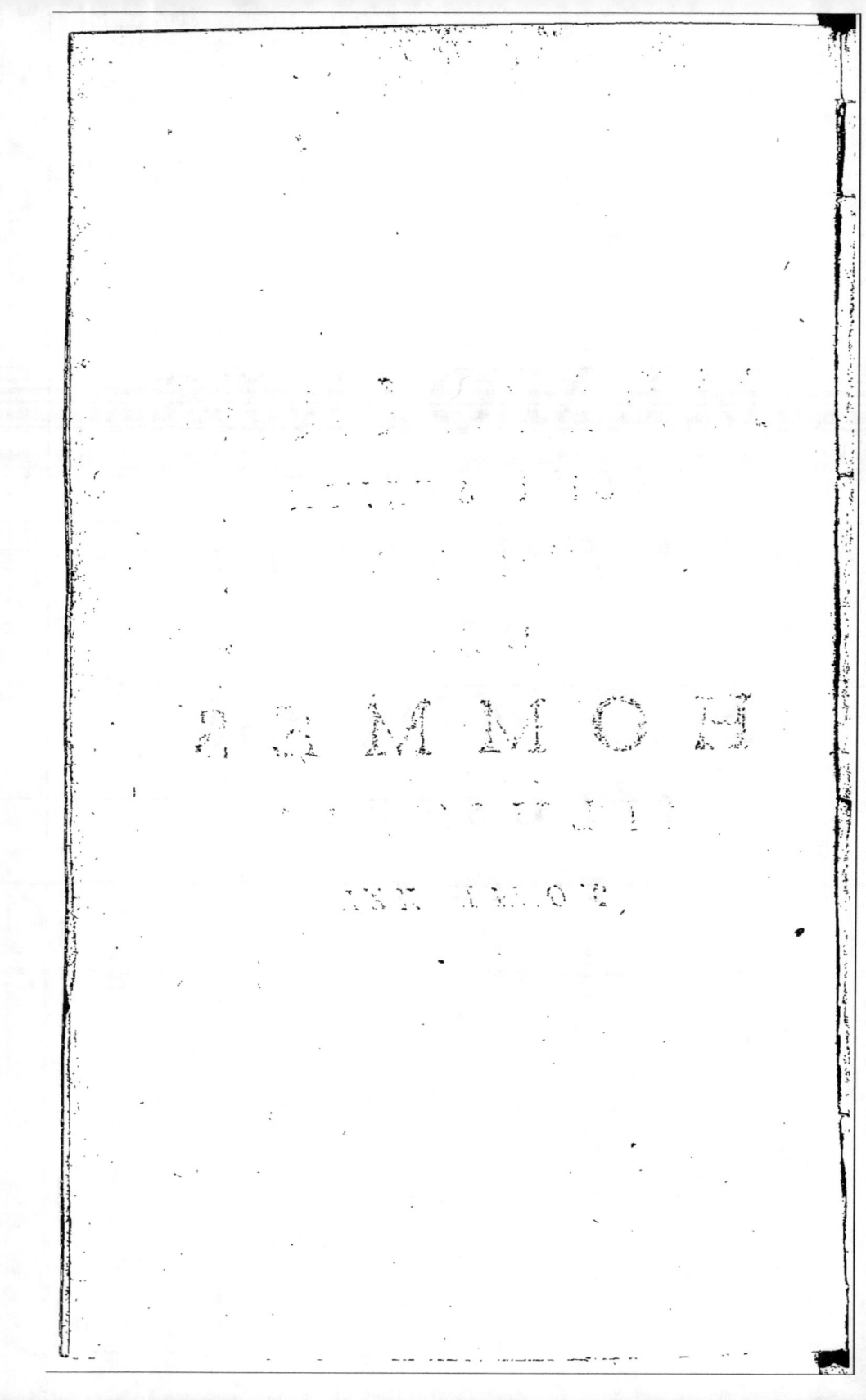

# MEMOIRES
*POUR SERVIR*
## A L'HISTOIRE
DES
## HOMMES
ILLUSTRES
DANS LA REPUBLIQUE DES LETTRES:

*AVEC*
UN CATALOGUE RAISONNE'
de leurs Ouvrages.

*TOME XXI.*

A PARIS,
Chez BRIASSON, Libraire, ruë S. Jacques, à la Science.

M. DCC. XXXIII.
*Avec Approbation & Privilege du Roy.*

# *TABLE ALPHABETIQUE des Auteurs.*

*Fin de la Table alphabetique.*

MEMOIRES

# MEMOIRES
## *POUR SERVIR*
## A L'HISTOIRE
## DES
# HOMMES
## ILLUSTRES
## *DANS LA RE'PUBLIQUE des Lettres.*

Avec un Catalogue raisonné de leurs Ouvrages.

---

## COELIUS SECUNDUS CURION.

C. S. CURION.

C*OELIUS SECUNDUS Curion*, naquit le 1r. May 1503. à *San-Chirico* dans le Piémont, de *Jacques Troter Curion*, homme noble, & allié aux meilleures familles du Pays, & fut le dernier de vingt-trois enfans.

C. S. CURION.

Son pere, qui avoit la meilleure partie de son bien à *Moncallier*, & qui y remplissoit quelque Charge, l'y fit venir dès son enfance, & l'y éleva jusqu'à sa mort. Les heureuses dispositions qu'il fit paroître de bonne heure pour les Sciences lui gagnerent l'affection de ses parens, qui en mourant lui laisserent, outre sa part de leur succession, la maison où ils demeuroient, quelques biens de campagne, & une Bible manuscrite enrichie d'ornemens fort singuliers.

Il n'avoit encore que neuf ans, lorsqu'il les perdit. Il avoit été jusques-là instruit par un Precepteur particulier; il alla ensuite à l'Ecole publique; mais cela ne suffisant pas à l'ardeur qu'il avoit d'apprendre, il passa à *Turin*, où il s'appliqua pendant quelques années à l'éloquence, à la Poësie & à l'Histoire sous les Professeurs qui y enseignoient. Il y étudia aussi le Droit Civil sous *François Sfondrate*, qui fut depuis Cardinal.

A peine avoit-il vingt ans, lorsqu'il entendit parler du bruit que les Livres de *Luther* & de *Zuingle*, faisoient en Allemagne. La curiosité lui fit souhaiter de les lire, & il n'oublia rien pour se les procurer. En ayant trouvé quelques-uns, il les lut avec avidité, & le plaisir qu'il y prit le séduisit tellement, qu'il résolut dès-lors de passer en Allemagne, pour embrasser leur créance. Il s'arrangea pour cela avec deux jeunes gens, de ses amis, qui étoient dans les mêmes sentimens que lui, *Jacques Corneille* & *François Guarin*, qu'on vit dans la suite Ministres, & ils convinrent ensemble de passer par le *Val d'Aoste*.

C. S. CURION.

Mais il leur arriva une disgrace, qui dérangea leurs projets. Comme ils s'entretenoient dans la route sur les matieres de la Religion avec une entiere liberté, & qu'ils ne ménageoient pas leurs expressions, on les dénonça à l'Evêque d'*Yvrée*, qui les fit arrêter & conduire au Château de *Capriano*.

*Curion* y fut en prison pendant deux mois, au bout desquels il obtint sa liberté par les sollicitations des amis qu'il avoit parmi la Noblesse du pays, & après que l'Evêque

G. S. CURION. lui eut recommandé très-serieusement d'être plus sage à l'avenir.

Ce Prélat ayant remarqué en lui de l'erudition & de l'esprit, voulut contribuer au progrès de ses études, & l'envoya avec des Lettres de récommandation à l'Abbaye voisine de *S. Benigne*, dont le Pape *Leon X.* lui avoit donné depuis peu l'administration.

Tout cela ne changea point les dispositions de *Curion*, qui ayant vû dans ce Monastere des Reliques de *S. Agapet* & de *S. Tiburce*, pour lesquelles le peuple avoit beaucoup de vénération, forma le dessein de les enlever. Comme on ne se défioit point de lui, la chose ne lui fut pas difficile. Il prit adroitement les Clefs de la Chasse où elles étoient renfermées, & aprés l'avoir ouverte, les remit à leur place, sans qu'on s'en apperçût. Il ôta ensuite à son loisir les Reliques, qu'il jetta de côté & d'autre, & mit à la place une Bible, qu'il avoit prise de la Bibliotheque du Monastere, avec ces mots écrits; *Hæc est Arca fœderis, ex qua vere sciscitari oracula liceat, & in qua vere*

*Sunt sanctorum Reliquiæ.* C. S.

Enfin voyant approcher un jour où l'on devoit porter ces Reliques en procession, il crut ne devoir pas s'exposer au peril qu'il couroit par la découverte de leur vol, & s'enfuit vers *Milan*, d'où il passa à *Rome*, & en plusieurs autres Villes d'Italie. CURION.

Après avoir satisfait sa curiosité, il retourna à *Milan*, où il demeura plusieurs années, occupé d'abord à s'instruire, & ensuite à instruire les autres; & il s'y acquit l'estime & l'amitié de plusieurs personnes de consideration. Il s'y fit surtout beaucoup d'honneur dans une peste violente, qui attaqua cette Ville, par le courage avec lequel il s'exposa au danger pour assister les malades, & par la charité avec laquelle il répandit sur les pauvres les liberalités qu'on lui faisoit.

La réputation qu'il acquit par-là lui procura en 1530. un mariage avantageux, & on lui fit épouser une jeune Demoiselle Noble, nommée *Marguerite Blanche Isaci*.

Après avoir fait cet établissement, il songea à se retirer en quelque Vil-

C. S. CURION.

le d'Italie, dont le séjour fût plus tranquille, qu'il ne l'étoit à *Milan*, & choisit *Casal* Ville Capitale du Montferrat. Il y demeura quelques années, au bout desquelles ses amis le solliciterent de retourner dans sa patrie, où sa présence étoit necessaire, parceque tous ses freres étoient morts, qu'il lui revenoit par-là une grosse succession, & que la seule sœur qui lui restât s'étoit emparée de tout.

Il alla donc faire un tour dans son pays, où sa sœur & son mari le reçurent fort bien, croyant qu'il n'y étoit venu que pour voir ses amis, & sans aucun dessein de leur faire rendre compte. Mais lorsqu'il commença à entamer cette matiere, ils changerent entierement de conduite à son égard. Sa sœur lui fit d'abord entendre qu'il n'étoit pas en sûreté à *Moncallier*, & qu'on pouvoit lui faire des affaires, par rapport à la Religion; & le détermina par-là à se retirer dans un lieu du voisinage nommé *Ramoni*, qui appartenoit à un *Claude de Savoye*. Ce qu'il fit d'autant plus volontiers, qu'il croyoit pouvoir y arranger ses affaires avec sa sœur sans

C. S. CURION.

aucun peril, & retourner à *Moncallier*, quand les bruits qui s'étoient répandus sur son sujet seroient dissipés.

Au reste, pour n'être point entiérement oisif en ce lieu, il se chargea de l'instruction de quelques jeunes gens de la premiere Noblesse du pays, & acquit aussi l'amitié de leurs parens.

Un jour qu'il étoit dans un Village voisin, avec quelques personnes de consideration, il y entendit prêcher un Jacobin, qui y étoit venu de *Turin* pour cela. Ce Moine s'emporta violemment contre les Lutheriens, & sans s'embarasser s'il n'alloit pas au-delà de la verité, en vint jusqu'à dire que *Luther* n'étoit bien reçû en Allemagne, que parce que sous prétexte de la liberté Chrétienne, il permettoit à ses sectateurs de s'abandonner à toutes sortes de desordres; qu'outre cela il nioit que Jesus-Christ fût Dieu, & fût né d'une Vierge.

Lorsque le Sermon fut fini, *Curion* choqué des discours du Jacobin, demanda au Curé permission de dire quelque chose; lorsqu'il l'eut obte-

C. S·nu, *Vous avez, mon Pere*, dit-il au Moine, *attribué à* Luther *de terribles choses ; mais en quel endroit les dit-il ? pouvez-vous me marquer le Livre où il ait enseigné une telle doctrine* ? Celui-ci lui répondit qu'il ne pouvoit le lui marquer sur l'heure ; mais qu'il n'avoit qu'à venir avec lui à *Turin*, & qu'il les lui feroit voir, avec d'autres encore plus mauvaises. *Et moi*, dit Curion, *je m'en vais vous faire voir le Livre & l'endroit, où bien loin de dire ce que vous lui attribués, il enseigne précisément le contraire.* Là-dessus il tira de sa poche le Commentaire de *Luther* sur l'Epître aux Galates, & lut devant le peuple quelques endroits, qui contredisoient les discours du Moine.

CURION.

Cette lecture souleva alors tout le monde contre cet ignorant, qui s'étoit mêlé de parler de ce qu'il ne sçavoit pas, & causa une émeute parmi la populace, qui s'étant jettée sur lui le chargea de coups, & l'auroit assommé, sans le Curé, qui lui facilita les moyens de se sauver à *Turin*.

Il n'y fut pas plûtôt arrivé, qu'il porta ses plaintes à l'Inquisiteur, &

à l'Evêque. Celui-ci envoya sur le champ arrêter *Curion*, & on commença à lui faire son procès. On rappella l'enlevement des Reliques de l'Abbaye de *S. Benigne*, & le dessein qu'il avoit eu de se retirer en Allemagne, & il sembloit que rien ne pouvoit le soustraire aux peines les plus rigoureuses. Cependant l'Evêque sçachant que les principaux de la Ville étoient portés pour lui, ne voulut point se rendre responsable de l'évenement, & alla à *Rome* dans le dessein d'en parler au Pape, afin de ne paroître agir en tout cela que par ses ordres.

C. S. CURION.

Pendant son absence, celui qu'il avoit chargé de la garde de *Curion*, voulant le mettre plus sûrement, & dans un lieu qui fût ignoré de tout le monde, le fit transporter de nuit dans une maison particuliere, où il fut enfermé dans une chambre avec les fers aux pieds, & gardé à vûë.

Le lendemain *Curion* reconnut qu'il avoit demeuré dans son enfance, dans la même maison, & dans la la même chambre où il étoit; & cette circonstance lui fit esperer qu'il

C. S. CURION.

pourroit trouver les moyens de se sauver. Les fers dont il étoit chargé y étoient un obstacle, & il fallut le lever. Comme ses pieds s'enfloient considerablement, il pria ses gardes de lui en laisser un libre, afin qu'ils pussent se désenfler l'un après l'autre. L'ayant obtenu il se forma une fausse jambe, qu'il garnit de bas & de souliers, & lorsqu'on vint pour lui transporter les fers d'un pied à un autre, il eut l'adresse de les faire mettre à cette fausse jambe. Se trouvant par-là entierement libre, il attendit la nuit que ses gardes fussent endormis profondément. Il ouvrit alors la porte de la chambre & sauta par une fenêtre assez basse dans la ruë. Ses gardes s'étant apperçus le lendemain de son évasion, publierent partout qu'elle s'étoit faite par magie; mais *Curion* découvrit la verité dans un Dialogue qu'il publia sous le titre de *Probus*.

Il ne fut plus alors question de songer à la succession paternelle, mais de s'écarter de ces lieux où il ne faisoit pas bon pour lui. Le plus sûr étoit de sortir entierement de l'Italie, mais il y étoit trop attaché, pour se déterminer si facilement à le faire. Il se proposa d'abord d'y chercher un lieu de retraite, ou il pût vivre inconnu ; il crut l'avoir trouvé à *Salo* dans le Duché de *Milan*, & il s'y rendit avec sa femme & ses enfans. C. S. CURION.

Quelques Seigneurs de *Milan* & de *Pavie*, qui passoient l'Eté dans leurs maisons de campagne, le déterrerent bien-tôt dans ce lieu, & l'engagerent comme malgré lui à aller à *Pavie*, & à y professer les Belles-Lettres.

Dès qu'on sçut qu'il étoit dans cette Ville, les Inquisiteurs eurent ordre de se saisir de lui, mais ils furent trois ans entiers sans en pouvoir venir à bout, parce qu'il demeuroit chez un des plus qualifiés du Pays, où l'on ne pouvoit l'arrêter, & que ses Ecoliers venoient en foule le prendre pour le conduire à son Ecole, & le reconduisoient de même.

Enfin le Pape ayant ordonné sous peine d'excommunication au Sénat de *Pavie* de l'arrêter, on lui facilita les moyens de sortir de la Ville, & il se retira à *Venise*. Comme le séjour

C. S. de cette Ville ne lui parut pas assez
CURION. sûr, il passa à *Ferrare*, où il vit la Duchesse *Renée de France*, qui lui conseilla de s'en aller à *Lucques*.

Il fut effectivement bien reçû dans cette Ville, & on lui donna une Chaire de Professeur; mais il n'y avoit pas un an qu'il y étoit, lorsqu'il vint de la part du Pape des ordres au Sénat de le faire arrêter. Le Sénat ne jugea pas cependant à propos d'en user si severement, & se contenta de lui faire dire de se retirer.

*Curion* vit bien alors qu'il lui falloit sortir pour toûjours de l'Italie. Ainsi ayant pris des Lettres de recommandation de la Duchesse de *Ferrare*, il se rendit en Suisse, où il fut fait Principal du College de *Lausanne*.

Il avoit laissé sa femme & ses enfans à *Lucques*, parce qu'il étoit incertain du lieu où il se retireroit; mais ayant trouvé une demeure fixe, il jugea à propos de les aller chercher. Il se rendit pour cela à *Pessa*, lieu voisin de *Lucques*, où il n'osoit pas aller; pendant qu'il les y attendoit, il vit durant son dîner entrer dans sa chambre le Barigel, qui lui déclara qu'il l'arrêtoit de la part du Pape. *Curion* voyant qu'il n'y avoit pas moyen de s'évader, se leva de table, & alla à lui avec son couteau, qu'il tenoit alors à la main. Le Barigel crut qu'il s'approchoit pour se défendre, & en eut une telle peur, qu'il tomba évanoüi. *Curion* profita de cette circonstance, descendit aussitôt, & passant au milieu des Sbirres qui étoient postés sur l'escalier, sans en être reconnu, monta à cheval & s'enfuit. Il rejoignit ailleurs sa femme & ses enfans, qu'il emmena avec lui à *Lausanne*, C. S. CURION.

Après quatre années de séjour en cette Ville, il passa en 1547. à *Basle*, où on lui donna une Chaire de Professeur en Eloquence & en Belles-Lettres, qu'il remplit avec beaucoup de réputation pendant ving-deux ans, c'est à-dire jusqu'à sa mort. Il s'étoit fait recevoir auparavant Maître-ès-Arts, pour se conformer aux Reglemens de l'Université de cette Ville, qui permettent seulement à ceux qui y ont quelque dégré, d'y être Professeurs.

C. S. CURION.

Pluſieurs Souverains firent en différentes occaſions des tentatives pour attirer *Curion* dans leurs Etats; mais il étoit trop attaché à l'Univerſité de *Basle* pour accepter les offres les plus avantageuſes qu'ils lui firent faire; & rien ne put jamais ébranler la réſolution qu'il avoit faite de finir ſes jours dans cette Ville.

Il y mourut le 24 Novembre 1569. dans ſa 67e. année.

De treize enfans, qu'il eut de ſa femme *Marguerite Blanche Iſaci*, ſept ſeulement parvinrent à un âge mûr, quatre fils & trois filles, dont je dirai quelque choſe plus bas.

Catalogue de ſes Ouvrages.

1. *Nucis Encomium.* Il fit ce petit Ouvrage dans ſa premiere jeuneſſe. Je ne ſçai quand il a paru, non-plus que le ſuivant.

2. *Probus*, *Dialogus*; j'ai marqué ci-deſſus l'occaſion qui lui fit compoſer ce Dialogue.

3. *C. Sec. Curionis Opuſcula. Baſileæ* 1544. *in*-8°. Les Opuſcules contenus dans ce Volume ſont les ſuivans.

*Araneus*, *ſive de Providentia Dei.*
*Libellus de Immortalitate animorum.*

*De liberis pie educandis.* C. S. CURION.

*Paradoxa Christiana.*

*Paraphrasis in Principium Evangelii S. Joannis.* Cette piece, qui a été inserée dans les *Mémoires Litteraires de la Grande Bretagne* par *la Roche*, tome 4. p. 262. fait voir qu'il n'étoit pas éloigné des sentimens des Sociniens.

*Adhortatio ad Religionem.*

*Oratio de ingenuis artibus, Lausannæ habita.*

*Oratio in Laudem Scribarum Collegii Ticinensis.*

*Orationes funebres duæ Papiæ habitæ, una in Nicolaum Invitiatum Alexandrinum, nobilem Grammaticum, altera in Joannem Jacobum Gambarum Pontificem Albingaunensem.*

*In Rolandum Trovamalum Salensem, qui pro Patria in carcere morbo confectus est, Laudatio.*

*Quatuor breves Orationes è Græco versæ.*

*Bernarchi Ochini sermo ex Italico versus.*

4. *Pasquillus Extaticus, non ille prior, sed tutus plane alter, auctus & expolitus; cum aliquot aliis sanctis pa-*

C. S. CURION. *riter & lepidis dialogis. Genevæ* 1544. *in*-8°. It. en Italien sous ce titre : *Pasquino in Estasi nuovo, è molto piu pieno ch'el primo ; insieme col viaggio del Inferno : aggiunte le propositioni del medesimo da disputare nel Concilio di Trento. In Roma in*-8°. It. trad. en François : *Les visions de Pasquille, avec Pasquille prisonnier, & le Dialogue de Probus, le tout traduit du Latin de Cœlius Secundus Curio* 1547. *in*-8°.

5. *Pasquillorum Tomi duo, quorum primo versibus ac Rhythmis, altero soluta oratione conscripta quam plurima continentur, ad exhilarandum, confirmandumque hoc pertubatissimo rerum statu pii lectoris animum, apprime conducentia. Eleutheropoli* (c'est-à-dire à *Basle*) 1544. *in*-8°. pp. 537. C'est une faute dans les *Mémoires de Litterature* de n'avoir donné à ce Recueil que 453 pages. On ne sçait pas au juste qui en est l'Editeur ; mais il est probable que c'est *Curion* ; car personne n'étoit plus propre que lui à donner un semblable ouvrage, ayant eu occasion pendant son séjour en Italie de ramasser toutes ces Pasquinades, & personne ne pouvoit aussi être plus porté

à

à le faire, puisqu'il trouvoit en cela un moyen de se venger en quelque maniere des maux qu'on lui avoit faits dans ce pays. Outre qu'il avoit déja composé des pieces dans ce goût-là, & que l'on trouve dans ce Recueil son *Pasquillus Extaticus*, p. 427. & son *Pasquillus Theologaster*, p. 282. Ce Recueil renferme des pieces très-satyriques, dont quelques-unes sont pleines d'esprit; il est extrêmement rare, & connu de peu de personnes. On en peut voir un extrait dans les *Mémoires de Litterature de Salengre*, tome 2. part. 2. p. 203. Cet Auteur s'y est trompé en disant que *Curion* étoit à *Basle* en 1544. lorsqu'on publia les *Pasquilli*. On a vû ci-dessus qu'il demeuroit alors à *Lausanne*, & qu'il ne fut à *Basle* qu'en 1547.

C. S. CURION.

6. *Forum Romanum. Basileæ* 1544. *in-fol.* Ce Dictionnaire Latin donné par *Curion*, n'est autre chose que le Trésor de la Langue Latine d'*Henri Etienne*, dont l'Editeur a supprimé le nom.

7. *Appiani Alexandrini Iberica Latine versa.* Cette version de l'Histoire des Guerres d'Espagne, d'*Appien*,

C. S. faite par *Curion*, se trouve dans les anciennes éditions Latines de cet Auteur, telles que celles de *Basle* 1544. *in-fol.* & de *Lyon* 1576. & 1588. *in*-12. Avec une Lettre du même *Curion* à *Boniface Amerbach*, contenant un détail de la vie de *Sigismond Gelenius*.

CURION.

8. *De Litteris, doctrinaque puerili libri quinque, & libellus de ratione docendi Grammaticam. Basileæ* 1546. *in*-8°.

9. *Pro vera & antiqua Ecclesiæ Christi autoritate in Antonium Florebellum Oratio. Basileæ* 1546. *in*-8°.

10. *Marii Nizolii observationes in Ciceronem, aucta per C. S. Curionem. Basileæ* 1548. *in-fol.*

11. *De omni artificio disserendi atque tractandi summa, cum Oratoriis quibusdam exercitamentis & juvenilibus quibusdam carminibus. Basileæ* 1547. *in*-8°.

12. *Christianæ Religionis institutio & de liberis educandis. Basileæ* 1549. *in*-8°. On remarque que dans le premier traité, il explique les articles de la Religion Chrétienne, sans dire un seul mot des trois Personnes Di-

vines ; nouvelle preuve de son Socinianisme. C. S. CURION.

13. *Commentarii in Joachimi Perionii de Dialectica libros tres. Basileæ* 1549. *in*-8°.

14. *Francisci Spieræ Civitatulani Historia ex Italica lingua in Latinam translata. Basileæ* 1549. *in*-8°.

15. *Oratio Honorii Traumani ad Milites pro tuenda libertate Germanica, ex Germanica lingua in Italicam ab alio, & deinde in Latinam à Curione translata. Basileæ, in*-4°.

16. *T. Livius, partim C. S. Curionis industria, partim collatione meliorum Codicum integritati restitutus, cum ejusdem Curionis Præfatione de Mensuris, Ponderibus, reque Numaria Romanorum & Græcorum, notisque Rhenani & Gelenii, & Chronologia Glareani. Basileæ* 1549. *in-fol.*

17. *Ciceronis Orationes Philippicæ cum notis Curionis : his accessere Orationes quatuor ejusdem argumenti ex Dione, eodem Curione Interprete & explicatore. Basileæ.* 1551. *in-fol.*

18. *Scholia in satyras Juvenalis & Persii.* Dans l'Edition de cet Auteur faite à *Basle* en 1551. *in-fol.* & dans d'autres.

C. S. CURION.

19. *Selectarum Epistolarum libri duo & Orationum liber unus. Basileæ* 1553. *in*-8°. It. avec les Oeuvres d'*Olympia Fulvia Morata*.

20. *In Ciceronis Topica Commentarius. Basileæ* 1553. *in*-8°.

21. *De Amplitudine beati Regni Dei libri duo* 1554. *in*-8°. Cette premiere édition ne porte point de nom de lieu ; mais elle fut faite à *Basle*, quoique *Curion* dans son Apologie dise que son fils *Horace*, la fit faire dans une Ville du Pays des Grisons. Une preuve qu'il n'a pas dit en cela la verité, c'est que *Jean Oporin* Libraire de *Basle* a mis cet Ouvrage dans la liste de ceux qu'il a imprimés. La seconde édition parut à *Gouda* en 1614. *in*-8°. La troisiéme est de *Francfort* 1617. *in*-8°. *Curion* a prétendu prouver dans cet Ouvrage que le nombre des Elûs est plus grand que celui des Réprouvés ; ce qu'il appuye sur ces raisons, entr'autres, que si le regne du Diable étoit plus étendu que celui de Dieu, Satan le surpasseroit en puissance ; que les Livres sacrés n'exalteroient point, comme ils font, les richesses de la

Misericorde de Dieu, s'il avoit résolu de ne sauver qu'un petit nombre d'hommes, & s'il avoit destiné les autres aux peines éternelles; que bien que l'Evangile n'ait pas été annoncé à plusieurs peuples, ils ne laisseront pas d'être sauvés, pourvû qu'ils ayent observé la Loy naturelle. Il fut attaqué sur ce dernier article, quatre ans après la publication de son Livre, par *Pierre Paul Vergerio*, qui dénonça sa doctrine comme erronée au Sénat de *Basle*. Ce qui l'obligea à composer son Apologie. *Teissier* a fait une faute bien grossiere dans ses additions aux *Eloges de M. de Thou*, lors qu'il a avancé que *Thomas Hyde* avoit dit dans le Catalogue de la Bibliotheque d'*Oxford*, que l'Auteur du Livre *de Amplitudine Regni Dei*, publié sous le nom de *Curion*, étoit *Thomas Vicarsius*. L'Editeur de ce Catalogue n'a rien dit de semblable. Il est vrai qu'en rapportant le titre du Livre en question, il marque au-dessus, & à côté du nom de *Curion*, celui de *Th. Vicarsius*. Mais pour peu qu'on connoisse ce Catalogue, on reconnoît d'abord, qu'il n'a voulu

C. S. CURION. marquer par-là qu'un Auteur qui avoit refuté *Curion* ; & en effet, lors qu'on cherche à l'article de *Vicarsius*, on y trouve : *Refutatio libelli de Amplitudine Regni Cœlestis. Oxonii* 1627.

22. *Librorum de Amplitudine Regni Cœlorum adversus Petrum Paulum Vergerium Apologia.* Inserée à la p. 600. du 12^e^. vol. des *Amœnitates Litterariæ. Francofurti* 1730. *in*-8°.

23. *Réponse abregée de Curion*, ( en Allemand. ) Cette Réponse, qui tend au même but que l'Apologie précedente, se trouve au même endroit p. 612.

24. *Schola, seu de perfecto Grammatico libri tres ; Item de Liberis honesto & pie educandis libellus. Accessit ejusdem Curionis de Grammatica Latina libri sex, & Sulpitii carmen de moribus & civilitate puerorum. Basileæ* 1555. *in*-8°.

25. *Joannis Cheki, Angli, de Pronuntiatione Græcæ potissimum linguæ disputationes cum Stephano Wintonensi Episcopo, septem contrariis Epistolis comprehensæ. Basileæ* 1555. *in*-8°. *Jean Cheke* passant à *Basle* pour aller en Italie, y fit connoissance avec *Curion*,

à qui il remit ces pieces pour les faire imprimer ; ce que *Curion* exécuta peu de temps après. C. S. CURION.

26. *Guilielmi Budæi opera omnia. Basileæ* 1557. *in-fol.* 4. *vol. Curion*, qui a eu soin de cette édition, a mis à la tête une fort longue Préface.

27. *M. Antonii Coccii Sabellici Rapsodiæ Historiarum ab orbe condito ad annum Christi* 1503. *cum supplemento ad annum* 1560. *Basileæ* 1560. *in-fol.* 4. *vol. Curion* a donné encore cette édition, sur laquelle on peut voir l'article de *Sabellicus* dans le 12^e^. tome de ces Mémoires p. 165. Il me suffira de dire ici qu'il est l'Auteur du supplément.

28. *Ciceronis Orationes cum notis. Basileæ* 1562. *in-8°.* 3. *volumes.*

29. *Olympiæ Fulviæ Moratæ opera omnia, cum eruditorum testimoniis & laudibus. Hyppolitæ Taurellæ Elegia elegantissima; quibus C. S. Curionis selectæ Epistolæ ac Orationes accesserunt. Basileæ* 1562. *in-8°.* It. *Ibid.* 1570. *in-8°. Curion* avoit été en grande liaison avec *Fulvia Morata*, & l'amitié qu'il avoit eu pour elle pendant sa vie, l'engagea à ramasser le

C. S. CURION. peu d'Ouvrages qu'il restoit d'elle pour les donner au public ; il y a joint quelques Ouvrages de sa façon, dont la plûpart avoient déja été imprimées en 1553. L'Elegie que *Curion* a inserée à la suite des Oeuvres de *Morata*, comme étant d'*Hypolite Torella* n'est point d'elle, mais de *Baltazar de Chatillon* son mari, parmi les Oeuvres duquel on la trouve dans l'Edition de *Venise* de 1534. *in*-8°. avec ce titre : *Bald. Castilionis Elegia, quâ fingit Hyppoliten suam ad seipsum scribentem. Paul Colomiés* est tombé dans la même erreur, en inserant cette Elegie dans le 36e. chapitre de ses κειμήλια *Litteraria*. Ces deux Sçavans ont contribué par-là à faire mettre au rang des Sçavantes, cette Dame ; qui cependant ne faisoit aucune profession de litterature. Ainsi on la voit en cette qualité parmi les Poëtes modernes dans les *Jugemens des Sçavans de Baillet*. N°. 1558. & dans l'Appendix de la Centurie des femmes sçavantes, que *Juncker* a jointe à son *Schediasma Historicum de Ephemeridibus Eruditorum. Lipsiæ* 1692. *in*-12.

30.

30. *Francisci Guichardini Historia Bellorum Italiæ, viginti libris, per Cœlium Secundum Curionem Latine reddita. Basileæ* 1566. *in-fol.* It. *Ibid.* 1567. *in* 4°. C. S. CURION.

31. *Logices Elementorum libri IV. Basileæ* 1567. *in*-8°.

32. *Ciceronis Partitiones Oratoriæ, cum C. S. Curionis explicationibus. Accessère ejusdem Curionis summa librorum Ciceronis de Oratore, & Juliani Severiani Rhetoricæ Artis Syntomata. Francofurti* 1567. *in*-8°.

33. *De Bello Melitensi anni* 1565. *Historia nova. Item Joannis Valettæ Melitensium Principis Epistola summam ejusdem Belli complexa. Basileæ* 1567. *in*-8o.

34. *Plautinæ Lectiones.* Insérées à la p. 340. d'un Ouvrage intitulé: *Eruditorum aliquot virorum de Comœdia & Comicis versibus Commentationes, itemque in Plautum annotationes & alia quibus totus ferè Plautus explicatur. Basileæ* 1568. *in*-8°.

Il faut dire maintenant quelque chose des enfans de Curion.

1. *Cœlius Horace Curion*, naquit l'an 1534. à *Casal.* Ses progrès dans

C. S. CURION. les Sciences furent fort rapides, & à l'âge de 20 ans, il fut reçû à *Pise* Docteur en Philosophie & en Médecine. Etant passé en Allemagne, il fut bien venu à la Cour des Empereurs *Ferdinand* & *Maximilien.* Il mourut le 15 Février 1554. dans sa 30e. année; & on lui fit cette Epitaphe, qui marque toutes les particularités de sa vie.

*DEO IMMOR. & V. S.*

*Hic situs est Horatius Curio C. S. C. F. Phil. & Medica Laurea anno ætatis suæ XX. Pisis donatus, cujus ingenium, prudentiam, & fidem admirati Reges, ejus opera in maximis negotiis sunt usi, & Ferdinando ejusque filio Maxiliano, Augustis, cognitus, ad intima Consilia adhibitus est, gravissimisque de rebus pro Christ. Reg. Bizantium missus, in ipso munere excessit è vita, magno sui desiderio non parenti modo mæstiss. propinquis & amicis, sed & ipsi Cæsari aliisque, quibus fuit notus, relicto. Anno ætatis suæ 30. die 15. Februarii hum. salutis 1554. Maximiliani jussu amici F. C.*

C. S. CURION.

Il a fait les traductions suivantes.

*De Amplitudine Misericordiæ Dei Oratio, à Marsilio Andreasio Mantuano Italico primum sermone conscripta, nunc in Latinum conversa, Cœlio Horatio Curione Interprete. Item Sermones tres Bernardini Ochini de officio Christiani Principis eodem Interprete. Item Declamationes quinque in aliquot D. Jacobi locos. Ad Angliæ Regem Eduardum VI. Basileas* 1550. *in*-8°.

2. *Cœlius Augustin Curion*, naquit l'an 1538. à *Salo* dans le Milanés. Il commença dès sa premiere jeunesse à se faire connoître par son habileté dans les Sciences. Il fut en 1565 fait Professeur en Eloquence dans l'Academie de *Basle*, mais une mort prématurée l'enleva au bout de deux ans; étant décedé le 24 Octobre 1567. dans sa 29e. année. Il a composé les Ouvrages suivans.

*Hieroglyphicorum libri duo.* Imprimés à la suite de ceux de *Jean Pierius Valerianus.*

*C. Augustini Curionis Saracenicæ Historiæ libri tres ab eorum origine ad initium Imperii Ottomanici anno* 1300. *Accessere Wolfgangi Drechsleri Chro-*

C. S. CURION.

*nicon Saracenicum & Turcicum à Mahomete nato an. Chr. 596. ad annum* 1550. *cum Joannis Rosini appendice ad annum* 1594. *Ejusdem Curionis Descriptio Marochensis Regni in Mauritania à Saracenis conditi, nec non C. Secundi Curionis de Bello Melitensi à Turcis gesto Historia. Francofurti* 1596. *in-folio.*

3. *Leon Curion*, naquit à *Salo* le 13 Janvier 1536. Il passa une partie de sa vie en Pologne, où il fut employé dans le service & dans les négociations. Son pere ayant perdu presque tous ses enfans le rappella à *Basle*, où il revint en 1567. & s'y maria au mois de Décembre de la même année avec *Flaminie Muralt*, fille d'un Jurisconsulte de *Locarno*. Il mourut le 6 Octobre 1601. âgé de 65 ans. Une de ses filles, nommée *Marguerite*, épousa *Jean Buxtorf*, Professeur à *Basle*.

4. *Violante Curion* née le 8 Novembre 1532. à *Ceva* dans le Piémont, fut emmenée par ses parens à *Lausanne* en 1542. elle fut mariée à *Basle*, en 1653. à *Jerôme Zanchius*, Professeur en Théologie dans cette

Ville ; mais ils ne vécurent pas longtemps ensemble, car elle mourut à sa troisiéme couche l'an 1556. C. S. CURION.

5. *Angelique* naquit à *Lausanne* le 15 Septembre 1543. Elle s'appliqua avec ardeur & avec succès aux Belles Lettres & parvint à posseder parfaitement les Langues Allemande, Italienne, Françoise & Latine. Elle aidoit souvent son pere à collationner les Auteurs Latins avec les manuscrits, & quand il étoit las de lire, elle lui servoit de lecteur. Elle mourut le 31 Juillet 1564. dans une terrible peste, qui affligea le pays. On trouve trois de ses Lettres à la p. 364. du 14. tome des *Amœnitates Litterariæ.*

6. *Cœlie* & *Felicie* naquirent à *Lausanne*, la premiere au commencement de l'année 1545. & l'autre au mois de Juin de la suivante 1546. Elles moururent aussi de la peste en 1564. *Celie* le 21 Août & Felicie cinq jours auparavant.

V. *Oratio Panegyrica de C. S. Curionis vita atque obitu, habita Basileæ anno 1570 à Joan. Nicolao Stupano Medicinæ Doctore & Professore.* Dans le 14 tome des *Amœnitates Litterariæ*

C. S. p. 1. Ce discours est curieux & renferme beaucoup de faits. C'est tout ce qu'on a d'exact & d'un peu circonstantié sur *Curion. Les Eloges de M. de Thou, & les Additions de Teissier. Bayle Dictionnaire. Gesneri Epitome.*

CURION.

---

## JEAN FRANÇOIS BUDDEUS.

J F. BUDDEUS.

JEAN-FRANÇOIS *Buddeus*, naquit le 25 Juin 1667 *à Anclam* Ville de Pomeranie, où son Pere étoit Ministre. Comme on remarqua de bonne heure en lui des talens pour l'étude, on l'y destina sans balancer ; & il y fit dès son enfance des progrés considérables.

Avant que d'aller à l'Université, il étoit déja fort avancé dans les Humanités, possedoit les Langues Hébraïque, Chaldaïque & Syriaque, & avoit lû plusieurs fois le texte original de l'Ecriture Sainte.

En 1685. il alla à *Wittemberg*, ou ses études Académiques se firent avec une diligence proportionnée à la rapidité de ses progrés précédens. Il fut disciple des plus habiles Profes-

J. F. BUDDEUS.

ſeurs de cette Univerſité, de *Schurtzfleiſch* pour l'Hiſtoire, de *Daſſovius* pour les Langues Orientales, & de *Ziegler* pour le Droit Canon. Il soûtint ſous le premier des Theſes publiques, *ſur la Hongrie & la Tranſylvanie*, & d'autres ſous M. Neumann, *ſur ceux qui ont paraphraſé le Nouveau Teſtament en Vers Grecs.*

Il n'avoit pas encore 20 ans accomplis, lorſqu'il fut fait Maître-ès Arts en 1687. & il publia à cette occaſion une Diſſertation *ſur les Symboles de l'Euchariſtie*, & depuis pluſieurs autres ſur divers ſujets.

Son érudition le fit recevoir en 1689. Adjoint de la Faculté de Philoſophie, qualité qui lui donnoit une vocation plus marquée à faire part de ſes lumieres à d'autres. Peu de temps après il ſe tranſporta à *Jene*, où il fit des leçons aux étudians avec beaucoup de ſuccès.

En 1692. il fut appellé à *Cobourg*, en qualité de Profeſſeur en Langues Gréque & Latine, dans le College Academique de cette Ville.

En 1693. l'Electeur de Brandebourg *Frederic*, depuis Roy de Pruſ-

J. F. se, ayant fondé l'Université de *Hall*.

BUDDEUS. *Buddeus* fut choisi pour y remplir la place de Professeur de Morale & de Politique, & on lui en adressa la vocation qu'il accepta.

Après qu'il en eut exercé les fonctions pendant près de douze ans, avec un applaudissement géneral, il fut appellé en 1705. à *Jene* en qualité de Professeur en Theologie. Le Roy de Prusse le vit avec peine sortir de ses Etats, & ordonna à l'Université de *Hall* de tâcher de le retenir, mais *Buddeus* crut que la Chaire de Theologie de *Jene* étoit ce qui lui convenoit le mieux, & il y a en effet passé le reste de ses jours, c'est-à-dire, plus de 24 ans, sans que les emplois importans, qu'on lui a offert ailleurs, ayent pû l'engager à quitter cet établissement. Les Ducs de Saxe de la branche Ernestine, ausquels appartient l'Université de *Jene*, lui procurerent tout l'agrément qu'il pouvoit souhaiter, en lui donnant diverses Charges honorables & de confiance.

En 1714. il fut fait Conseiller Ecclesiastique du Duc de *Hildbourgshausen*. Depuis on lui confera l'inspec-

J. F. BUDDEUS.

tion des Etudians du Pays de *Gotha* & d'*Altenbourg* ; & il devint enfin Assesseur de l'Assemblée, nommée *Concilium arctius*, & qui est destinée au Gouvernement de l'Université. Il fut aussi trois fois Pro-Recteur & l'auroit été une quatriéme, s'il n'eût pas refusé cette charge.

Sa réputation a beaucoup contribué à faire fleurir l'Université de *Jene*; son Auditoire étoit toûjours rempli, & l'empressement avec lequel on le suivoit étoit un hommage rendu à sa capacité. Il étoit clair & methodique; ennemi du fatras scholastique, il n'en parloit qu'autant qu'il le falloit pour faire entendre à ses disciples certains termes qu'on ne sçauroit ignorer. Etablir le Dogme, répondre avec précision aux objections, faire l'histoire des sentimens qu'il y a eu dans l'Eglise Chrétienne jusqu'à présent sur chaque point de Doctrine, tirer enfin des Dogmes de la Théologie des usages de pieté, c'étoit l'ordre qu'il suivoit dans ses leçons. Il avoit sur tout une attention singuliere à ce dernier article.

Malgré les occupations perpetuel-

J. F. Buddeus.

les de sa charge, dont il remplissoit ponctuellement les fonctions, il sçavoit se ménager assez de temps pour prêcher tous les quinze jours, pour entretenir une correspondance fort étenduë, pour recevoir les étrangers qui souhaitoient le voir, ou les Etudians qui avoient à le consulter, & pour composer divers ouvrages.

Un temperamment heureux & robuste le mettoit en état de suffire à tout cela. Quelques rhumes & quelques fluxions furent presque tous les maux ausquels il fut sujet; encore s'en délivroit-il assez promptement. Il faut pourtant y ajoûter une assez forte dureté d'ouye, dont il fut incommodé durant les dernieres années de sa vie. Un de ces petits rhumes, dont dont on vient de parler, l'attaqua le 9 Novembre 1729. comme il se disposoit à faire un voyage à *Gotha*. Il ne jugea pas qu'une semblable indisposition dût empêcher, ni même retarder son voyage. Il l'entreprit donc, & il sembloit que la fluxion allât se dissiper, comme elle avoit fait tant d'autres fois, lorsque tout d'un coup la fiévre s'y étant jointe, elle attaqua la poitrine avec tant de violence, qu'elle l'emporta le 19 Novembre suivant. Il étoit alors âgé de 62 ans. Son corps fut enterré à *Gotha* sans aucune cérémonie, comme il l'avoit expressément ordonné. J. F. BUDDEUS.

Il avoit été marié deux fois. En 1693. il épousa *Catherine Suzanne Posner*, fille de *Gaspar Posner*, Professeur de Physique à *Jene*, dont il eut trois fils & une fille. Deux de ses fils moururent avant lui, & le troisiéme nommé *Guillaume François*, est devenu Conseiller de Justice à la Cour du Prince de *Schwartzbourg Rudelstadt*. La fille fut mariée en 1718. à *Jean-George Walch*, Docteur & Professeur en Théologie à *Jene*. Il contracta en 1716. un second mariage avec *Madeleine Eleonor Zopff*, fille de *Jean Gaspar Zopff*, Chapelain du Comte de *Reussen* à *Gera*, de laquelle il a eu deux fils, dont un seulement, nommé *Jean Frederic*, lui a survêcu.

Il avoit une Bibliotheque très-bien choisie, pour les Peres, & l'Histoire Ecclesiastique, dont *Jean George Walch*, son gendre, son disciple,

J. F. & son intime ami a herité.

BUDDEUS. Catalogue de ses Ouvrages.

1. *Dissertatio historica de Symbolis Eucharisticis. Wittebergæ* 1687. *in*-4°. Il publia cette Dissertation lorsqu'il fut reçû Maître-ès-Arts.

2. *Dissertatio Philologica de Theodotione. Wittebergæ* 1688. *in*-4°.

3. *Dissertationes duæ de Ritibus Ecclesiæ Judaicis. Ibid. in*-4°. La premiere en 1688. & la seconde en 1689.

4. *Exercitatio Philosophica de Instrumento Morali. Ibid.* 1689. *in*-4°.

5. *Dissertatio Philologica de allegoriis Origenis. Ibid.* 1689. *in*-4°.

6. *Dissert. Historica de Ludovico Bavaro, Imperatore Romano. Jenæ* 1689. *in*-4°.

7. *Dissertatio Philologica de ruina Murorum Hierichuntinorum. Jenæ* 1690. *in*-4°.

8. *Dissertatio Historico-Politica, de artibus Tyrannicis Hieronymi Savanorolæ. Ibid.* 1690. *in*-4°.

9. *Dissert. Philosophica, de Paradoxo Platonicorum, Deum nec intelligere, nec intelligi. Illud quod in oratione divinum est, ad illustrandam sectionem* 31.

*Dionysii Longini. Ibid.* 1690. *in*-4o. J. F. BUDDEUS.

10. *Dissert. Historica de Peregrinationibus Pythagoræ. Ibid.* 1692. *in*-4°.

11. *De Origine Cardinalitiæ dignitatis Schediasma historicum. Jenæ* 1693. *in*-12.

12. *Philosophus fabularum amator, dissertatione Historico-Philologica delineatus. Jenæ* 1693. *in*-4°.

13. *Prudentiæ Civilis Rabbinicæ specimen, sive R. Isaaci Abarbanelis Dissertatio de Principatu Abimelechi observationibus illustrata. Jenæ* 1693. *in*-12.

14. *De eo quod abominabile Deo est, seu charactere Legis Moralis. Halæ* 1694. *in*-4°.

15. *De Jure Zelotarum in gente Ebræa. Ibid.* 1694. *in*-4°. It. avec diverses augmentations, 1699.

16. *Dissertatio politica de Expeditionibus Cruciatis. Halæ* 1694. *in*-4o.

17. *Observationum Politicarum in C. Cornelii Taciti Annal. librum I. Dissert. I. & II. Ibid.* 1694. *in*-4°.

18. *Dissertatio inauguralis, de capitibus quibusdam fidei de quibus clarissimi viri Petrus Chauvinus, Vrigniusque inter se contendunt. Præside B. Joanne*

J. F. BUDDEUS. *Guilielmo Baiero SS. Theologiæ Doctore Prof. P. Halæ* 1695. *in*-4°.

19. *Observationum Politicarum in C. Cornelii Taciti Annal. librum I. Dissert.* 3ª. & 4ª. *Halæ* 1695. *in*-4°.

20. *Programma his Dissertationibus, de C. Cornelio Tacito præmissum. Halæ* 1695. *in*-4°.

21. *Historia Juris Naturæ. Item Seldeni Synopsis Juris Naturæ & Gentium juxta disciplinam Ebræorum.* Avec l'ouvrage de *Philippe Rheinhard Vitriarius*, intitulé : *Institutiones Juris Naturæ & Gentium. Halæ* 1695. *in*-8°.

22. *Dialogus de Moribus Philosophorum. Jenæ* 1695. *in* - 8°.

23. *Dissertatio Moralis de successionibus Primogenitorum. Halæ* 1695. *in* - 4°.

24. *Dissert. de pietate, seu Religione naturali. Halæ* 1695. *in* - 4°.

25. *De Jure Belli circa res sacras. Ibid.* 1695. *in* - 4°.

26. *Disputatio politica, de Principe legibus humanis, sed non divinis soluto. Ibid.* 1695. *in*-4°.

27. *De præcipuis Stoicorum in Philosophia morali erroribus Dissertationes IV. Halæ, in*-4°. La premiere en 1695, & les autres en 1696.

28. *De Meritis serenissimæ gentis Brandenburgicæ in Philosophiam litterasque humaniores Oratio. Ibid.* 1696. *in*-4°.

J. F. BUDDEUS.

29. *De habitu animæ ejusque facultatum ad actiones Morales. Ibid.* 1696. *in*-4°.

30. *Dissertatio Politica de ratione status circa fœdera. Ibid.* 1696. *in*-4°.

31. *Elementa Philosophiæ practicæ. Halæ* 1697. *in*-8°. La multitude des éditions des Abregés de la Philosophie de *Buddeus*, qui ont suivi la premiere, fait voir le cas qu'on en fait en Allemagne. Il n'y a en effet presque point d'Université ni de College parmi les Protestans, où les Professeurs ne les prennent pour texte de leurs leçons.

32. *De amore felicitatis suæ ordinato, seu primo Juris Naturæ principio. Jenæ* 1697. *in*-4°.

33. *Oratio funebris in Obitum Ill. Baronis de Bibran & Madlau, &c. XIII. Cal. Maii anno* 1697. *habita. Goerlitiæ* 1697. Avec d'autres pieces sur le même sujet.

34. *Theses Philosophicæ de Novis Ethicæ Aristotelicæ. Jenæ* 1698. *in*-4°.

J. F. BUDDEUS. 35. *Dissertatio Philosophica de scepticismo morali. Ibid.* 1698. *in*-4°.

36. *An Naturali homines polleant vaticinandi facultate. Ibid.* 1698. *in*-4°.

37. *Sapientia Veterum, id est, dicta illustriora septem Græciæ Sapientum, dissertationibus aliquot Academicis explicata, una cum Programmate de vero & genuino Philosophiæ moralis apud Christianos usu. Halæ* 1699. *in*-4°.

38. *Dissertatio Moralis de cultura ingenii. Ibid.* 1699. *in*-4°.

39. *Dissertatio Politico-Moralis, de officio Imperantium circa conscribendum militem. Ibid.* 1700. *in*-4°.

40. *Eloge funebre de Dame Marie Catherine Stryckin*, (en Allemand) *Ibid.* 1700.

41. *De concordia Religionis Christianæ, statusque civilis. Ibid.* 1701. *in*-8°. It. fort augmenté, avec quelques autres observations. *Ibid.* 1712. *in*-8°.

42. *De Testamentis summorum Imperantium, speciatim Caroli II. Hispaniæ Regis. Ibid.* 1701. *in*-4°.

43. *Dissert. Juris Gentium, de contraventionibus fœderum. Ibid.* 1701. *in*-4°.

44. *Dissert. Historico-Moralis, de*

*eo*

*eo quod decet circa solemnia Principum. Ibid.* 1701. *in*-4°. J. F. BUDDEUS.

45. *De Spinosismo ante Spinosam. Ib.* 1701. *in*-4°.

46. *Dissert. Historico-Moralis de superstitioso mortuorum apud Sinenses cultu. Halæ* 1701. *in*-4°.

47. *Dissert. Historico-Moralis de* καθάρσει *Plythagoræo-Platonica. Ibid.* 1701. *in*-4°.

48. *Dissert. Historico-Moralis de* ἀσκήσει *Philosophica. Ibid.* 1701. *in*-4°.

49. *Ulterior disquisitio de Jure gentis Austriacæ in regnum Hispanicum, in qua respondetur ad ea, quæ in Commentariis Historiæ Litterariæ inservientibus qui in Gallia jussu & auspiciis Ser. Ducis Cenomanensis publicæ luci exponuntur, Dissertationi de Testamentis summorum Imperantium, speciatim Caroli II. Hispaniæ Regis objiciuntur, & excerpta quoque historico-Juridica, de natura successionis in Monarchiam Hispaniæ, accuratius sub examen revocantur. Halæ* 1702. *in*-4°.

50. *Quæstio Politica: an Alchymistæ sint in Republica tolerandi. Halæ* 1702. *in*-40.

51. *De Instauranda disciplina Eccle-*

J. F. BUDDEUS. *siastica Præfatio*, à la tête du Livre de *Jean Amos Comenius*, intitulé : *Historia Fratrum Bohemorum. Halæ* 1702. *in*-4°.

52. Préface de quelques ouvrages Anecdotes de *Luther*, imprimés à *Hall* en 1702. *in-fol.* (en Allemand.)

53. *Introductio ad Historiam Philosophiæ Ebreorum. Accedit Dissertatio de Hæresi Valentiniana. Halæ* 1702 *in*-8o. It. *Halæ* 1720. *in*-8°. Ceci n'est qu'un morceau d'un plus grand ouvrage dont *Buddeus* avoit formé le dessein, & où il se proposoit de faire voir que toutes les héresies, sans exception, ont leur principe & leur fondement dans quelque secte de Philosophie ; mais d'autres occupations l'ont empêché d'aller plus loin en cette matiere.

53. *Præfatio in Joannis Francisci Pici Mirandulæ libros duos, de studio divinæ & humanæ Philosophiæ*. A la tête de cet ouvrage. *Halæ* 1702. *in*-12.

54. *Supplementum Epistolarum Martini Lutheri cum Dissertatione præliminari Jo. Francisci Buddei. Halæ* 1703. *in*-4°. *Buddeus* a ramassé dans cette collection 260 Lettres de *Luther*, qui

J. F. BUDDEUS

peuvent avoir leur utilité pour l'histoire de son temps.

55. *Parerga Historico-Theologica. Ibid.* 1703. & 1719. *in*-8°. C'est un Recueil de dix Dissertations, dont neuf avoient déja été imprimées, & qui paroissent ici avec quelques corrections & quelques additions. Je les ai marquées au No. 1. 2. 3. 5. 6. 7. 8. 18. La nouvelle qu'on voit ici est pour retracter ce qu'il avoit avancé contre *Savonarole* dans celle qu'il avoit publié long-temps auparavant.

56. *Dissertatio Juris Naturæ de comparatione obligationum, quæ ex diversis hominum statibus oriuntur. Halæ* 1703. *in*-4°.

57. *Elementa Philosophiæ Instrumentalis. Ibid.* 1703. *in*-8°.

58. *Elementa Philosophiæ Theoreticæ. Ibid.* 1703. *in*-8°. Ces deux volumes avec celui que j'ai indiqué au N°. 31. font un corps d'Abregé de Philosophie, qui a été réimprimé plusieurs fois.

59. *Præfatio de fatis studii Logicæ.* A la tête d'une traduction Latine de l'*Art de penser*, imprimée à *Hall* en 1703. *in*-8°.

J. F. BUDDEUS. 60. *Selecta Juris Naturæ & Gentium. Ibid.* 1704. *in*-8°. C'est un Recueil des Dissertations que j'ai marquées au N°. 16. 23. 24. 25. 38. 39. 42. 49. 56. La premiere que j'ai indiquée au N°. 21. est ici fort augmentée. La onziéme & derniere, qui est *Jurisprudentiæ specimen*, n'avoit pas été encore imprimée.

61. *Historia Doctrinæ de Temperamentis hominum. Ibid.* 1704. *in*-4°.

62. *Programmata quibus ad prælectiones publicas valedictorias, in decem præcipua Moralis civilisque Prudentiæ capita, totidem horis absolvenda, harum litterarum cultores in Academia Hallensi invitantur. Ibid.* 1705. *in*-4°.

63. *Theses Philosophicæ, de rationum moralium & civilium ad alias disciplinas translatione caute instituenda, quibus præmissa est invitatio ad Orationem Valedictoriam. Ibid.* 1705. *in*-4°.

64. *Dissertatio Præliminaris* περὶ τῆς γνώσεως ψευδωνύμου *ex* 1. *Timot. VI.* 2. *Jenæ* 1705. *in*-4°.

65. *Oratio de Veritatis & Pietatis nexu necessario, ad auspicandum rite munus docendi Theologiam. Ibid.* 1705. *in*-4°.

J. F. BUDDEUS.

66. *Dissertatio Historico-Theologica, qua probatur Clementem Romanum atque Irenæum non favere Missæ Pontificiæ. Ibid.* 1705. *in*-4°. Cette piece & les deux précedentes ont été réimprimées la même année *in*-4°. sous le titre de *Primitiæ Jenenses.*

67. *De Prærogativis fidelium novi Testamenti præ fidelibus Veteris Testamenti. Jenæ* 1705. *in*-4°.

68. *De Origine & potestate Episcoporum contra Henricum Dodwellum. Jenæ* 1705. *in*-4°.

69. *Præfatio in librum Joannis Conradi Schwarzii de Plagio Litterario. Lipsiæ* 1705. *in*-8°.

70. *Infans Doctor, seu Programma in Festum Nativitatis Christi. Jenæ* 1705. *in*-4°.

71. *Prolusio Academica, de Theologiæ Polemicæ studio recte instituendo. Ibid.* 1706. *in*-4°.

72. *Exercitatio Theologica de Peccatis Typicis. Ibid.* 1706. *in*-4°.

73. *Programma in Festum Nativitatis Christi. Ibid.* 1706. *in*-4°. Il est different de celui que j'ai marqué au N°. 70.

74. *Analecta Historiæ Philosophicæ.*

J. F. BUDDEUS. *Jenæ* 1706. & 1724. *in*-8o. Autre Recueil de Dissertations marquées ci-devant au N°. 10. 12. 27. 35. 45. 46. 47. 48.

75. *Dissertatio Præliminaris in Diodori Tuldeni de cognitione sui libros V. Jenæ* 1706. *in*-8°.

76. *De augmento studii Theologici præfatio, præmissa B. Bechmanni Institutionibus Theologicis. Jenæ* 1706. *in*-8°.

77. *De Origine & autoritate Catechismi Præfatio*; A la tête du Livre du même *Bechmann*, intitulé : *Annotationes in Jo. Conradi Dieterici Institutiones Catecheticas. Jenæ* 1706. *in*-8°.

78. *Meditatio Theologica de servatoris nostri exaltatione dolorosa ejusque effectu, ex Joh. XII.* 32. *Ibid.* 1707.

79. *Temperamentum Lætitiæ & tristitiæ contra Fridericum van Leenhoff, seu Programma in Festum Pentecostes. Ibid.* 1707. *in*-4°.

80. *Observationes Theologicæ de Pædobaptismo, opposita Antonio van Dalen. Ibid.* 1707. *in*-4o.

81. *Hamartigenia ex Rom. V.* 12. 13. 14. *demonstrata. Ibid.* 1707.

82. *Epistola consolatoria ad Samuelem Stryckium, obitum conjugis suæ lugentem. Ibid.* 1707.

J. F BUDDEUS.

83. *Disquisitio Theologica de moderamine inculpatæ tutelæ in certaminibus Theologorum ; cum observationibus Apologeticis. Jenæ* 1708. *in*-8°.

84. *Censura & approbatio Theologiæ δι' ὀλίγων. Hanoveræ in*-8°.

85. *Præfatio in Epistolas Davidis Peiferi.* A la tête de ces Lettres. *Jenæ* 1708. *in*-8°.

86. *Apologie de M. Buddeus contre M. Loescher* ( en Allemand ) 1709. *in*-8°.

87. *Dissertation Préliminaire sur l'érudition*, ( en Allemand ) à la tête du 11. volume de l'Ouvrage Allemand de *Martin Musig*, intitulé : *La Lumiere de la sagesse*, *&c. Francfort* 1709. *in*-8°.

88. *Programma, quo ad Lectiones Joannis Andreæ Danzii, SS. Theologiæ Professoris bonarum artium Patronos atque cultores invitat. Jenæ* 1709. *in*-8°.

89. *Dictionnaire Universel Historique* ( en Allemand ) *publié par les soins de M. Jean-François Buddeus. Lipsic* 1709. *in-fol. deux tomes.*

90. Il parut en 1709. une Relation Historique en Allemand sur ceux qu'on appelle *Pietistes*, attribuée

J. F. à *Buddeus*, & tirée en partie de ses leçons; mais il désavoüa cet ouvrage dès qu'il vit le jour, comme ayant été publié à son insçû, & en mauvais état.

BUDDEUS.

91. *Institutiones Theologiæ Moralis, variis observationibus illustratæ. Lipsiæ* 1711. *in*-4°. Réimprimées cinq fois depuis. Elles ont été aussi traduites & publiées en Allemand en 1719

92. *Præfatio ad Joannis Gottfridi Olearii Bibliothecam scriptorum Ecclesiasticorum. Jenæ* 1711. *in*-4°.

93. *Dissertationum Theologicarum Syntagma. Jenæ* 1713. *in*-4°. Les dissertations contenuës dans ce Recueil sont celles que j'ai marquées au N°. 66. 67. 68. 72. & quelques autres.

94. *Meditationes Sacræ, seu Prolusionum Festarum Decas. Jenæ* 1713. *in*-4°. It. *Ibid.* 1725. *in*-4°. C'est un Recueil de Programmes publiés à l'occasion de quelques Festes.

95. *Gottefridi Richteri Specimen observationum criticarum in varios Autores, Græcos & Latinos. Præfationem præmisit Joan. Franc. Buddeus. Jenæ* 1713. *in*-8°.

96. *Pelagianismus in Ecclesia Romana*

*na per Bullam anti-Quesnellianam à Clemente XI. promulgatam triumphans. Jenæ* 1714. *in*-4°. J. F. BUDDEUS.

97. *Joannis Matthiæ Gesneri Institutiones Rei Scholasticæ. Accessit Præfatio Joan. Francisci Buddei. Jenæ* 1715. *in*-8°.

98. *Historia Ecclesiastica Veteris Testamenti ab orbe condito usque ad Christum natum, variis observationibus illustrata. Halæ in*-4°. deux tomes. Le premier en 1715. 1718. & 1726. & le second en 1718, & 1721.

99. *Commentatio Theologica de Libertate cogitandi. Jenæ* 1715. *in*-4°.

100. *De eo quod in Theologia pulchrum est. Jenæ* 1715. *in*-4°.

101. *Theses Theologicæ de Atheismo & superstitione variis observationibus illustratæ, & in usum recitationum Academicarum editæ. Jenæ* 1717. *in*-8°. Ic. trad. en Allemand & imprimé en 1717. & 1723.

102. *Avis sur l'union des Protestans,* dressé par ordre du Duc de *Saxe-Gotha* ( en Allemand ) inseré dans l'Ouvrage de *Cyprianus* sur le même sujet.

103. *Ecclesia Romana cum Ruthenica irreconciliabilis, seu scriptum ali-*

J. F. BUDDEUS. *quod Doctorum Sorbonicorum Augustissimo Russorum Imperatori, ad utriusque Ecclesiæ unionem ei suadendam, exhibitum, modeste expensum, & animadversionibus illustratum. Jenæ* 1719. *in*-12.

104. Il a mis une Préface à la tête du Livre de *Jean Laurent Mosheim*, intitulé : *Vindiciæ antiquæ Christianorum disciplinæ, adversus Joan. Tolandum. Hamburgi* 1722. *in*-8°.

105. *Institutiones Theologiæ Dogmaticæ variis observationibus illustratæ. Lipsiæ* 1723. *in*-4°. Cette Theologie est methodique ; l'Auteur y est plus moderé que ne le sont plusieurs Protestans.

106. *Orationes binæ, altera de juventutis Academicæ vitiis prudenter emendandis, altera de varia Academiæ Jenensis fama. Accedit tertia de origine Doctoratus Theologici. Jenæ* 1723. *in*-8°.

107. *Epistola de nonnullis ad quorumdam Ecclesiæ Evangelicæ in Silesia Ministrorum innocentiam vindicandam spectantibus. Jenæ* 1723. Réimprimée plusieurs fois en Latin & en Allemand.

J. F. BUDDEUS.

108. *Pensées édifiantes sur les Sermons* (en Allemand) 1724. in-4°.

109. *Introduction historique & Théologique aux principales controverses de Religion* (en Allemand) 1724. in-8°. Cet ouvrage appartient à *Buddeus* & à *Walch* son gendre, conjointement.

110. *Historia Theologiæ Dogmaticæ & Moralis. Francofurti* 1724. in-4°. *Buddeus* a désavoüé publiquement cette histoire prétenduë, qui n'est qu'une copie fautive & très-imparfaite de quelques leçons qu'il avoit faites sur ce sujet.

111. *Jugement sur la Philosophie de M. Wolff.* (en Allemand.) Cet Ouvrage a produit divers Ecrits critiques entre M. *Wolff* & ses partisans d'une part, & les amis de *Buddeus* de l'autre; mais il n'y a que ce *jugement*, qui soit de lui.

112. *Conspectus Thesauri Antiquitatum Ecclesiasticarum edendi à Joanne Francisco Buddeo, & Joan. Georgio Walchio. Lipsiæ* 1626. in-4°. It. dans le Journal de *Leipsic* de l'an 1726. p. 551.

113. *Isagoge Historico-Theologica ad Theologiam universam singulasque*

J. F. *ejus partes. Lipsiæ* 1727. *in*-4°. 2. tom.

BUDDEUS. Il a paru quelques supplémens à cet Ouvrage, qui a son merite, depuis la mort de l'Auteur.

114. *Miscellanea Sacra, sive Dissertationum aliarumque Commentationum ad Theologiam, Historiam Ecclesiasticam & recentiores controversias spectantium Collectio in tres partes distincta. Jenæ* 1727. *in*-4°. trois tomes. La premiere partie de ce Recueil ne contient autre chose que le *Syntagma Dissertationum*, rapporté ci-dessus au N°. 93. La seconde est composée des pieces marquées au N°. 96. 99. 100. 103. & des suivantes dont je n'ai point parlé : *Recentissimarum de sacra cœna controversiarum sylloge. Judicium B. M. Lutheri de Ecclesia Romana expensum & vindicatum. De statu Ecclesiarum Apostolicarum, earum præcipue, ad quas Paulus Epistolas suas scripsit. De bonarum litterarum decremento nostra ætate non temerè metuendo. De Apostasia. De criteriis veræ falsæque inspirationis. De fallibili Pontificis Romani infallibilitate contre Mathæum Petitdidierium. De Conciliis Lateranensibus rei Christianæ noxiis. De Origine Socinianismi ab Ecclesiæ emendatione non repetenda.* La

troisiéme partie contient des ouvrages Academiques publiés sous les auspices de *Buddeus* par ses écoliers. J. F. BUDDEUS.

115. *Dissertatio Epistolica ad Augustum Gothelf Graffium, qua suam de Pythonissa Endorea sententiam à Joan. Alphonsi Turretini objectionibus modeste vindicat J. Fr. Buddeus. Jenæ* 1727. *in*-4°. *Buddeus* soûtient que dans le fait de la Pythonisse, le Diable prit la figure de Samuel.

116. *Considerations édifiantes sur l'Epitre aux Romains* (en Allemand.) *Jene* 1728. *in*-4°.

117. *Epistola Apologetica pro Ecclesia Lutherana contra calumnias & obtrectationes Stephani Javorskii, Resanensis & Muromiensis Metropolitæ, ad amicum Moscuæ degentem scripta. Jenæ* 1729. *in*-4°.

118. *Ecclesia Apostolica, sive de statu Ecclesiæ Christianæ sub Apostolis Commentatio Historico-Dogmatica; quæ & introductionis loco in Epistolas Pauli cæterorumque Apostolorum esse queat. Jenæ* 1729. *in*-80.

119. *Commentatio de veritate Religionis Evangelicæ, prout Lutherana eam profitetur Ecclesia. Jenæ* 1729. *in*-80.

120. *Buddeus* a travaillé long-tems

J. F. BUDDEUS. aux *Acta Eruditorum* de *Leipsic*, où l'on voit plusieurs extraits de sa façon.

121. Il a eu beaucoup de part au Recueil intitulé : *Observationes selectæ ad rem Litterariam spectantes*, connuës vulgairement sous le nom d'*Observationes Hallenses*, parce qu'elles ont été imprimées à *Hall. in-8o.* en 1700. & suiv. Outre la Préface qui est de lui, il y a inseré les observations suivantes de sa façon.

Dans le 1. Tome. *Obs.* 1. *Origines Philosophiæ Mysticæ; sive cabbalæ veterum Ebreorum brevis delineatio. Obs.* 15. *De Hæresibus ex Philosophia Aristotelico-Scholastica ortis. Obs.* 16. *Defensio Cabbalæ Ebræorum contra Auctores quosdam Modernos. Obs.* 21. *De Guilielmo Postello.*

Dans le 2. Tome. *Obs.* 10. *Apologia Pythagoræ, præsertim contra Episcopum Worcestriensem.*

Dans le 3. *Obs.* 12. *De Syncretismo Philosophico generatim. Obs.* 13. *De Conciliatione Philosophorum cum scriptura sacra. Obs.* 14. *De conciliatione Philosophorum inter se.*

Dans le 4^e^. *Obs.* 12. *Continuatio de*

*Gulielmo Postello. Obs.* 21. *Icon Desiderii Erasmi.* J. F. BUDDEUS.

Dans le 5e. *Obs.* 9. *De Criterio veritatis in rebus Moralibus. Obs.* 11. *De Andrea Duditio Episcopo Quinque-ecclesiensi.*

Dans le 6e. *Obs.* 25. *Jacobi Acontii strategemata Satanæ. Obs.* 29. *De Philosophia Orphica.*

Dans le 7e. *Obs.* 18. *Joan. Launoii De Vera causa secessus S. Brunonis in Eremum Dissertatio.*

122. Il est aussi l'Auteur de la Préface, qui est à la tête du premier volume des *Miscellanea Lipsiensia.* 1716. *in*-8°.

V. *Son Eloge dans la Bibliotheque Germanique*, *tome* 22. p. 120. & *Joan. Caspari Zeumeri vitæ Professorum Theologiæ Jenensium. Jenæ* 1711. *in*-8°.

## NICOLAS RIGAULT.

N. RIGAULT.

NICOLAS *Rigault*, naquit l'an 1577. à *Paris*, où son pere étoit Médecin.

Il fit ses études dans le College des Jesuites, qui charmés de la délicatesse & de la beauté de son esprit, voulurent, mais inutilement, l'attirer dans leur Compagnie.

Une piece satyrique contre les Parasites, qu'il publia en 1596. commença à lui faire un nom. On y trouva tant d'esprit & d'érudition, qu'on eut de la peine à croire que ce fût l'ouvrage d'un jeune homme de 19 ans. M. *de Thou* en fut si charmé qu'il voulut avoir chez lui son Auteur, & en faire le compagnon de ses études.

*Rigault* embrassa d'abord la profession d'Avocat; mais nous lisons dans le *Menagiana*, tome I. p. 281. qu'il fut fort méchant Avocat; soit que le goût particulier qu'il avoit pour les Belles-Lettres lui fit négliger cette profession, soit qu'il n'eût pas les talens nécessaires pour y réüssir. N. RIGAULT.

Il fut choisi avec *Casaubon*, pour mettre en ordre la Bibliotheque du Roy, & il en fut fait Garde après lui. S'il rendit un service considerable au public en arrangeant un si grand nombre de Livres, il en reçut de son côté un grand avantage par les lumieres qu'il en tira en les examinant; lumieres qui ont brillé dans differens ouvrages que nous avons de lui.

M. *de Thou*, quil'estimoit particulierement, lui donna en mourant en 1617. des marques de sa consideration, en le choisissant par son Testament pour veiller à l'éducation de ses enfans.

Il fut nommé par le Roy Conseiller au Parlement de *Mets*, au commencement de la création de ce Parlement faite en 1633. & il en est mort le Doyen.

Il eut aussi la Commissionde Procureur Géneral de la Chambre Souveraine de *Nanci*, & fut depuis Intendant de la Province de *Mets*.

Il mourut à *Toul* au mois d'Août

N. RIGAULT. 1654. comme nous l'apprenons d'une Lettre de *Gui-Patin*, datée du 26 de ce mois. Ainsi *Du Pin* qui a mis sa mort le 2. Février 1653. & d'autres qui l'ont placée le 1. Mars 1652. se sont trompés. Il étoit alors âgé de 77 ans.

On lit dans le *Menagiana*, tome 2. p. 40. que *Menage* acheta sa Bibliotheque pour M. *Servien*, six mille francs ; mais que sa Veuve ayant sçû, après que le marché eut été fait, que c'étoit pour M. Servien, ne voulut pas le tenir, & prétendit en avoir davantage, qu'ainsi il n'eut point de lieu.

Catalogue de ses Ouvrages.

1. *Funus Parasiticum, sive L. Biberii Curculionis Parasiti mortualia ad ritum prisci funeris, cum Appendice de Parasitis & Assentatoribus, & Juliani Imperatoris Epistola ad Alexandrinos ; Græcè & Latinè. Paris.* 1601. *in*-4o. Il doit y avoir une édition anterieure de cet Ouvrage que *Rigault* composa en 1596. On l'a mis à la suite de l'Ouvrage de *Jean Kirchmannus. De Funeribus Romanorum. Hamburgi* 1605. *in*-4o. & dans les éditions

qui ont suivi celle-ci. On le trouve aussi dans un Recueil intitulé : *Epulum Parasiticum, quod eruditi conditores, instructoresque, Car. Feramusius, Ægidius Menagius, Joannes Franciscus Saracenus, Nicol. Rigaltius, & Jo. Lud. Balsacius hilarem epulantibus in modum Macrino Parasito-Grammatico, Gargilio Mamurræ Parasito-Pædagogo, Gargilio Macroni Parasito-Sophistæ, G. Orbilio Musca, L. Biberio Curculioni atque Barboni jucunde appararunt & comiter. Norimbergæ* 1665. *in*-12. L'Editeur a voulu faire un Recueil de pieces contre le Professeur *Montmaur*, mais il s'est trompé en croyant que celle de *Rigault* le regardât, puisqu'en 1596. lorsque *Rigault* la composa, *Montmaur* n'avoit encore que vingt ans & n'étoit connu de personne. C'est à quoi *Bayle* n'a pas fait réflexion, lorsqu'il a donné dans la pensée de cet Editeur. M. *de Sallengre* a cependant jugé à propos de faire entrer le *Funus Parasiticum* dans son *Histoire de Pierre de Montmaur*, tant à cause de sa bonté, qu'à cause du rapport qu'il a au sujet. On le trouve à la page 285. du premier

N. RIGAULT.

N. RIGAULT. tome. Il a été aussi imprimé dans quelques Recueils de pieces semblables. Par la maniere dont *Baillet*, & quelques autres Auteurs parlent du travail de *Rigault* sur Julien, on s'imagineroit qu'il auroit traduit une bonne partie de ses Oeuvres. Cependant il n'a donné que la traduction de l'Epître, qu'il a mise à la fin de ce volume, & qui dans l'Edition du P. *Petau* en fait deux, sçavoir la 58e. & la 59e.

2. *Onosandri Strategicus, sive de Imperatoris Institutione, necnon Urbicii inventum, quo pedites Romani Barbarorum Equites debellare possint; Græce & Latine, ex versione & cum Comment. Nicolai Rigaltii. Paris.* 1599. *in*-4°. It. *Cum iisdem Nic. Rigaltii & novis Jani Gruteri & Æmilii Porti Comment. Typis Commelini.* 1600. *in*-4°. M. *Huet* ne juge pas favorablement des traductions de *Rigault*; il dit qu'il ne s'attache point assés au choix de ses mots, & qu'il donne à ses pensées un tour assés grossier & peu étudié.

3. *Phædri Fabulæ cum notis. Paris.* 1599. *in*-12. It. *cum notis auctioribus. Paris.* 1617. *in*-4°. Cette seconde édi-

tion est fort belle. It. *Ibid. Cramoisi.* 1630. *in*-12. Cette derniere n'est pas exacte. N. RIGAULT.

4. *De Verbis, quæ in Novellis Constitutionibus post Justinianum occurrunt; Glossarium* μιξοβάρβαρον *Paris.* 1601. *in*-4°.

6. *Artemidori & Achmetis Oneirocritica, seu de Divinatione per somnia; Astrampsychi, & Nicephori versus Oneirocritici, Græce & Latine ex Versione Jani Cornari & Joannis Leunclavii, cum notis Nicolai Rigaltii. Paris.* 1603. *in*-4°.

7. *Martialis cum notis Calderini, Georgii Merulæ, Desiderii Heraldi, & Nicolai Rigaltii. Paris.* 1601. *in*-4°. Les Notes de *Rigault* ont été insérées dans plusieurs éditions suivantes.

8. *Vita S. Romani, Archiepiscopi Rhotomagensis, è veteri Martyrologio edita, cura & cum notis Nic. Rigaltii. Accessit ejusdem Rigaltii Dissertatio & Ludovici XII. Privilegium in gratiam Feretri seu capsæ S. Romani concessum. Rhotomagi* 1609. & 1652. *in*-8°. *Rigault* dans sa Dissertation réfute la fable du Dragon, qu'il dit être le fondement du Privilege de la Fierte-

N. RI-GAULT.

Saint-Romain, & cette réfutation lui a attiré la critique suivante : *Adriani Behotii Apologia pro S. Romano, adversus Nic. Rigaltium. Paris.* 1609. *in*-8°.

9. *De la Prelation & Retenuë feodale. Paris.* 1612. *in* 4°.

10. *Accipitrariæ Rei scriptores nunc primum editi. Accessit liber de Cura Canum. Ex Bibliotheca Regia, cura Nic. Rigaltii. Græce & Lat. Paris.* 1612. *in*-4°.

11. *Menandri & Philistionis Sententiæ comparatæ, Græce. Cura Nic. Rigaltii. Paris.* 1613. *in*-8°. *Rigault* reconnoît que ces Sentences ne sont point de ceux dont elles portent les noms.

12. *Rei Agrariæ Authores, Legesque cum observationibus & Glossario N. Rigaltii. Paris.* 1613. *in*-4°. It. *Edente Will. Goesio, qui Indices, Antiquitatum Agriarum singularem librum, & Notas adjecit. Amstelod.* 1674. *in*-4°. ( se trouve à Paris chez Briasson. )

13. *Diatriba de Satyra Juvenalis.* Dans l'Edition de ce Poëte donnée par *Robert Etienne. Paris.* 1616. *in*-12.

14. *Exhortations Chrétiennes imitées*

*des anciens Peres Grecs & Latins. Paris* 1620. *in*-12. N. RIGAULT.

15. *Epistola Joannis B. Ædui, qua Jacobus Augustus Thuanus à Jacobi Cellarii, Rectoris Collegii Monachiensis, cavillationibus deffenditur, & simul eundem Cellarium Admonitionis ad Ludovicum XIII, nec non Mysteriorum Politicorum Auctorem esse indicatur.* 1626. *in*-4°. *Nic. Rigault* est Auteur de cette Lettre, suivant le P. *le Long.*

16. *Apologeticus pro Rege Ludovico XIII. adversus factiosæ admonitionis calumnias in causa Principum fœderatorum. Paris.* 1626. *in*-4°. It. *trad. en Allemand.* 1626. *in*-8°.

17. *Q. Tertulliani libri IX. ex Cod. MSto Agobardi emendati, cum observationibus Nic. Rigaltii. Paris.* 1628. *in*-8°. C'étoit là un avant coureur de l'Edition de toutes les Oeuvres de *Tertulien*, que *Rigault* donna quelques années après.

18. *Tertulliani Opera à Nic. Rigaltio recensita, & illustrata notis & indicibus, atque glossario sermonis Africani. Paris.* 1634. *in-fol.* It *secundis curis. Par.* 1641. *in-fol. Rigault* ayant fait depuis

N. RIGAULT. cette derniere édition de nouvelles remarques sur *Tertulien*, les joignit à ses Notes sur *S. Cyprien* qu'il publia en 1649. Ces remarques sont sçavantes & curieuses, & éclaircissent quelques endroits difficiles, & plusieurs points de l'Antiquité Ecclesiastique ; mais il y avance quelques sentimens singuliers. *Dodwel* n'a pas mal jugé de lui, lorsqu'il a dit, que, quoique sçavant & habile critique, il est quelquefois peu exact dans les choses qu'il traite ; que malgré son attachement à la Communion Romaine, il prend le plus souvent le parti des Calvinistes; que lorsqu'il trouvoit dans les Auteurs qu'il publioit quelque chose, qui paroissoit contraire non-seulement aux Coutumes de son Eglise, mais encore de toutes les autres, il le remarquoit avec beaucoup de soin, peut-être pour rendre ses remarques plus agréables au Lecteur par la nouveauté. La singularité de ses sentimens a produit les disputes qu'il a eu avec quelques Sçavans, & dont il est bon de dire ici quelque chose.

*Rigault* en faisant imprimer en 1628. quelques Traités de *Tertulien*, prétendit

prétendit dans sa 19e. Observation, qu'on pouvoit montrer par un passage de cet Auteur, tiré de son Livre de l'*Exhortation à la chasteté*, que les Laïques ont droit de consacrer l'Eucharistie en cas de necessité, lorsqu'ils ne peuvent recourir aux Ministres ordinaires de l'Eglise. Voici ce passage: *Nonne & Laici Sacerdotes sumus? scriptum est, regnum quoque nos & Sacerdotes Deo & Patri suo fecit. Differentiam inter ordinem & plebem constituit Ecclesia, & honor per ordinis concessum sanctificatus: adeo ubi Ecclesiastici ordinis non est concessus, & offers & tingis, & Sacerdos es tibi solus. Sed ubi tres, Ecclesia est, licet Laici, &c.* N. RIGAULT.

M. *de l'Aubespine* Evêque d'*Orleans* entreprit de refuter le sentiment de *Rigault* dans le second Livre de son Traité de l'*Ancienne Police de l'Eglise sur l'administration de l'Eucharistie*; où il fait voir que par le mot d'offrir, qui est dans ce passage de *Tertullien*, il ne faut pas entendre l'oblation du sacrifice, mais les offrandes des Fidéles qui se faisoient à l'Autel; & *Rigault* lui témoigna être satisfait de ses raisons, dans une Lettre qu'il lui é-

N. RIGAULT. crivit, où il assûroit qu'il étoit dans les mêmes sentimens que lui sur cet article.

Quelques années après *Grotius* prit part à cette dispute, & soûtint le sentiment de *Rigault*, en publiant en 1638. son Livre *De Cœna administratione ubi Pastores non sunt.* Il fut refuté l'année suivante par le P. *Petau*, dans son Traité *De Potestate consecrandi à Deo concessa, deque Communione usurpanda.*

Saumaise entreprit en 1640. de défendre *Grotius* & *Rigault*, & publia pour cela sous le nom de *Wallo Messalinus, Dissertatio de Episcopis & Presbyteris contra Dionysium Petavium.* Enfin *Dodwel* s'imaginant que le P. *Petau* n'avoit pas assés bien refuté *Grotius*, voulut le faire lui-même, & publia une Dissertation *de Jure Laicorum Sacerdotali. Londini* 1686. *in*-8°.

Rigault eut encore une autre dispute au sujet d'un paradoxe fort extraordinaire qu'il debita dans ses Observations sur *Tertullien*, touchant la figure de *Jesus-Christ.* Car s'éloignant de l'opinion commune, qui veut que nôtre Seigneur ait été très-beau &

très-bien fait, suivant ce passage du Pseaume, qui cependant n'est pas concluant : *speciosus forma præ filiis hominum* ; il soûtint qu'il étoit dépourvû de tous les avantages de la nature, & que n'ayant voulu ni des honneurs, ni des richesses, il avoit renoncé de même à la beauté & à la bonne mine. Le P. *Vavasseur* l'attaqua sur ce sujet dans un Livre où il prétend que *Jesus-Christ* n'étoit ni beau, ni laid. Dispute assés inutile, & qui ne peut être décidée, puisqu'elle ne roule que sur des conjectures, & que l'on n'a aucun monument certain par lequel on puisse sçavoir quelle étoit la figure du corps de *Jesus-Christ*. N. RIGAULT.

19. *Dissertatio Censoria super editione libelli parænetici de cavendo schismate. Paris.* 1640. *in*-4°. Cette Dissertation est fort courte ; c'est plûtôt une déclamation, qu'une réponse solide : il semble que l'Auteur n'ait eu en vûë que de faire l'éloge du Cardinal de *Richelieu. ( Le Long Bibl. de la France. )*

20. *De lege venditioni dicta observatio duplex ad legem* Curabit Præses,

N. RIGAULT.

*cod.* de Act. empti. *Tulli Leucorum* 1643. & 1644. *in*-4°.

21. *Minucii Felicis Octavius*, & *Cœcilius Cyprianus de Idolorum vanitate*, *cum Nic. Rigaltii observationibus*. *Paris.* 1643. *in*-4°. It. *Lugd. Bat.* 1652. *in*-4°.

22. *Observatio ad Constitutionem Regiam anni* 1643. *de modo fœnori proposito. Paris.* 1645. *in*-4°.

23. *S. Cypriani opera*, *cum Nic. Rigaltii observationibus. Paris.* 1649. *in-fol.*

24. *Commodiani Instructiones adversus Gentium Deos*, *cum Nic. Rigaltii Præfatione & Notis. Tulli Leucorum* 1650. *in*-4°.

25. *Observatio de Populis Fundis*, *seu de statu & conditione Populorum*, *qui Fundi facti esse dicebantur lege Julia de Civitate Romana. Tulli Leucorum* 1651. *in*-4°. It. avec les Ouvrages d'*Ismael Bouillaud* & de *Henri de Valois* sur le même sujet. *Divione* 1656. *in*-8°.

26. *Vita Petri Puteani*, *cura Nic. Rigaltii. Oratio funebris ejusdem*, *Autore Adriano Valesio. Bernardi Medonii extemporalis Oratio in ejusdem obi-*

*tum. Paris.* 1652. *in*-4o. It. *Ibid.* 1653. *in*-4°. La vie de *Pierre Dupuy* par *Rigault* se trouve aussi à la page 660. du Recueil de *Bates*, intitulé : *Vitæ selectorum aliquot virorum. Londini* 1681. *in*-4o.

V. *Les Hommes Illustres de Perrault.* tome 2e. *Du Pin Bibliotheque des Auteurs Ecclesiastiques.*

---

## NICOLAS SAGUNDINO.

N. SAGUNDINO.

Le nom de famille de ce Sçavant se trouve écrit de plus d'une maniere. Quelques Auteurs l'appellent *Sagudino*, d'autres le nomment *Saguntino*. *Vossius* lui donne le nom de *Segundinus*, ou *Secundidinus* ; mais le veritable est *Sagundino*, puisque c'est celui qu'on trouve écrit de sa propre main dans plusieurs Actes qu'il a signés en qualité de Sécretaire de la République de *Venise*.

Il étoit natif de l'Isle de *Negrepont*, & il passa en Italie avec sa femme & ses enfans vers l'an 1438. à l'occasion du Concile Général qui devoit se tenir pour la réünion de l'Eglise Gréque avec la Latine.

N. SAGUNDINO. *Sagundino*, qui possedoit parfaitement les deux Langues, fut choisi pour Interpréte de ce Concile, qui s'assembla à *Florence*, & c'est de lui que doivent s'entendre ces paroles de *S. Antonin.* (*a*) *Græcus medius constitutus est utriusque linguæ peritissimus quidam, qui promptissime, fidelissime, & eloquenter verba Latina arguentis referret in Græco responsali, & verba Græca ejus interpretaretur in Latinum.* C'est ce qui paroît par la chronique de *Matthieu Palmieri*, & par la Cosmographie d'*Eneas Silvius*, où il est nommé.

*Palmieri* lui donne le nom de *Nicolas Euboicus*, parce qu'il étoit de *Negrepont*, que les anciens appelloient *Eubæa*; ce qui a occasioné le doute, où le P. *Mabillon* a témoigné (*b*) être si *Nicolas Sagundineus*, (comme il l'écrit,) de *Negrepont*, & *Nicolas Euboicus* étoit le même homme; doute qui cependant n'a pas le moindre fondement.

*Nicolas Antonio* a fait une lourde faute, en mettant *Sagundino* parmi

(*a*) *Part. III. Tit.* 22. *c.* 11.
(*b*) *Musæum Ital. Tom.* 1. p. 243.

les Auteurs Espagnols, (a) dans la pensée que son nom marquoit que *Sagunte* étoit sa patrie. D'autres ont cru aussi mal à propos, qu'après la conclusion du Concile de *Florence* le Pape *Eugene* l'avoit fait Evêque de *Sagunte*, & que c'est de-là qu'il a tiré son nom. Le reste de sa vie n'a aucun rapport à cette prétenduë qualité d'Evêque.

N. SAGUNDINO.

Lorsque le Concile fut fini, *Sagundino* partit de *Florence*, & alla à *Venise* où il s'embarqua avec sa famille & tous ses effets, qui étoient considerables, sur un Vaisseau qui faisoit voile vers l'Isle de *Chypre*. A peine fut-il embarqué, qu'il s'éleva une tempête qui fit perir son Vaisseau avec sa femme, trois de ses enfans, deux garçons & une fille, & tous ses effets. Pour lui il se sauva, quoiqu'avec beaucoup de peine, avec un de ses fils, qui étoit déja grand, & cinq de ses filles.

Cet accident fut cause, qu'oubliant entierement la Gréce, il résolut de demeurer à *Venise*, où la République, instruite de son merite, lui accorda

[a] *Bibl. Hisp. Ant. lib.* 10. *c.* 11.

N. SAGUNDINO.

aussi-tôt le droit de Bourgeoisie, & l'employa même dans les affaires de l'Etat. Il fut tout le reste de sa vie Sécretaire de cette République dans les Tribunaux les plus considerables, & particulierement dans le Conseil des dix; & eut la même qualité dans plusieurs Ambassades envoyées au Pape, à *Alphonse* Roy de *Naples*, & à la Cour Ottomane.

C'est tout ce qu'on sçait de lui, & personne ne marque l'année de sa mort.

Catalogue de ses Ouvrages.

1. *Confessio Græcorum de verbis consecrationis & transubstantiatione à Bessarione in Concilio Florentino exposita, è Græco in Latinum translata.* Le P. Mabillon a inseré cette traduction de *Sagundino* dans le premier tome de son *Musæum Italicum*, p. 243.

2. Il a revû & corrigé la traduction Latine d'*Arrien* faite par *Barthelemi Facio*, qui a été imprimée à *Pesaro* en 1509. *in-fol.* Il en avoit aussi fait une nouvelle; mais elle n'a pas été imprimée.

3. *Onosandri liber de Optimo Imperatore eligendo per Nicolaum Sagundinum è Græco in Latinum conversus. Basileæ*

*Basileæ* 1541. 1548. & 1580. *in*-8°. N. SAGUNDINO.
*Nicolas Rigault*, qui a traduit depuis le même Auteur, ne fait pas grand cas de la traduction de *Sagundino*, & dit que quoiqu'il se soit servi d'un exemplaire correct, il a souvent mal pris le sens de son Auteur.

4. *Plutarchi de Civili Instititutione liber in Latinum versus.* Cette traduction a été imprimée à *Brescia* en 1485. *in*-4°. & parmi les Oeuvres de *Plutarque* traduites par differens Auteurs.

Il a fait quelques autres ouvrages qui n'ont pas vû le jour, entr'autres un *De Origine Turcarum*, qu'*Allatius* avoit dessein de faire entrer dans le 3e. volume de ses *Symmicta*.

V. *Vossius de Historicis Latinis lib.* 3. *Journ. de Venise tome* 14. p. 375.

## JEAN FRONTEAU.

J. FRONTEAU.

JEAN Fronteau, naquit à *Angers* l'an 1614. de *Jacques Fronteau*, Notaire de cette Ville.

Il fit ses premieres études chez le Curé d'*Epiré* près d'*Angers*, & avança tellement par ses soins dans la connoissance des Belles-Lettres, qu'on prétend qu'au bout de cinq années qu'il demeura chez lui, il traduisoit sur le champ le François en Latin & en Grec. Il est à présumer qu'il y a un peu d'exageration en cela, puisque le jeune *Fronteau* passa encore plusieurs années dans les Classes, ce qui n'auroit pas été necessaire, s'il avoit été aussi habile, qu'on le fait.

De retour à *Angers*, il étudia encore trois années dans le College des Peres de l'Oratoire de cette Ville, & fut ensuite envoyé à celui de la *Fleche*, où il acheva ses Humanités.

Il prit en 1630. l'Habit de Chanoine Régulier dans l'Abbaye de Toussaint à *Angers*, & y fit proſeſſion l'année ſuivante. J. FRONTEAU.

Le P. *Favre* ayant fait en 1635. l'union de cette Abbaye à la Congrégation de France, dont il avoit la direction, ſous l'autorité du Cardinal de *la Rochefoucault*, *Fronteau*, qui étudioit en Philoſophie à la *Fleche*, lui dédia la Theſe, qu'il ſoutint à la fin de ſon cours, & s'étant fait connoître à lui par ce moyen, ſe rendit à *Paris* par ſes ordres ſur la fin de l'année 1636. & y renouvella ſes vœux entre ſes mains.

L'année ſuivante il fut choiſi pour regenter la Philoſophie dans l'Abbaye de *Sainte Genevieve*, & il s'acquita de cet emploi avec beaucoup d'application. Son premier cours fini en 1639. il fut chargé d'enſeigner la Théologie, & il ſuivit dans celle-ci, comme il avoit fait dans l'autre, les principes de *S. Thomas*, auſquels il étoit fort attaché. Il ne ſe contenta pas d'une Scholaſtique ſéche & décharnée, il lut avec aſſiduité les Saints Peres, & l'Hiſtoire Eccleſiaſtique, pour rendre ſes écrits plus utiles, & pour inſtruire ſes diſciples d'une maniere plus ſolide.

J. FRONTEAU. Outre les Traités de Théologie qu'il leur dictoit, il leur faisoit encore tous les Dimanches des Conférences sur quelque sujet de morale, ou sur quelque endroit de l'Ecriture Sainte.

L'*Augustin* de *Jansenius* ayant paru alors, il le lut, & crut y voir les sentimens de *S. Augustin.* Quelque temps après les Jésuites l'ayant invité à des Theses de Théologie qui se soûtenoient au College de *Clermont*, & l'ayant prié d'en faire l'ouverture, il fit d'abord un discours fort docte & fort éloquent, qui fut très-bien reçû; mais ayant attaqué ensuite une proposition qui concernoit la Prédestination, ce qu'il dit sur ce sujet le fit soupçonner de nouveauté. Le P. *Blanchard* Géneral de la Congrégation en étant averti, le mena voir les Peres *Petau* & *Bagot* pour conferer avec eux sur les matieres contestées, expliquer ses sentimens, & ôter tous les ombrages qu'ils pouvoient avoir pris sur sa doctrine. Il le fit en effet, & leur témoigna tant de docilité, de soûmission, & d'inclination à la paix, qu'ils en demeurerent satisfaits.

L'Office de Chancelier, dans l'Université de *Paris*, attaché à la Maison de *Sainte Genevieve*, ayant vacqué l'an 1648. par la mort de M. *Guillou*, Prieur du *But*, ancien Religieux de l'Abbaye, le Géneral choisit le P. *Fronteau* pour remplir cette place. L'Université s'opposa à sa reception, & témoigna qu'elle n'y consentiroit point, que le Géneral de la Congrégation n'eût renoncé à l'établissement des Séminaires, qui faisoient ombrage à l'Université : mais M. le premier Président *Molé* ayant interposé son autorité, obligea le Recteur à le recevoir. J. FRONTEAU.

L'Université avoit déja eu un procès au Grand Conseil, pour les Ecoles que les Religieux de la Congrégation avoient établies à *Nanterre*, dans lequel M. *du Moutier* Recteur faisant un discours Latin à l'Audience avoit appellé ces Religieux *stipites cucullatos*. Le P. *Fronteau*, qui étoit chargé de lui répliquer, commença son discours par ces mots : *Sisto vobis, Judices integerrimi, ex calculo amplissimi Rectoris stipitem non sine prodigio loquentem.* Il prouva ensuite qu'ancienne-

J. FRONTEAU.

ment les plus fameuses Ecoles étoient dans les Monasteres, & obtint un Arrêt en faveur de sa Congrégation.

Après avoir passé tranquillement quelques années, occupé uniquement de ses études, il eut quelques chagrins à essuyer à l'occasion des cinq Propositions condamnées par les Papes *Innocent X.* & *Alexandre VII.* Ayant été soupçonné de favoriser le parti des disciples de *Jansenius*, & de croire qu'on ne pouvoit signer le Formulaire sans distinguer le fait d'avec le droit, il quitta la regence en 1654. & accepta le Prieuré conventuel de *Benay* dans le Diocése d'*Angers*. Il n'y fit pas cependant une résidence continuelle, il exerça toûjours les fonctions de Chancelier de l'Université de *Paris*, & ne laissa pas d'aller prêcher dans quelques Eglises Cathedrales.

Etant allé en 1661. à son Prieuré de *Benay*, pour y prêcher le Carême, son Géneral reçut ordre de la Cour de lui enjoindre d'y demeurer jusqu'à ce qu'on le rappellât. L'approbation qu'il avoit donnée à la traduction Françoise du Missel de M. *Voisin*, &

J. FRONTEAU.

qu'il n'avoit pas voulu révoquer fut la cauſe de cet Ordre. Mais il n'eut pas de peine à la révoquer, lorſqu'il ſçut que le Pape, les Evêques & la Sorbonne avoient condamné cette traduction ; il déclara même alors qu'il étoit prêt de ſigner le Formulaire ; ce qu'il avoit toûjours refuſé juſques-là. Dans le même temps il écrivit une Lettre latine, dans laquelle, ſur la conſultation qui lui avoit été faite par un de ſes amis, s'il pouvoit ſigner en conſcience le Formulaire., il rapporte trois raiſons pour prouver qu'on le pouvoit faire ſans difficulté.

Sur cela ſon General eut permiſſion de le rappeller, & lui manda auſſitôt de revenir à *Paris*. Il y arriva au commencement de l'année 1662. & fut bientôt après nommé par M. l'Archevêque de *Sens*, *Henri de Gondrin*, Prieur-Curé de *Sainte Madeleine* de *Montargis*. Ce Benefice lui ayant été conteſté par des Gradués, il ſe pourvut en Cour de Rome, & prit poſſeſſion le Jeudi Saint 7e. Avril.

Aprés avoir fait ſes fonctions pen-

J. FRONTEAU.

dant le reste de la semaine & les Fêtes de Pâques avec beaucoup d'ardeur & le zéle, il tomba malade le Mardi & mourut le Dimanche 17 Avril 1662. âgé de 48 ans.

» Il avoit joint l'érudition Eccle» siastique & profane à une éloquen» ce vive & naturelle. Il prêchoit & » parloit facilement, avec agrément » & avec succès. Il s'étoit acquis beau» coup de réputation par les Pane» gyriques qu'il prononçoit en don» nant le Bonnet de Maître-ès-Arts » aux Actes de l'Université, fonction » qu'il a exércée pendant quinze ans. » Il sçavoit neuf Langues, l'Hebraï» que, la Chaldaïque, la Syriaque, » l'Arabe, la Greque, la Latine, l'Ita» lienne, l'Espagnole, & la Fran» çoise, comme il le fit voir à une » These dédiée au Cardinal *Mazarin*, » dans laquelle il fit paroître ces neuf » Langues, comme neuf Muses & » neuf Sœurs, pour expliquer cha» cune dans son idiome le nom de » *Mazarin*. Il avoit de grandes liai» sons, non - seulemert avec tous les » gens sçavans, mais encore avec les » plus grands du Royaume, & les

» personnes les plus considerables de J. FRONTEAU.
» la Robe, qui l'honoroient de leur
» amitié. Il sçavoit unir dans ses ou-
» vrages le profane avec l'Ecclesiasti-
» que, & égayoit toûjours sa matiere
» par quelques passages des Peres, &
» des Auteurs Grecs & Latins, ou
» par quelques traits curieux de l'Hi-
» stoire. Il ne s'attachoit pas à traiter
» les matieres à fond, mais à faire de
» nouvelles découvertes, à donner
» des remarques curieuses, & à four-
» nir des idées & des conjectures
» toutes neuves, & d'un tour nou-
» veau. C'est le caractere que M. *Du Pin* fait de cet Auteur.

J'ajoute que c'est lui qui a commencé à former la Bibliotheque de *Sainte Genevieve*, laquelle s'est augmentée depuis par les soins de ceux qui en ont eu la direction, à un tel point, qu'il en est peu qui puisse lui être comparée, soit pour le nombre des volumes, soit pour les livres rares & curieux qu'elle renferme.

Catalogue de ses Ouvrages.

1. *Summa totius Philosophiæ è D. Thomæ Aquinatis doctrina. Paris.* 1640. *in-fol.* Cet Ouvrage est de *Cosme A-*

J. FRONTEAU. *lamanni*, Jesuite de *Milan*, qui en publia la premiere partie à *Pavie*, l'an 1618. *in*-4°. Le P. *Fronteau*, qui étoit fort attaché à la doctrine de *S. Thomas*, des ouvrages duquel ce Livre n'est qu'un précis, crut devoir le faire connoître en France par une nouvelle édition, à laquelle il joignit quelques supplémens. Mais il n'est guéres plus connu pour cela, qu'il ne l'étoit auparavant ; les principes qu'on suit dans la Philosophie, ayant si fort changé depuis, qu'il est tombé entierement dans l'oubli.

2. *Thomas à Kempis vindicatus per unum è Canonicis Regularibus Congregationis Gallicanæ. Paris.* 1641. *in*-8°. Le P. *Fronteau* composa cet Ouvrage pour rendre à *Thomas à Kempis* le Livre de l'*Imitation*, que *François Valgrave*, Benedictin Anglois, avoit fait imprimer à *Paris* en 1638. sous le nom de *Jean Gersen*, qu'il qualifioit Abbé de *Verceil*, avec des Notes Apologetiques sur le titre de ce Livre. Il en donna une seconde édition en 1649. à *Paris*, *in*-8°. dans laquelle il ajoûta la Relation de M. *Naudé*, touchant les manuscrits de l'*Imitation*,

J. FRONTEAU.

qui étoient à *Rome*, & le texte même du Livre de l'*Imitation*, qu'il fit imprimer sous le nom de *Thomas à Kempis*. La Dissertation du P. *Fronteau* fut comme un signal, qui ralluma le feu de la guerre entre les partisans de *Gersen*, & ceux de *Thomas à Kempis*. Aussitôt le P. *Robert Quatremaires*, Benedictin de la Congrégation de *S. Maur*, homme d'esprit & d'érudition, mais caustique & ardent, fit au P. *Fronteau* une réponse fort vive, qu'il intitula : *Joannes Gersen, Abbas Versellensis Ord. S. Benedicti auctor Librorum de Imitatione Christi iterum assertus, contra Refutationem P. Joannis Fronteau. Paris.* 1650. *in*-8o. D'un autre côté le P. *François Valgrave* fit aussi une réponse sous ce titre : *Argumentum Chronologicum contra Kempensem, adversus Joannem Frontonem. Paris.* 1650. *in*-12. D'ailleurs M. *de Launoy* fit réimprimer un petit traité, qu'il avoit déja publié sur la même matiere, avec quelques additions, & l'intitula : *Dissertatio continens judicium de Auctore librorum de Imitatione Christi ; Auctore Joanne de Launoy. Editio 3a. auctior & correctior, & qua*

J. FRONTEAU. *simul respondetur iis quæ Joannes Fronto Canonicus Regularis, in refutatione adversariorum Thomæ Kempensis adduxit. Paris.* 1650. *in*-8°. Pendant ces disputes litteraires, M. *Naudé* prit à partie les Benedictins, & les fit assigner pour lui faire reparation des accusations de fourberie & de falsification, qu'ils avoient intentées contre lui, par rapport aux manuscrits de *Rome*, & les Chanoines Reguliers, intervinrent dans ce procès, demandant qu'il fût fait défenses d'imprimer le Livre de l'*Imitation* sous un autre nom que celui de *Thomas à Kempis*. Le P. *Fronteau* plaida lui-même en cette occasion pour les Chanoines Reguliers, & le fit avec tant de force qu'il obtint ce qu'il demandoit. L'affaire n'étoit pas encore décidée, lorsqu'il travailla à repondre au P. *Quatremaires* & à M. *de Launoy*, ce qu'il fit dans l'ouvrage suivant.

3. *Refutatio eorum quæ contra Vindicias Kempenses scripsère D. Quatremaires & D. Launoy. Paris.* 1651. *in*-8°.

4. *Argumenta duo nova, primum Theophili Eustati P. T. à similitude*

*quam habent libri IV. de Imitatione Christi, cum aliis Canonicorum Regularium spiritualibus libris : Alterum Joannis Frontonis C. R. à frequenti in iisdem libris vitæ communis & devotorum facta mentione. Quibus demonstratur adversus Pseudo-Gersenistas Thomam Kempensem verum esse autorem librorum de Imitatione Christi ; cum præfatione Gab. Naudæi. Paris.* 1651. *in-8°.* J. FRONTEAU.

5. *Ivonis Carnotensis Episcopi Opera omnia. Paris.* 1647. *in-fol. Jean-Baptiste Souchet*, Chanoine de *Chartres*, ayant fait sur les Lettres d'*Ives* de *Chartres* quelques notes plus amples que celles de *Juret*, pria le P. *Fronteau* de prendre soin d'une nouvelle édition de cet Auteur, & d'y inserer ses notes, & le chargea d'en faire l'Epître dédicatoire à l'Evêque de *Chartres*, & la vie d'*Ives*. Le P. *Fronteau* fit ce qu'il souhaitoit, corrigea le texte des Oeuvres d'*Ives* de *Chartres* sur les manuscrits, composa l'Epître dédicatoire & la vie d'*Ives*, & joignit aux anciennes notes de *Juret* les nouvelles de *Souchet*. Cette édition ayant paru, *Souchet* fut piqué de ce que le P. *Fronteau* avoit fait la dédi-

J. FRONTEAU.

cace en son nom, & fit courir un libelle, dans lequel il l'accusoit d'être plagiaire. Mais le P. *Fronteau* se défendit par une Lettre en forme d'Apologie adressée à l'Evêque *du Puy*, dans laquelle il justifia sa conduite. Le P. *Liron* a mal raconté dans sa *Bibliotheque Chartraine*, p. 262. le sujet & les circonstances de ce differend.

6. *De Nomine suo Latine vertendo, Dissertatio ad Ægidium Menagium.* Je ne sçai quand a paru cette Dissertion, où il se propose de montrer que son nom ne doit point être rendu en Latin par ceux de *Frontellus*, ou *Frontæus*, comme l'avoient fait quelques uns, mais par celui de *Fronto*.

7. *Dissertatio Philologica de Virginitate honorata, erudita, adornata, fœcunda. Paris.* 1651. *in*-4°. pp. 45. Cette petite piece que le P. *Fronteau* dédia au Chapitre de Chartres, est remplie de beaucoup d'érudition profane ; mais au jugement de M. *du Pin*, il y a plus d'esprit que de solidité.

8. *Antitheses Augustini & Calvini. Autore F. J. F. C. R. S. T. P. A. P. C.* (c'est à dire) *Fratre Joanne Frontone,*

*Canonico Regulari, Sacræ Theologiæ Professore, Academiæ Parisiensis Cancellario. Paris.* 1651. *in*-16. Le P. *Fronteau* met ici en parallele des passages de S. Augustin & de *Calvin* sur chaque point des matieres de la Grace. Le General de sa Congrégation, craignant que ce Livre ne fît du bruit, en fit retirer tous les exemplaires; mais un des amis du P. *Fronteau*, qui en avoit un, en fit faire une autre édition. J. FRONTEAU.

9. *Kalendarium Romanum nongentis annis antiquius. Ex MS. Monasterii S. Genovefæ Parisiensis in monte, aureis characteribus exarato, edidit, notis illustravit & duplicem præterea dissertationem ad idem pertinentem adjunxit F. Joannes Fronto. Præit Dissertatiuncula de Episcoporum, Pastorumque nomine, officio, dignitate, ad Ill. Episcopum Andegavensem. Paris.* 1652. *in*-8°. Les deux dissertions que le P. Fronteau a jointes ici sont. 1. *De diebus Festivis, cum Nativitatis, tum mortis Gentilium, Hebræorum, Christianorum, deque ritibus eorum.* 2. *De cultu sanctorum, & imaginum & Reliquiarum & de adoratione veterum, deque ritibus &*

J. FRONTEAU. *speciebus ejus. Martin de Roa*, Jesuite Espagnol, avoit déja traité la matiere dont il s'agit dans la premiere dissertation, dans son Livre, *de Die Natali sacro & profano*, imprimée à *Cordouë* en 1600. *in*-4°. à la suite de ses *singularium locorum ac rerum libri V.* Le P. *Fronteau* a eu soin de ne point repéter ce qu'il avoit déja dit, & de rapporter seulement ce qu'il avoit omis. Les Notes qu'il a ajoûtées au Calendrier Romain sont très-curieuses & très-recherchées, sans qu'il s'éloigne cependant de son sujet.

10. *Oratio in Obitum Matthæi Molé. Paris.* 1656. *in*-4°. *Matthieu Molé* étoit Garde des Sceaux.

11. *Epistola Consolatoria ad Bignonios Fratres de morte Patris. Paris.* 1656. *in*-4°.

12. *Lettre d'un Theologien à une personne de condition, où il déclare les raisons, qui l'obligent à ne pas souscrire à l'Ordonnance de Messeigneurs les Evêques assemblés au Louvre l'an* 1654. *& qui a été ensuite confirmée en l'assemblée generale du Clergé tenuë à Paris l'an* 1656. *in*-4°. Cette Lettre est de l'an 1656.

13. *Epistola in qua de Jure Episcoporum*

*porum in Ecclesias suarum urbium disseritur. Paris.* 1659. *in*-4°. pp. 15. Cette Lettre est du 1. Mars 1659. J. FRONTEAU.

14. *Dissertatio Academica de nomine Petri Ecclesiæ Capiti imposito, in actu publico Marchiano, quo Nicolaus Cagnié Laurea donatus est, pronuntiata, die 29 Junii 1659. Paris.* 1659. *in*-4°. pp. 16.

15. Φιλοτεσιας *veterum. Epistola in qua ritus antiqui sese in compotationibus salutandi tractantur, & ad illustrandam divinæ Eucharistiæ institutionem multa afferuntur. Paris.* 1660. *in*-4°. pp. 20. Cette Lettre est datée de l'Abbaye d'*Herivaux* le 7. Février 1660.

16. *Epistola de origine Parochiarum deque fundamentis obligationis ad eas conveniendi. Paris.* 1660. *in*-4°. pp. 14. Datée du même lieu le 8. Février 1660.

17. *Epistola in qua tractatur quomodo se habeant scriptura & Ecclesia ad mutuam sui probationem. Paris.* 1660. *in*-4°. pp. 20. Du même lieu le 9. Février 1660.

18. *Epistola in qua de moribus & vita Christianorum in primis Ecclesiæ seculis agitur. Paris.* 1660. *in*-4°. pp.

J. FRONTEAU. 30. *De S. Cheron de Chartres*, le Samedi Saint 1660.

19. *Epistola ad Ill. & Rev. utriusque ordinis Ecclesiæ Gallicanæ Patres ad comitia generalia anni 1660. Parisiis Congregatos, in qua fit discussio Privilegii illius, quo quibusdam Monasteriis facultas per quemcumque voluerint Episcopum ordines sacros recipiendi, concessa est. Paris.* 1660. *in*-4°. pp. 18.

20. *Epistola de Canonicis Cardinalibus. Paris.* 1661. *in*-4°. pp. 15. De *Paris* le 5. Janvier 1661.

21. *Familia Christiana in primis Ecclesiæ sæculis. Epistola. Paris.* 1661. *in*-4°. pp. 23. Cette Lettre est datée d'*Angers* le 23 Octobre 1660.

22. *Epistola de signo crucis. Paris.* 1662. *in*-4°. pp. 20. Datée du Prieuré de *Benay*, au Carnaval de l'an 1661.

23. *Epistolæ Selectæ. Leodii Eburonum* 1674. *in*-16. pp. 266. Les huit Lettres qui entrent dans ce Recueil avoient déja paru en differens temps. Ce sont celles que j'ai indiquées au N°. 15. 16. 17. 18. 20. 21. 22. & l'Epître à M. *Henri Arnauld*, Evêque d'*Angers*, qui est à la tête du *Ka*-

*lendarium Romanum.*

V. *Joan. Frontonis Memoria disertis per amicos virosque clarissimos encomiis celebrata. Paris.* 1663. *in*-4°. La vie du P. *Fronteau* qu'on trouve dans ce Recueil est du P. *Lallemant. Du Pin Bibliotheque des Auteurs Ecclésiastiques.*

---

## ANGE ROCCA.

ANGE *Rocca*, naquit l'an 1545. à *Rocca-Contrata*, petite Ville de la Marche d'*Ancone*. A. ROCCA.

Il fut envoyé fort jeune à *Camerino*, & y prit l'Habit de l'Ordre des Ermites de S. Augustin l'an 1552. âgé seulement de sept ans, suivant l'usage qui s'observe encore dans plusieurs Couvens d'Italie. Le long sejour qu'il a fait en cette Ville est la raison qui lui a fait donner le surnom de *Camers* par la plûpart de ceux qui ont parlé de lui.

Ce fut là qu'il commença ses études, qu'il alla cependant dans la suite continuer en differentes Villes, où il y avoit de bons Professeurs. Il fit

A. Rocca. sa Philosophie & sa Theologie à *Perouse*, à *Rome*, & à *Venise*, & passa ensuite à *Padouë*, où il fut reçû Docteur en Theologie le 9. Septembre 1577.

Honoré de ce titre, il alla demeurer à *Venise*, où il s'appliqua à enseigner les Belles-Lettes aux jeunes Religieux de son ordre, & à quelques seculiers de consideration, à prêcher, & à composer differens ouvrages.

Le P. *Augustin Fivizani*, Vicaire General de l'Ordre, & Sacristain du Pape, prévenu de son merite & de sa capacité, le fit venir à *Rome* en 1579. pour être son Secretaire, & pour avoir soin de publier un ouvrage d'*Augustin Triumphus*. Comme il se plaisoit beaucoup à *Venise*, ce ne fut qu'à regret qu'il obeït aux ordres de son Superieur; mais il ne laissa pas de remplir parfaitement les vûës qu'il avoit sur lui. Il fut Secretaire de l'Ordre pendant six ans, c'est-à-dire jusqu'à l'année 1585. que le Pape *Sixte V.* le fit venir au Vatican, pour avoir l'œil sur l'impression de la Bible, des Conciles & des Ouvrages des Peres, qu'il faisoit faire alors dans l'Imprimerie Apostolique. *Rocca* employa dix ans à ce travail, & fut outre cela Secretaire & Consulteur de la Congregation établie pour l'édition de la Bible. A. Rocca.

*Augustin Fivizani* étant mort le 30 Janvier 1595. *Rocca* fut choisi la même année par *Clement VIII.* pour lui succeder, dans la Charge de Sacristain du Pape, à laquelle il ajoûta dix ans aprés, c'est-à-dire en 1605. la dignité Episcopale, en le faisant Evêque Titulaire de *Tagaste.*

Il mourut à *Rome* le 8. Avril 1620. âgé de 75 ans, & fut enterré dans l'Eglise de S. Augustin de son Ordre, avec cette Epitaphe.

*R. Episcopo Tagastensi Fr. Angelo Rocchæ Camerti, Ord. Eremitarum S. Augustini, Sacrarii Apostolici Præfecto, insignis Bibliothecæ Angelicæ liberalissimo largitori, viro eruditissimo, ac de Augustiniana Religione optime merito, piissimi Patres ac Fratres S. Augustini de urbe gratitudinis ac benevolentiæ argumento posuêre. Die 8. Aprilis* 1720.

Il avoit travaillé pendant quarante ans à se former une Bibliotheque,

A. ROC- qu'il avoit renduë très-nombreuse ;
CA. & très considerable par le choix des Livres. Le Pape *Clement VIII.* en consideration de ses services, lui permit par un Bref du 16 Février 1595. de la laisser au Monastere de son Ordre qu'il jugeroit à propos ; permission qui fut renouvellée par un nouveau Bref de *Paul V.* du 4. Novembre 1609. *Rocca* en fit en conséquence une donation au Monastere de *S. Augustin* de *Rome*, à condition qu'elle seroit publique, & l'Acte de cette donation est du 23. Octobre 1614. Sa resolution avoit été cependant prise sur ce sujet neuf ans auparavant ; puisque dès l'année 1605. il avoit fait graver sur une Table de Marbre, qu'on voit à present dans le vestibule du lieu où est cette Bibliotheque, une inscription où il étoit fait mention de cette donation.

Au reste *Rocca* est le premier qui ait destiné à *Rome* sa Bibliotheque à l'usage du Public ; & ce bienfait a fait donner à cette Bibliotheque le nom de *Bibliotheque Angelique*, de celui de son donateur.

» *Ange Rocca* avoit beaucoup lû,

„ & ne manquoit pas de critique ; A. ROC-
„ mais il n'a pas toute la justesse que CA.
„ l'on pourroit souhaiter dans ses jugemens, & dans ses conjectures, & il se sert indifferemment de bons & de mauvais Auteurs, de monumens authentiques, & de pieces douteuses. Il écrit assez nettement mais sans ornement & avec peu d'élevation. C'est le jugement que M. *Du Pin* porte de cet Auteur.

Tous ses Ouvrages imprimés en differens temps ont été réunis dans l'édition suivante.

*F. Angeli Roccæ Opera omnia, tempore ejusdem Autoris, scilicet, impressa, necnon Autographa & Romæ in Angelica Bibliotheca originaliter asservata. Cum additamentis in Chronhistoria Præfectorum sacrarii Apostolici, Bibliothecariorum, Custodum, atque novarum Inscriptionum usque ad præsens Bibliothecæ Vaticanæ. Romæ* 1719. *in-fol. deux vol.* Il faut marquer en détail les Traités contenus dans ce Recueil.

Catalogue de ses Ouvrages.

Dans le premier volume.

1. *De Romani Pontificis Nomenclatura variis muneribus referta Commen-*

A. ROCCA. *tarius.* (p. 1.) Ce petit Traité n'avoit pas encore été imprimé. L'Editeur l'a publié sur un manuscrit assez imparfait, faute d'en avoir trouvé un meilleur.

2. *De Tiaræ Pontificiæ, quam Regnum Mundi vulgo appellant, origine, significatu, & usu.* (p. 7.) Ce petit Ecrit paroît ici pour la premiere fois.

3. *De sacra summi Pontificis Communione sacrosanctam Missam solemniter celebrantis Commentarius.* (p. 9.) *Romæ* 1610. *in*-4°. *Rocca* explique dans cet Opuscule, pourquoi le Pape, ayant consacré à l'Autel, communie hors de l'Autel sur son Thrône, en prenant une partie du pain consacré, & tirant avec un chalumeau une partie du vin consacré qui est dans le Calice, laissant le reste de l'Hostie & du vin consacré pour la Communion du Diacre & du Sous-Diacre Cardinaux, qui sont ses Ministres. Cet Ouvrage est plein de traits d'érudition; mais il y cite bien des temoignages supposés, ou d'Auteurs de peu d'autorité, & y donne des raisons de ces ceremonies, qui ne paroissent pas fort naturelles.

4.

4. *De sacro-sancto Christi corpore Romanis Pontificibus iter conficientibus præferendo Commentarius.* (p. 33.) *Romæ* 1599. *in*-4°. On trouve dans ce Commentaire plusieurs choses singulieres & curieuses qu'on ne s'aviseroit pas d'y chercher. A. ROCCA.

5. *An summo Pontifici sacrum facienti conveniat uti sacris vestibus colore viridi affectis.* (p. 75.) *Rocca* est pour l'affirmative. Ce petit Traité, qui n'avoit pas encore paru, n'a rien qui merite de l'attention.

6. *De sanctorum Apostolorum Petri & Pauli prælatione, sive Imaginibus, utra scilicet inter eas collocandas præferenda sit Commentarius.* (p. 81.) Ouvrage Anecdote.

7. *De sanctorum Canonizatione Commentarius.* (p. 101.) *Romæ* 1601. *in*-4°.

8. *Cœremoniæ in ipsa Canonizatione observari consueta describuntur & declarantur. Catalogus Sanctorum, quorum Canonizationes inveniri potuerunt.* (p. 142.) Ouvrage Anecdote. L'Auteur ne compte que 56 Saints Canonisés depuis l'an 803. jusqu'en 1601.

9. *De Campanis Commentarius.* (p. 151.) *Romæ* 1612. *in*-4°. It. dans le

A. ROCCA. second Tome du *Novus Thesaurus Antiquitatum Romanarum congestus ab Alb. Henrico de Sallengre*. Il y a bien des recherches dans cet Ouvrage, & c'est un des plus curieux de *Rocca*. Il est fort rare.

10. *De sacro-sancto Jubileo anni 1600. Commentarius*, (p. 197.) Ouvrage Anecdote.

11. *Aurea Rosa, Ensis, & Pileus, quæ Regibus ac Magnatibus à summo Pontifice benedicta in donum mittuntur, quid sibi velint?* (p. 207.) Ouvrage Anecdote. L'Editeur y a joint une Lettre du Cardinal *Polus* au Roy & à la Reine d'Angleterre sur le même sujet.

12. *Cur Sanctorum & Sanctarum Obitus dies Natalis vel dormitio in sancta Dei Ecclesia vocitetur?* (p. 212.) Anecdote.

13. *De Origine & institutione benedictionis Candelarum vel Cereorum in festivitate Purificationis B. Mariæ semper Virginis.* (p. 214.) Anecdote.

14. *Unde Cineres super caput spargendi usus originem trahat, & quæ sibi velit? Cur item ex sacris olearum ramis, Cineres in prima jejunii Quadragesima*

*lis die benedicti, super hominis caput spargantur?* (p. 217.) Anecdote. A. ROCCA.

15. *De precatione, qua Lectiones in Matutino prævenimus, necnon de fine, quo eas concludimus.* (p. 219.) Anecdote.

16. *Feria quidnam sit, & cur dies ab Ecclesiasticis viris Feriarum nominibus in Ecclesia nuncupentur.* (p. 222.) Anecdote.

17. *An Reliquiæ novæ, ab Ecclesia nondum approbatæ, illorum scilicet hominum, qui paucis abhinc annis ex hac vita non sine sanctitatis opinione decessere, absque expressa summi Pontificis concessione aut jussione publice, vel privatim venerari queant.* (p. 224.) Anecdote.

18. *De salutatione sacerdotis in Missa & in divinis officiis, necnon de Ministri vel chori responsione.* (p. 236.) Anecdote.

19. *De sanguine à Christo Domino in Resurrectione reassumpto Commentarius.* (p. 240.) Anecdote. Rien n'est moins solide que tout ce que l'Auteur dit dans cet Opuscule, & dans le suivant.

20. *De Præputio Christi Domini in*

A. ROCCA. *Resurrectione reassumpto, & in Basilica Lateranensi asservato.* (p. 247.) Anecdote. L'Auteur tâche de contenter tout le monde, en soûtenant que J. C. dans sa Resurrection a repris son Prepuce, pour avoir un corps parfait, & que cependant celui qu'on gardoit autrefois dans l'Eglise de *S. Jean de Latran*, & qui depuis en a été enlevé, étoit veritablement le sien, & le même que celui qu'il a pris, non pas *numero*, mais seulement *specie*, & comme il s'objecte que l'on peut demander ce que deviendra ce Prepuce, qui est resté sur la terre, lorsque cette terre sera détruite; il répond qu'on peut dire raisonnablement qu'il sera alors conservé dans quelque endroit du Ciel. Je ne rapporte ceci, que pour faire voir que les Pieces Anecdotes du Recueil des Oeuvres de *Rocca* ne sont pas les meilleures, & qu'on auroit pû ne les point tirer de l'obscurité, où l'on avoit jugé à propos de les laisser jusqu'ici.

21. *De particula ex pretioso & vivifico ligno sacratissimæ Crucis Jesu-Christi desumpta, sacris Imaginibus, & E-*

*logiis eodem ligno incisis insignita, & in Apostolico sacrario asservata, Commentarius.* (p. 253.) *Romæ* 1609. *in*-4°. A. ROCCA.

22. *An Christus Dominus post cœnam cum discipulis factam vinum tantum, vel vinum aqua mixtum potaverit in Calice?* (p. 266.) Anecdote. Rocca se déclare pour le vin mêlé avec l'eau.

23. *Quinam fuerint illi Magi, qui stella moniti Christum infantem adoraverunt?* (p. 269.) Anecdote. Rien de plus pitoyable que ce qu'il dit sur cette question.

24. *An Salomon sit salvus?* (p. 272.) Anecdote. Rocca est pour l'affirmative.

25. *Quid significet Dictum S. Ambrosii : Pro octava multi inscribuntur Psalmi.* (p. 275.) Anecdote.

26. *Sacrorum Bibliorum emendationes, juxta Concilii Tridentini decretum in libros tantum Genesis, Exodi, & Levitici.* (p. 276.) Anecdotes.

27. *Chronhistoria de Apostolico sacrario, nomenclaturam, institutionem, & instructionem, munia item & seriem Sacristarum in Augustiniana Familia ter centum & amplius abhinc annis con-*

A. Rocca. *servatam & nunquam interruptam comprehendens.* (p. 318.) *Romæ* 1605. *in*-4°. Cet Ouvrage est curieux, l'Editeur y a joint une continuation jusqu'à l'an 1719.

28. *Osservazioni intorno alle Bellezze della lingua Latina, nelle quali principalmente stratta dell' Imitatione, dell' Epistole, de' luoghi occolti della lingua Latina* (p. 365.) *In Venezia* 1590. *in*-8°.

29. *Commentarius contra ludum Alearum.* (p. 465.) *Romæ* 1616. *in*-4°. J'en trouve une édition Italienne qui porte le nom d'*Ange Rocca*, & qui a pour titre : *Trattato contra i giuochi delle Carte è Dadi. In Roma* 1617. *in*-4°.

30. *An Carnisprivii mala consuetudo ab Ethnicorum Lupercalium superstitione originem trahat? Cur penitus aboleri non potuerit?* (p. 483.) Anecdote.

31. *Commentarius de Nuce, stemma Gentilitium Innocentii IX. P. O. M. mystice repræsentante, hoc est, Optimum Regimen, longævam felicemque vitam indicante.* (p. 487.) *Romæ* 1591. *in*-4°. L'Auteur debite bien de l'érudition dans ce petit écrit, mais assez mal à propos.

A. ROCCA.

32. *Discorso intorno alla virtu della patienza* ( p. 491. ) *In Roma* 1588. *in*-4°.

33. *Explicatio Inscriptionis.* Semoni Sanco, Deo Fidio Sacrum, &c. (p. 505.) Anecdote.

34. *De Dictione illa*, Palea, *in decretis Pontificiis passim reperta.* ( 507. ) Anecdote.

Dans le deuxiéme Volume.

35. *Bibliothecæ Theologicæ & scripturalis Epitome sive Index ordine Alphabetico digestus.* ( p. 1. ) *Romæ* 1594. *in*-8°.

36. *Speculum Episcopale, in quo nomen, status, & munus Episcoporum expresse repræsentatur, & luculenter explicatur.* ( p. 119. ) Anecdote.

37. *Vitæ Humanæ speculum Climactericum, Philosophicum, Historicum, ac Theologicum* ( p. 143. ) Anecdote. *Rocca* y donna une liste des grands hommes, qui sont morts dans les differentes années Climateriques.

38. *Bibliotheca Apostolica Vaticana, à Sixto V. Pontifice Maximo, in splendidiorem, commodioremque locum translata, commentario illustrata. Cum Appendice.* (p. 159. ) *Romæ* 1591. *in*-

A. ROCCA. 4°. L'Editeur a joint à l'Ouvrage de *Rocca* un nouvel Appendix, où il décrit les augmentations qui se sont faites depuis lui à la Bibliotheque du Vatican.

39. *S. Gregorii ejusque Parentum imagines. Scholia in ejusdem sacramentorum librum. Index in ipsius vitam à Joanne Diacono conscriptam. Tabulæ denique donariorum Beatissimis Apostolis Petro & Paulo ab eodem S. Gregorio dicatæ.* (p. 368.) *Romæ* 1595. *in*-4°.

40. *Spositione intorno all' Oratione Domenicale, racolta dà piu famosi scrittori antichi & moderni, che in cio hanno scritto sin' hora.* (p. 411.) *In Roma* 1594. *in*-4°.

41. *Sette settenarii intorno alle sette petitioni dell' Oratione Domenicale, raccolti dalla scriptura sacra, con la dottrina de' dottori di S. Chiesa, è d'altri scrittori antichi.* (p. 456.) *In Roma* 1594. *in*-4°.

Tel est le contenu du Recueil des Oeuvres de *Rocca*, qui est terminé par des Tables fort amples. On a oublié d'y faire entrer le Traité suivant.

42. *Discorso Filosofico è Theologico delle Comete. In Venetia* 1577. *in*-4°.

cela *Rocca* a publié quelques A. Roc-
s, qui font corps à part ; tels CA.
suivans.
*ugustini Triumphi Summa de*
*Ecclesiastica. Romæ* 1582. *in-*
Ouvrage avoit déja été im-
lus de cent ans auparavant, &
e fit que prendre le soin de
uvelle édition.
*ugustini Triumphi in Orationem*
*am tractatus illustratus ab An-*
*ca. Romæ* 1587. *in-*4o.
*ugustini Triumphi Commenta-*
*utationem Angelicam, & Can-*
*Mariæ Virginis ; cura Angeli*
*Romæ* 1590. *in-*4o.
*Ægidii Columnæ Quæstiones in*
*m Sententiarum librum, illustra-*
*Angelo Roccha. Venetiis* 1581.

*Pelbarti de Themeswart Stella-*
*ronæ Beatæ Virginis, Cura Ang.*
. *Venetiis* 1586. *in-*4°. Ce sont
rmons sur la Vierge.
Il a ajoûté des Notes aux Com-
ires de *S. Bonaventure* sur les
Livres des Sentences, qui font
& 5e. Tome du Recueil de ses
es en sept volumes *in-fol.* im-

A. ROCCA. primé à *Rome* en 1588.

49. *Aurelii Filucci Conciones in Evangelia. Cura Ang. Rocchæ. Venetiis* 1587. *in*-4°.

50. *Observationes in sex libros Elegantiarum Laurentii Vallæ, cum Apologia contra Laurentium Vallam, pro Boethio de Personis Divinis. Venetiis* 1576. Je ne sçai ce que c'est que cet Ouvrage, dont *Curtius* marque ainsi le titre.

51. *Catonis libellus de præceptis vitæ humanæ. Rocca* a eu soin de faire imprimer cet Ouvrage, mais je ne sçai point la date de son édition.

V. *Virorum illustrium ex Ordine Eremitarum D. Augustini Elogia, Autore Cornelio Curtio. Antuerpiæ* 1636. *in*-4°. p. 247. *Philippi Elssii Encomiasticon Augustinianum. Bruxellis* 1654. *in*-4°. *Ang. Rocchæ Chronhistoria de Apostolico Sacrario*, & les additions. C'est ce qu'il y a de plus exact sur cet Auteur. *Jani Nicii Erythræi Pinacotheca prima.*

## ETIENNE DOLET.

ETIENNE *Dolet*, naquit à *Orleans* vers l'an 1509. d'une fort bonne famille. Quelques-uns ont prétendu qu'il étoit fils naturel de *François I.* quoiqu'il n'eût jamais été reconnu pour tel ; mais c'est un fait qui n'est nullement probable, dont aucun bon Auteur ne fait mention, & qui ne s'accorde pas beaucoup avec l'âge de *François I.* qui étoit né en 1494. E. DOLET.

Il demeura dans sa Ville natale jusqu'à l'âge de douze ans ; après quoi on l'envoya faire ses études à *Paris.* Il s'y appliqua avec beaucoup d'ardeur aux Belles-Lettres, & y apprit la Rhetorique sous *Nicolas Beroalde.*

Le desir de se perfectionner dans l'Eloquence, le fit passer à *Padoüe*, où il séjourna trois années, & il y fit de grands progrès par les instructions de *Simon de Villeneuve*, avec lequel il contracta une étroite amitié. Il eut le chagrin de le perdre en 1530. & cette perte le toucha tellement, qu'il

E.DOLET. songea à quitter *Padoüe* pour retourner en France, aprés lui avoir fait une Epitaphe, qui fut par ses soins gravée sur une Table d'airain. Mais *Jean de Langeac*, qui étoit alors Ambassadeur à *Venise*, lui fit tant d'instances pour se rendre auprès de lui, & pour lui servir de Secretaire, qu'il ne put lui refuser ses services. Ainsi il alla à *Venise*, où il demeura un an, pendant lequel il prit des leçons de *Baptiste Egnatio*, qui y expliquoit les Offices de *Ciceron* & *Lucrece*.

De retour en France avec *Jean de Langeac*, il continua à s'appliquer à la lecture de *Ciceron*, qui étoit son Auteur favori, & commença à amasser les materiaux de ses Commentaires de la Langue Latine.

Il étoit occupé de ce travail, lors que ses amis lui conseillerent d'étudier en Droit, dans l'esperance que cette étude le conduiroit à quelque chose de plus solide, que celle à laquelle il se livroit. Il se rendit à leur avis, & alla à *Toulouse* où il passa quelque temps partagé entre la Jurisprudence & les Belles-Lettres.

Comme cette Ville étoit alors fa-

meuse pour l'étude du Droit, & qu'il E. DOLET.
s'y trouvoit des Ecoliers de toutes les Nations, chaque Nation avoit formé une societé, qui faisoit ses assemblées à part, & avoit à sa tête un Orateur. *Dolet* en arrivant à *Toulouse* fut d'abord choisi par les Ecoliers François pour remplir ce poste dans leur societé, & il en prit possession par un discours, où il s'étendit beaucoup sur les loüanges des François, & accusa les Toulousains d'ignorance & de barbarie, parce que le Parlement, à qui ces societés déplaisoient, avoit donné un Arrêt qui les défendoit en general. Son discours ne demeura pas sans réponse, car un Toulousain nommé *Pierre Pinache*, s'étant levé, lorsqu'il eut fini, repoussa avec beaucoup de vivacité ce qu'il avoit dit de desobligeant pour sa Nation, & justifia la conduite du Parlement. *Dolet* y repliqua dans la suite par un nouveau discours plus étendu que le premier; mais la liberté avec laquelle il s'y exprima lui causa dans la suite bien des chagrins. Les choses allerent même si loin, qu'il fut mis en prison, où il demeura un mois, & banni ensuite

E. DOLET. de *Toulouse* : cela arriva l'an 1533.

*Dolet* se retira alors à *Lion*, dans le dessein d'y faire imprimer ses discours contre les Toulousains, des vers qu'il avoit composés contre ceux qu'il regardoit comme les auteurs de sa disgrace, & quelques autres Ouvrages. Après quelque séjour en cette Ville il vint à *Paris* au mois d'Octobre 1534. & y publia de nouveaux ouvrages.

Il étoit de retour à *Lion* au mois d'Avril 1536. mais il fut obligé de s'en absenter l'année suivante, pour avoir tué un homme, qui l'avoit attaqué. Il fit alors un nouveau voyage à *Paris* pour demander sa grace au Roy, qui la lui accorda.

Ce fut apparemment après ce voyage qu'il se fit Imprimeur à *Lion* ; car le premier ouvrage de sa façon qui sortit de son Imprimerie est de l'an 1538. Ce sont les quatre Livres de ses Poësies.

Il se maria vers le même temps, & eut en 1539. un fils nommé *Claude*, dont il celebra la naissance par des Poësies, qu'il imprima la même année.

Quoiqu'on ignore la plûpart des particularités de sa vie, on voit cependant par quelques vers de son second Enfer, qu'il fut mis en prison deux fois à *Lyon* & une fois à *Paris*, depuis son emprisonnement de *Toulouse*, & avant celui de *Paris*, où il fut condamné à mort. Ainsi *François Floridus* a eu raison dans un petit Livre publié contre lui à *Rome* l'an 1541. *in*-8°. d'appeller la prison, *la patrie de Dolet*. On ne sçait pas les causes qui lui causerent ces disgraces; mais il est à presumer que son caractere satyrique & peu endurant lui avoit fait beaucoup d'ennemis, qui profitant de la liberté avec laquelle il s'exprimoit sur les choses de la Religion, en prenoient occasion de lui faire des affaires. E. DOLET.

Il est sûr du moins que ce fut pour des choses de Religion qu'il fut emprisonné à *Paris* l'an 1544. Mais il s'en tira pour cette fois par le credit de *Pierre du Chatel*, alors Evêque de *Tulles*. M. *Baluze* s'est trompé en rapportant cette particularité à l'emprisonnement de *Toulouse*. On lui fit apparemment promettre qu'il seroit

E. DOLET. dorénavant bon Catholique ; mais il ne tint pas parole. Ainsi il fut arrêté de nouveau l'année suivante, & ce qu'il y eut de plus fâcheux pour lui, c'est que personne n'osa plus interceder en sa faveur.

On le condamna donc au feu comme heretique, ou plûtôt comme Athée, & la Sentence fut executée le 3. Août 1546. jour de l'Invention de *S. Etienne*, à *Paris* dans la Place *Maubert*. *Florent Junius* rapporte dans une de ses Lettres que le Bourreau (il devoit dire apparemment le Confesseur) l'ayant averti de penser à son salut, de se recommander à Dieu & aux Saints, & d'invoquer la Vierge & *S. Etienne* son patron, il prononça, après quelque delai, une priere conforme au Formulaire du Bourreau, avertit les assistans de lire ses Livres avec beaucoup de circonspection, & protesta plus de trois fois qu'ils contenoient bien des choses qu'il n'avoit jamais entenduës ; ensuite dequoi s'étant recommandé à Dieu, il fut étranglé, & puis reduit en cendres. *Junius* dit tenir ces particularités d'un homme, qui avoit assisté d'offi-

ce

ce à l'execution. *Dolet* étoit alors âgé de 37 ans. E. DOLET.

On prétend que lorſqu'on le menoit au ſupplice, ayant remarqué que le peuple prenoit part à ſa diſgrace, il fit ce Vers.

*Non dolet ipſe Dolet, ſed pia turba dolet.*

Sur quoi le Docteur qui l'accompagnoit lui répondit en retournant ce Vers.

*Non pia turba dolet, ſed dolet ipſe Dolet.*

Jeu de mots, qui probablement a été trouvé après coup.

Les Poëtes du temps s'exercerent ſur le ſupplice de *Dolet*, & *Theodore de Beze*, qui ne profeſſoit pas encore ouvertement la Religion P. Réformée lui fit une Epitaphe tout-à-fait glorieuſe, mais il la retrancha dans la ſuite des éditions de ſes Poëſies. Ce qui fait voir que les Proteſtans ne le regardoient point comme un homme de leur Communion, quoique quelques-uns l'ayent prétendu mal à propos. *Calvin* l'a même mis au rang des impies, & des Athées.

Il eſt bien dépeint dans une Let-

E. DOLET. tre de *Jean-Ange Odonus*, qui se trouve parmi celles de *Gilbert Cousin* & qui est datée de *Strasbourg* le 29 Octobre 1535. Quoique son nom n'y soit point, on voit sans peine qu'il s'y agit de lui. Elle merite d'être rapportée ici.

*Modo audivimus, heri scriptum esse isthuc, cupere hic Erasmi amicos, ut is paucis respondeat ad insanissimi rabiem furiasque N. eos nimirum qui audita coaxatione tanta, putant magnum esse aliquod animal, ut Leonis & Ranæ habet apologus.* (Il veut parler de l'Ouvrage que *Dolet* avoit publié cette année 1535. contre *Erasme* sur l'imitation de *Ciceron.*) *At nos qui ambo hominem, sive hominis absque mente caput, sæpe vidimus & allocuti fuimus Lugduni; nihili bestiam esse scimus. Appellat se alicubi adolescentem: ad annum quadragesimum propius accedit quam ad trigesimum octavum.* (*Odonus* ne sçavoit pas bien l'âge de *Dolet*, qui n'avoit alors que 26 ans.) *Calvus est ad inanis medium usque Cranii. Togulam gestabat Hispanicam vix nates contegentem, eamque crassam & attritam. Vultus adeo funesto quodam atro-*

*que pallore ac squalore obsitus est, ut di-* E. DOLET.
*cas ultricem furiam pectori affixam at-que ad rotæ supplicium trahi. Rogas, qui nos ad* δυσάντητον θέαμα *perduxerit? Audies hic alterum æque Ciceronianum, hoc est pietatis, Græcæ linguæ, ac disciplinarum contemptorem, qui edidit Dialogos revocati ac relegati Ciceronis.* (Il veut parler ici d'*Ortensio Landi*, dont les Dialogues sur *Ciceron* parurent à *Lipsic* en 1534.) *Ipse vere relegatus, ac non revocatus in Italiam; in qua tota, nedum in patria sua metuit agnosci, ideoque sibi conscius, nomen in frontispicio suppressit; sed nobis Bononiæ intus & in cute cognitus est. Lugduni vero hoc nobis repetebat Apophthegma: alii alios legunt, mihi solus Christus & Tullius placet, Christus & Tullius solus satis est, sed interim Christum nec in manibus habebat, nec in libris: an in corde haberet, Deus scit. Hoc nos ex ejus ore scimus, illum cum in Galliam confugeret neque vetus neque novum Testamentum secum tulisse pro itineris ac miseriæ solatio, sed familiares Epistolas M. Tullii. Hujus & fortunam tali vita dignam (quam tamen Dei revocantis plagam Phryx nondum sentit, utinam tandem*

E. DOLET. *sentiat) & levitatem, & mollitiem, & mores minime religiosos paucis descripturi fueramus, nisi eadem improbitate ac petulantia esse sciremus omnes, quotquot hujus modi propius nosse contigit ex istis simiis Ciceronis. Hic igitur nos deduxit ad inauspicatam avem* (c'est-à-dire, *Dolet*, à qui il revient maintenant.) *Ante cubiculum strepitus ac pedor puerorum, Alphabeta opinor discentium. Hinc, ut scis, ejecti victum Tyranni quæritare solent. Intus non memini, quid librorum esset exuli. Inter loquendum protulit locum ex orationibus suis, ubi de Erasmo nescio quid agebat, non admodum acerbe ut visum est. Atque hunc recitari voluit ab Hortensio Lando, ne videlicet pronunciatione Gallica offenderemur. Nec ulla mentio de rabioso Dial. quem esset editurus. Tantum obnixe rogat Landum, ut in suas Orationes præfaretur, easque cuicunque libitum esset, dicaret: id quod facere Landus renuit. Nam neque Gryphius videbatur editionem recepturus: quippe qui nobiscum etiam conquerebatur, importunissime se à nescio quibus ut imprimeret, urgeri. Mox nobis exeuntibus obtulit Carvaiali & Scaligeri virulentias, quas numquam in Italia* videramus. His nimirum libellis exilium Tolosanum consolatur miser, ac lassum conviciis animum redaccendit. Nos illi pagellis aliquot vellicatis, postridie reddidimus utrumque, deque Rege ac Julii Camilli Theatro loqui cœpimus. Nunc Gilberte noster, causam non videmus, cur huic stulto secundum suam stultitiam respondendum sit. Fortasse fallimur: sed, ut recte scribit Alciatus, magis fallitur, qui tam male de Erasmici nominis majestate, deque studiosorum in Erasmum observantia sentit, ut de arce illum eruditionis ac probitatis, quam tam diu possedit, hujusmodi malevolorum obtrectationibus odiisque dejici unquam posse opinetur. Non est hic scurra, qui suis placeat Amsdorphiis, ac reum agat pietatis: non titulum habet Equitis, non Comitis, non Monachi: vix hominis habet faciem. Atque haud scimus, an jam Schola SenatusqueTholosanus curaverunt, ut vel Parisiis suam capite legibus luat pœnam. Nam & hoc accidere solet Atheis, ut cum maxime sibi gratulantes dicunt (quod ille in sua jactat Epistola) pax, pax, fruere, & epulare, de repente merita calamitate opprimantur. Forsitan autem amici ex Lutetia,

E. DOLET.

E. DOLET. *improbitatem Crabonis, aut Chamaleontis, ad maxillarum usque fracturam hiantis, imo ad certam corporis animæque perditionem ob aurulam ruentis, copiosius depictam ad vos mittent. Quamvis quis unquam melius aut saxo insculpet, aut coloribus effinget imaginem stulti, vecordis, insani, furiosi, rabiosi, gloriosi, procacis, maledici, petulantis, vani, mendacis, impudentis, arrogantis, impii, sine Deo, sine fide, sine religione ulla; quam hic se talem ad vivum suo ipsius ore prodidit & expressit? Nobis ex eorum numero videtur esse, quos B. Augustinus & ipse Erasmus irridere flendos, & flere jubent irridendos: id quod utrumque fecimus lecto libro. Certe magis doluimus tantum in humanis litteris versato homine & baptisato reperiri immanitatis & impietatis... Hæc, Gilberte nostr, nequaquam impudentia, sed amor, cujus testis est Deus, jussit scribere, &c.*

Ajoûtons qu'il fut outré en tout, aimé extrêmement des uns, haï des autres à la fureur: comblant les uns de loüanges, déchirant les autres sans pitié, toujours attaquant, toujours attaqué, sçavant au-delà de son âge, s'appliquant sans relâche au travail, d'ailleurs orgueilleux, méprisant, vindicatif & inquiet. E. DOLET.

*Antoine du Verdier*, dit dans sa *Bibliotheque* qu'il étoit bien versé dans les Langues Gréque & Latine; mais il n'y a aucun fond à faire sur son témoignage, car il n'entendoit point le Grec, & ne sçavoit le Latin que médiocrement; ainsi il n'étoit point en état de juger de la capacité de *Dolet* en ces deux Langues. M. de *la Monnoye*, meilleur juge en cette matiere, en parle ainsi dans ses additions aux *jugemens de Baillet*, » Il ne paroît » pas par les Oeuvres de *Dolet*, qu'il » ait sçû le Grec : ses prétenduës ver» sions de l'*Hipparchus* de *Platon* & » de l'*Axiochus* ont été faites d'après » les interprétations latines, qu'il en » avoit trouvées. J'avoüe qu'il avoit » bien étudié le Latin; mais quoi» qu'il en fît son capital, il n'écrit » pas naturellement. Sa Prose sent » l'écolier qui fait des thémes; c'est » un tissu de phrases mandiées. Ses » Vers sont miserables, surtout les » Lyriques. La Langue qu'il sçavoit » le mieux, c'étoit pour le temps sa » maternelle.

E. DOLET. Catalogue de ses Ouvrages.

1. *Orationes duæ in Tholosam; Epistolarum libri duo; Carminum libri duo. Epistolarum amicorum ad ipsum Doletum liber.* *Dolet* en sortant de *Toulouse* se retira à *Lyon* pour y faire imprimer ces Ouvrages; mais une maladie avec laquelle il arriva dans cette Ville & qui y augmenta, lui ayant ôté toute autre pensée que celle de sa santé, *Simon Finet*, qui y étoit allé de *Toulouse* avec lui, prit soin de les publier, quoiqu'à l'insçû de *Dolet*. Je ne sçai quand ils ont paru, ni en quelle forme.

2. *Dialogus de imitatione Ciceroniana adversus Desid. Erasmum, pro Christophoro Longolio. Lugduni. Seb. Gryphius* 1535. *in*-4°. Il composa ce Dialogue pour soûtenir le parti des Ciceroniens, dont *Christophe de Longueil* étoit, contre *Erasme* qui les avoit maltraités. *Jules Cesar Scaliger* avoit déja fait auparavant un ouvrage pour leur défense, & regarda pour ce sujet celui de *Dolet*, comme une insulte qu'il lui faisoit, comme s'il n'avoit pas assez bien défendu la cause dont il s'étoit chargé, & qu'il y eût

quelque

quelque chose à ajoûter à ce qu'il avoit dit. Choqué de le voir aller sur ses brisées, il publia un second discours contre *Erasme*, où *Dolet* qui en faisoit le principal objet, ne fut point épargné. Il y avançoit que les plus beaux endroits de son premier discours avoient été pillés par *Dolet*, qui les avoit mal employés dans son Dialogue, & que les loüanges qu'il lui avoit données dans cet ouvrage, ne meritoient de lui aucune reconnoissance, parce qu'elles venoient après coup, & de trop mauvaise grace, pour reparer la premiere offense.

E. DOLET.

3. *Commentariorum linguæ Latinæ tomi duo. Lugduni. Sebast. Gryphius. in-fol.* Le premier en 1536. & le second en 1538. Cet Ouvrage est une espece de Dictionnaire de la Langue Latine, non-pas suivant l'ordre des Lettres de l'Alphabet, mais par lieux communs; où à l'occasion des choses dont il parle, il explique les manieres de s'exprimer, dont on se servoit parmi les Latins, en parlant de ce dont il s'agit. Il devoit donner un troisiéme volume,

E. DOLET. dont il promettoit des merveilles ; & pour lequel il reservoit, à ce qu'il disoit lui-même, tout ce qu'il avoit d'esprit, de science, & de jugement. Au lieu que dans les deux premiers il s'étoit attaché uniquement aux termes de la Langue, à en marquer la force, l'usage, les diverses significations, & à en donner des exemples choisis, premierement dans *Ciceron*, & ensuite dans les autres Auteurs de la bonne Latinité ; il auroit enseigné dans ce troisiéme, quel est le tour de la Langue Latine, de quelle maniére on doit diversifier les nombres oratoires, & enfin les regles & les finesses de la Poësie. Mais cet Ouvrage n'a pont paru, soit que ses disgraces l'ayent empêché d'y travailler, soit qu'il ait été distrait par d'autres occupations. Au reste les Commentaires de *Dolet* sont fort rares, & ils passent toûjours deux cens livres dans les ventes des inventaires. Il en a paru un Abregé sous ce titre : *Commentariorum linguæ Latinæ Stephani Doleti Epitome duplex, quarum altera quidem vocum omnium in illis explicatarum, & in Alphabeticum ordi-*

*nem redactarum significationes continet; altera vero similia affiniaque verba & eorum contraria, eodem quo ipsi Authori visum est, ordine complectitur. Ad hæc, dictionum quæ præter Alphabeti ordinem in explicandis aliis inseruntur, Index. Per Jonam Philomusum. Basileæ* 1537. *in*-8°. E. DOLET.

4. *De Re Navali liber ad Lazarum Baysium. Lugduni* 1537. *in*-4°. It. dans l'onziéme tome des *Antiquités Gréques de Gronovius*, p. 629. Ce traité est tiré de ses Commentaires de la Langue Latine; il y a joint une défense contre *Charles Etienne*, qui l'avoit accusé d'avoir copié le Livre de *Bayf* sur la même matiere, & d'en avoir changé seulement quelques mots pour déguiser son larcin. On voit par les injures qu'il y vomit contre *Etienne*, qu'il n'étoit pas endurant, & que la moindre chose blessoit sa vanité, & excitoit sa bile.

5. *Carminum libri IV. Lugduni* 1538. *in*-4°. pp. 180. C'est un des premiers Livres qu'il ait imprimés.

6. *Genethliacum Claudii Doleti, Stephani Doleti filii. Liber vitæ communi imprimis utilis & necessarius, autore*

E. DOLET. *Patre. Apud eundem Doletum. Lugduni* 1539. *in*-4°. It. en François sous ce titre : *L'Avant-Naissance de Claude Dolet, fils d'Etienne Dolet, premierement composée en Latin par le pere, & maintenant par un sien ami traduite en Langue Françoise. Oeuvre très-utile & necessaire à la vie commune, contenant comme l'homme se doit gouverner en ce monde : avec les Dixains & Huitains de Claude de Touraine sur le fils de Dolet. Lyon* 1539. *chez Etienne Dolet in*-4°. *Maittaire* s'est figuré mal à propos que *Claude de Touraine* étoit le traducteur, il dit lui-même dans son Epître à *Etienne Dolet*, qu'ayant sçû que son Livre étoit traduit, & qu'on l'alloit imprimer, il lui envoye ces Dixains & Huitains pour y joindre.

7. *Formulæ Latinarum locutionum illustriorum in tres partes divisæ. Lugduni* 1539. *in-fol.* Ce volume qui est par ordre Alphabetique, ne contient que la premiere partie, les deux autres n'ont point paru. It. *cum præfatione Joannis Sturmii, & Huberti Sussannæi connubio adverbiorum Ciceronianorum. Argentorati* 1596. *in*-80.

8. *Claudii Coteræi Turonensis de Jure & Privilegiis Militum libri tres, & de officio Imperatoris liber unus. Lugduni Steph. Doletus.* 1539. *in-fol. Dolet* qui a été l'Editeur de ces ouvrages, a mis à la tête une Epître dédicatoire au Cardinal *Jean du Bellay*, & une piece de Poësie adressée au même, sur le Livre qu'il publioit. E. DOLET.

9. *Francisci Valesii, Gallorum Regis, fata, ubi rem omnem celebriorem à Gallis gestam noscas, ab anno* 1513. *ad annum* 1539. *Stephano Doleto Autore. Lugduni. Typis Autoris* 1539. *in*-4°. It. en François : *Sommaires des faits & gestes de François I. tant contre l'Empereur, que ses sujets & autres nations étrangeres, traduits du Latin par l'Auteur. Lyon* 1540. *in*-4°. It. *Lyon* 1543. *in*-8°. It. *Paris.* 1546. *in*-8°. Cet Ouvrage est en Vers dans l'original Latin ; mais la traduction Françoise est en Prose.

10. *Observationes in Terentii Andriam & Eunuchum. Lugduni. Typis Autoris* 1540. *in*-8°. *Terence*, étoit après *Ciceron*, celui que *Dolet* estimoit le plus, pour la belle Latinité.

11. *La maniere de bien traduire d'u-*

E. DOLET. *ne Langue en une autre. De la ponctuation Françoise. Plus, des accens d'icelle. Lyon* 1540. *in*-4°. It. avec le *Traité de l'Ortographe de Louis Meigret. Paris* 1545. *in*-8°.

12. *De imitatione Ciceroniana adversus Floridum Sabinum. Lugduni. Typis Autoris* 1540. *in*-4°. *Sabinus* l'avoit attaqué dans un ouvrage qu'il publia sous le titre de *Subcesivorum libri tres Bononiæ* 1539. *in*-4°. non-seulement par rapport à son entêtement pour *Cicerôn*, mais encore sur ses mœurs, en l'accusant de ne pas croire l'immortalité de l'ame ; & il tâche ici de se défendre sur ces deux articles.

13. *Libri tres de Legato, de immunitate Legatorum, & de Joannis Langiachi Lemovicensis Episcopi Legationibus. Lugduni* 1541. *in*-4°. On a vû ci-devant que *Dolet* avoit été un an à *Venise* avec ce Prélat, qui étoit alors Evêque de *Tulles*.

14. *Les Epitres & Evangiles des* 52 *Dimanches, commençant au premier Dimanche de l'Avent ; avec brieve & très-utile exposition d'icelles. Lyon. Et Dolet* 1541. *in*-8°.

15. *Le Manuel du Chevalier Chré-*

*tien, traduit du Latin d'Erasme. Lyon, par l'Auteur* 1542. *in*-16. E. DOLET.

16. *Le vrai moyen de bien & catholiquement se confesser : Opuscule fait premierement en Latin par Erasme. Lyon, par l'Auteur* 1542. *in*-16.

17. *Discours contenant le seul & vrai moyen, par lequel un serviteur favorisé & constitué au service d'un Prince peut conserver sa felicité éternelle & temporelle, & éviter les choses qui lui pouvoient faire perdre l'une ou l'autre. Lyon, par l'Auteur* 1542. *in*-8°.

18. *Exhortation à la lecture des saintes lettres. Lyon, par l'Auteur* 1542. *in*-16.

19. *La Paraphrase de Jean Campensis sur les Psalmes de David, & l'Ecclesiaste de Salomon, faite Françoise. Lyon* 1542. *in*-16.

20. *Bref Discours de la République Françoise, desirant la lecture des livres de la Sainte Ecriture, lui être loisible en sa langue vulgaire,* (en Vers) *avec un petit Traité* (en Prose) *montrant comme on se doit apprêter à la lecture des Ecritures Saintes, & ce qu'on y doit chercher. Lyon, par l'Auteur* 1544. *in*-16.

E. DOLET. 21. *Deux Dialogues de Platon ; l'un intitulé* Axiochus , *qui est des miseres de la vie humaine , de l'immortalité de l'ame , & par consequent du mépris de la mort. Et l'autre* Hypparchus, *qui est de la convoitise de l'homme , touchant la lucrative , traduits par Etienne Dolet. Lyon , chez l'Auteur* 1544. *in*-16. Le premier de ces Dialogues n'est point de *Platon*.

22. *Second Enfer d'Etienne Dolet. Lyon , par lui-même* 1544. *in*-8°. *Dolet* fit mettre dans une partie des exemplaires de cette piece , qui est en Vers , *chez Nicole Paris à Troyes* , ce qui pourroit faire croire qu'il y en auroit eu deux éditions , quoiqu'il n'y en ait eu qu'une : en l'intitulant *Second Enfer* , ou emprisonnement , il n'a voulu parler que par rapport à *Lyon* , où il fut arrêté pour la seconde fois. Car on pourroit l'appeller plus justement son quatriéme Enfer , puisque sans parler de sa prison de *Toulouse* , il y fait mention de deux autres emprisonnemens de sa personne , l'un à *Paris* , & l'autre à *Lyon*.

22. *Les Questions Tusculanes de Ci-*

*ceron, traduites en François. Lyon in*-8°. E. DOLET.
Je ne sçai pas l'année de l'édition.

24. *Les Epîtres familieres de Ciceron, avec leurs sommaires & argumens pour plus grande intelligence d'icelles. Paris* 1549. *in*-8°. It. *Lyon* 1561. *in*-12. *Dolet* n'a traduit que les Epîtres qui sont de *Ciceron*, & a omis celles qui lui avoient été écrites par ses amis. *François de Belleforest*, supplea à ce défaut en traduisant ces dernieres, & en joignant sa traduction à celle de *Dolet* dans une édition qu'il en donna en 1569. *in*-12. On ne trouve point dans les deux éditions de 1561. & 1569. deux Préfaces de *Dolet*, l'une qui est à la tête de sa traduction dans les éditions précedentes, & l'autre qu'il avoit mise avant le troisiéme livre, pour avertir du retranchement des Epîtres, qui n'étoient pas de *Ciceron*; *Maittaire* les a inserées dans ses *Annales Typographici tome* 4. p. 85. La premiere est datée de *Lyon* le premier Mars 1542. ce qui marque l'année que la premiere édition de cette traduction a paru.

V. *Maittaire Annales Typographici tome* 4. Cet Auteur a ramassé avec

E. DOLET. soin tout ce qu'il a pû trouver touchant *Dolet* ; mais soit fautes d'impression, soit inattention de l'Auteur, il s'est glissé plusieurs contradictions dans ce qu'il en rapporte. *Bayle, Dictionnaire.* L'article qu'il en donne est fort succint. *Les Bibliotheques Françoises de la Croix du Maine & de Du Verdier. Gesneri Epitome per Simlerum.*

---

## JEAN-FRANÇOIS REGNARD.

J. F. REGNARD. JEAN-FRANÇOIS *Regnard*, naquit à *Paris* d'une bonne famille l'an 1647.

L'inclination qu'il se sentit de bonne heure pour les voyages, le fit sortirde sa patrie, & le conduisit en differentes contrées de l'Europe. Il visita d'abord l'Italie, mais son retour lui fut funeste ; car s'étant embarqué à *Genes* sur un Bâtiment Anglois, qui alloit à *Marseille*, ce Bâtiment fut pris par deux Vaisseaux Algeriens, & il fut conduit à *Alger* avec tous ses compagnons de disgrace.

Comme il avoit toûjours aimé la

bonne chere, il étoit un grand faiseur de ragoûts, & son adresse en ce genre lui procura l'emploi de cuisinier du Maître, entre les mains duquel il tomba. Ses manieres prévenantes & son enjouëment joints à sa bonne mine le firent aimer de ce Maître & de tous les Esclaves de la maison, & même des femmes favorites. L'amour de ces dernieres l'engagea dans des intrigues, ausquelles il se livra plus qu'il ne devoit, & les choses allerent si loin, que son Maître ayant découvert ce qui se passoit, le livra à la justice, pour être puni suivant les Loix, qui veulent qu'un Chrétien trouvé avec une Mahometane expie son crime par le feu, où se fasse Mahometan. J. F. REGNARD.

Le Consul de la Nation Françoise, qui avoit reçû depuis peu de temps une somme considerable pour le racheter, ayant appris ce qui se passoit, interposa son autorité, & alla trouver le Maître, qui d'abord ne voulut rien écouter; mais le Consul ne se rebutant pas, lui representa que rien n'étoit plus trompeur que les apparences, que quand la chose seroit

J. F. REGNARD.

vraie, il y auroit peu de gloire à lui de faire perir son esclave, que d'ailleurs en le perdant, il perdroit une somme considerable qu'il avoit à lui donner pour sa rançon. Cette derniere raison fut plus forte que les autres, & comme il n'y a rien que les Turcs ne sacrifient à leur interêt, le Maître se laissa gagner, retira *Regnard* des mains du Divan, en avoüant qu'il n'avoit agi en l'accusant que sur un simple soupçon, & que son crime n'étoit confirmé par aucune preuve; & il le mit en liberté, après avoir reçû le prix dont il étoit convenu avec le Consul.

*Regnard* revint aussi-tôt après en France, emportant avec lui la chaîne dont il avoit été d'abord attaché pendant son esclavage, & qu'il a toûjours conservée avec soin dans son cabinet, pour se rappeller dans l'esprit ce temps de disgrace.

De retour à *Paris*, il songea à faire de nouveaux voyages, & partit le 26 Avril 1681. pour visiter la Flandre & la Hollande, d'où il passa en Danemarc, & ensuite en Suede.

Ayant eu l'honneur de saluer le

Roi de Suede, ce Prince, qui sçavoit qu'il ne voyageoit que pour satisfaire sa curiosité, lui dit que la Laponie meritoit d'être vûe par les curieux, & commanda même à son grand Tresorier de lui donner toutes les recommandations necessaires pour ce voyage. J. F. REGNARD.

Cette circonstance engagea *Regnard* à l'entreprendre. Il s'embarqua pour cela à *Stockolm* avec deux François, & passa jusqu'à *Torno*, qui est la derniere Ville du côté du Nord, & qui est située à l'extrêmité du Golphe de *Bothnie*. Il remonta le Fleuve, qui porte le même nom que cette Ville, & dont la source n'est pas éloignée du Cap du Nord; il penetra enfin jusqu'à la Mer Glaciale, & l'on peut dire qu'il ne s'arrêta qu'où la terre lui manqua. Ce fut alors qu'il grava avec ses compagnons de voyages sur une pierre, & sur une piece de bois, ces quatre Vers.

*Gallia nos genuit, vidit nos Africa; Gangem*
*Hausimus, Europamque oculis lustravimus omnem,*

J. F. REGNARD.

*Casibus & variis acti terraque marique,*
*Hic tandem stetimus nobis ubi defuit orbis.*

*De Fercourt, de Corberon, Regnard.*
18 *Augusti* 1681.

*Regnard* chercha dans ce pays l'occasion de satisfaire sa curiosité au sujet de la Magie prétenduë, & des sortileges qu'on attribuë aux Lappons; on lui fit voir les plus sçavans dans cet art, qui firent plusieurs efforts pour lui faire connoître leur habileté; mais ne pouvant y réüssir, ils lui dirent pour toutes raisons qu'il étoit plus grand Magicien qu'eux.

De retour à *Stockolm*, il en partit le 3 Octobre 1683. pour aller en Pologne. Après avoir visité les principales Villes de ce Royaume, il passa à *Vienne*, d'où il revint à *Paris* après un voyage de près de trois années.

Lassé enfin de toutes ses courses, il acheta les Charges de Lieutenant des Eaux & Forêts, & des Chasses des Forêts de *Dourdan*, de l'*Ouye*, & des pays voisins, & acquit la Terre de *Grillon*, proche *Dourdan*, à onze lieuës de *Paris*. Il paſſa depuis dans ce lieu toute la belle ſaiſon, y attirant par ſes manieres nobles & gracieuſes, par ſon eſprit enjoüé, & par la chere délicate qu'il y faiſoit, les perſonnes du meilleur goût, & même de la premiere diſtinction. Ce fut dans cet agreable ſéjour qu'il compoſa la plûpart des Comédies qu'il donna au Théatre, & dont la plûpart ont été reçûës avec applaudiſſement.

J. F. REGNARD.

Il mourut dans ſon Château de *Grillon* au mois de Septembre de l'an 1709. âgé de 52 ans, & fut enterré dans l'Egliſe de S. *Germain* de *Dourdan*. Il n'avoit point été marié.

Ses Ouvrages dont les pieces de Théatre font la meilleure partie, ont été imprimés enſemble ſous le titre d'*Oeuvres de M. Regnard; nouvelle édition, revûë, corrigée & augmentée. Roüen* 1731. *in*-12. *cinq volumes*.

Le premier volume contient la Relation de ſes voyages en Flandre, en Hollande, en Suede, en Danemarc, en Laponie, en Pologne &

J. F. REGNARD. en Allemagne. Il ne l'avoit point composée pour être donnée au public, mais seulement pour s'amuser, & pour satisfaire la curiosité de ses amis. Il n'y a que la Relation de son voyage en Laponie qui merite de l'attention, le reste est fort peu de chose.

Le second volume renferme les pieces suivantes.

*La Provençale*, *Oeuvre posthume.* C'est une historiette, où *Regnard* fait le recit des Avantures qu'il eut dans le voyage sur Mer, où il fut pris par les Corsaires & mené à Alger; on y trouve plusieurs particularités de sa vie.

*Voyage de Normandie en* 1689. mêlé de Prose & de Vers.

*Voyage de Chaumont.* En Vaudevilles.

*La Sérenade*, *Comédie* d'un Acte, en prose, representée en 1693.

*Le Bal*, *Comédie* d'un Acte, en vers, representée en 1694.

*Le Joüeur*, *Comédie* de cinq Actes, en vers, representée en 1695.

Dans le troisiéme on trouve;

*Le Distrait*, *Comédie* de cinq Actes,

tes, en vers, representée en 1698. J. F. RE-

*Le Retour imprévû*, *Comédie* d'un GNARD.
Acte, en prose, representée en 1700.

*Attendez-moi sous l'Orme*, *Comédie* d'un Acte, en prose.

*Démocrite*, *Comédie* de cinq Actes, en vers, representée en 1700.

Dans le quatriéme.

*Les Folies amoureuses*, *Comédie* de trois Actes, en vers, avec un Prologue, & un divertissement en vers, intitulé : *Le Mariage de la folie.* Le tout representé en 1704.

*Les Menechmes*, *Comédie* de cinq Actes, en vers, avec un Prologue, representée en 1706.

*Le Légataire*, *Comédie* de cinq Actes, en vers, representée en 1708.

Dans le cinquiéme.

*Critique du Légataire*, *Comédie* d'un Acte en prose, representée en 1708.

*Les Souhaits*, *Comédie* d'un Acte en vers; cette Piece n'avoit pas été encore imprimée, non-plus que les deux suivantes, & les differentes Poësies qu'on y a jointes.

*Les Vendanges, ou le Bailly d'Asnieres*, *Comédie* d'un Acte en vers.

J. F. REGNARD. *Sapor*, *Tragedie* de cinq Actes, en vers.

*Epîtres & Poësies diverses.*

*Satyre contre les Maris.*

*Tombeau de M. Boileau Despreaux.* C'est une piece satyrique, où il parle fort mal de ce fameux Poëte ; mais il se reconcilia dans la suite avec lui, & repara le mal qu'il y avoit dit de lui, par les loüanges qu'il lui donna dans une Epître qui est à la tête de ses *Menechmes*, où il parle ainsi :

*De tes traits éclatans admirateur fidéle,*
*Ton stile de tout temps me servit de modéle,*
*Et si quelque bon vers par ma veine est produit,*
*De tes doctes leçons ce n'est que l'heureux fruit.*

Outre les Ouvrages contenus dans ce Recueil, *Regnard* a composé encore quelques pieces pour le Théatre Italien, telles que sont les suivantes.

*Le Divorce*, *Comédie* de trois Actes, en Prose, representée pour la premiere fois le 17 Mars 1688.

J. F. REGNARD.

*La descente de Mezetin aux Enfers*, *Comédie* de trois Actes, en prose, representée le 5 Mars 1689.

*Arlequin homme à bonne fortune*, *Comédie* en trois Actes, en prose, representée le 10 Janvier 1690.

*La Critique de l'homme à bonne fortune*, *Comédie* d'un Acte, representée le premier Mars 1690.

*Les Filles errantes*, *Comédie* en trois Actes, en prose, representée le 24 Août 1690.

*La Coquette*, *ou l'Academie des Dames*, *Comédie* en trois Actes, en prose, representée le 17 Janvier 1691.

*Les Chinois*, *Comédie* en cinq Actes, en prose, representée le 13 Décembre 1692. Il a composé cette piece, aussi-bien que la suivante avec M. *Dufresni*.

*La Baguette de Vulcain*, *Comédie* en un Acte, en prose, representée le 10 Janvier 1693.

*La naissance d'Amadis*, *Comédie* d'un Acte, en prose, representée le 10 Février 1694.

*La Foire S. Germain*, *Comédie* en trois Actes, en prose & en vers, representée le 25 Décembre 1695. *Re-*

J. F. REGNARD. *gnard* a composé cette piece conjointement avec *Dufresni*, aussi-bien que la suivante.

*Les Momies d'Egypte*, *Comédie* d'un Acte, en prose & en vers, representée le 19 Mars 1696. Toutes ces pieces ont été imprimées dans le *Théatre Italien*.

Il a fait encore quelques Chansons fort jolies sur differens sujets, entre autres sur l'Abbaye qu'il disoit en badinant vouloir fonder à *Grillon*, & qu'il consacreroit à *Bacchus*; mais je ne sçai s'il y en a eu d'imprimées.

Toutes les pieces qu'il a faites pour le Théatre François, ont été imprimées séparément dans le temps de leur premiere representation, & on les a réimprimées plusieurs fois ensemble en deux volumes *in*-12 à *Paris* & en Hollande.

V. *La Provençale, dans le second volume de ses œuvres. La description du Parnasse François, par M. Titon* p. 300. Ce qu'on dit de lui dans ce dernier ouvrage, ne s'accorde point avec ce qu'il dit lui-même de ses avantures & de l'ordre de ses voyages.

## BESSARION.

BESSARION, naquit à *Trebisonde*, Ville de l'Asie mineure, vers l'an 1393. de parens Nobles, qui n'oublierent rien pour lui donner une bonne éducation. BESSARION.

On l'envoya de bonne heure à *Constantinople*, où il eut pour Maître *George Gemiste Plethon*, & il fit sous lui de grands progrès dans les Sciences.

L'application qu'il donna à l'étude n'affoiblit point en lui les sentimens de pieté, dont il fut penetré dès sa premiere jeunesse ; ils ne firent même qu'augmenter avec le temps, & allerent si loin, que méprisant tout ce qu'il pouvoit esperer de la part du monde, il y renonça en se faisant Religieux de l'Ordre de *S. Basile*.

Mais son merite ne permit pas de le laisser long-temps dans la retraite, où il s'étoit confiné. On l'en tira quelques années après, en le faisant Archevêque de *Nicée*. Son premier soin, après avoir été elevé à cette di-

BESSA- RION. gnité, fut de travailler à la réünion de l'Eglise Gréque avec la Latine. Il sollicita si vivement les Puissances d'y donner les mains, qu'on convint d'assembler en Italie un Concile pour ce sujet.

Le Pape *Eugene IV.* l'ayant indiqué à *Ferrare*, il s'y rendit avec *Jean Paleologue*, Empereur de *Constantinople*, le Patriarche de cette Ville, & plusieurs autres Prélats de l'Eglise Gréque.

Dans la premiere séance, qui se tint le 8 Octobre 1438. *Bessarion* fit un discours fort éloquent, ou il exhorta avec beaucoup de zéle les Evêques à rompre le mur de division qui séparoit les deux Eglises, & à se réünir dans les mêmes sentimens, en representant, pour y déterminer plus aisément ceux de son parti, que ce seroit le moyen le plus efficace, pour tirer des Princes de l'Europe les secours dont l'Empire de *Constantinople* avoit besoin pour se soûtenir contre la puissance des Turcs.

Il travailla ensuite fortement à surmonter toutes les difficultés & à vaincre tous les obstacles, qui se rencontrerent dans cette affaire, tant à *Ferrare*, qu'à *Florence*, où la peste qui survint l'année suivante en cette premiere Ville, obligea de transferer le Concile; & ses soins furent si efficaces, qu'il parvint enfin à conclure l'union qu'il desiroit avec tant d'ardeur. BESSARION.

Les services qu'il rendit en cette occasion à l'Eglise Romaine, engagerent le Pape *Eugene* à le déclarer Cardinal, & à le retenir en Italie pour s'en servir en differentes négociations.

*Bessarion* prit bientôt les manieres & les mœurs des Romains, & se rendit la Langue Latine aussi familiere que lui étoit la Gréque. Aussi conversoit-il souvent avec les Sçavans, dont *Rome* étoit alors remplie, & passoit-il dans leurs entretiens les momens que les affaires lui laissoient libres.

Le Pape *Nicolas V.* ayant succedé à *Eugene IV.* le 6 Mars 1447. témoigna à *Bessarion* la même estime que son prédecesseur, lui donna l'Evêché de *Sabine*, & ensuite celui de *Frescati*; & l'envoya en qualité de Legat à *Boulogne*, pour appaiser les

BESSARION.

dissentions, qui y regnoient, & pour réunir les deux factions qui y causoient du trouble; en quoi il réussit par son adresse, par sa fermeté, & par sa patience, pendant les cinq années qu'il demeura en cette Ville. Ses soins ne s'y bornerent point à cela : comme il aimoit les Lettres, il vit avec douleur le College de cette Ville ruiné & abandonné, & n'oublia rien pour le remettre dans son premier état, par ses liberalités & par ses exhortations.

Tout cela lui acquit tellement l'estime & l'affection du peuple de *Boulogne*, qu'on ne l'en vit partir qu'avec regret, lorsque la mort de *Nicolas V.* arrivée au commencement de l'année 1455. l'obligea à se rendre à *Rome* pour assister à l'élection d'un nouveau Pape.

Il fut d'abord sur les rangs pour cette dignité, à laquelle plusieurs Cardinaux vouloient l'élever; il paroissoit même qu'il auroit au premier Scrutin les suffrages necessaires pour cela : mais le Cardinal *Alain* fit si bien par ses menées, en representant que ce seroit une honte pour l'Eglise Latine,

Latine, que de s'aller chercher un Chef chez les Grecs, & qu'il ne consentiroit jamais à une élection semblable, qu'une nuit fit changer la plûpart des Cardinaux, qui se trouverent le lendemain dans des dispositions differentes à son égard. Ainsi on élut Calixte III. & cette élection se fit le 8 Avril 1455. BESSARION.

*Bessarion* se donna bien des mouvemens sous son Pontificat pour procurer du secours aux Grecs, que les Turcs attaquoient de toutes parts. Il alla dans ce dessein trouver le Roy *Alphonse* à *Naples*, & ce Prince lui donna des marques signalées de son estime, en allant le recevoir hors de la ville, & en lui faisant rendre toutes sortes d'honneurs.

*Calixte III.* ne vêcut pas assés longtemps pour secourir les Grecs, comme il l'auroit souhaité. *Pie II.* qui lui succeda le 19 Août 1458. suppléa autant qu'il lui fut possible, à ce qu'il n'avoit pas eu le temps de faire. Il indiqua par le conseil de *Bessarion* une assemblée à *Mantoüe* pour y deliberer sur cette matiere, & il s'y trouva quelques Princes, &

BESSARION. des Ambassadeurs de plusieurs autres. *Bessarion* leur fit un discours fort pathetique pour les exhorter à declarer d'un commun accord la guerre aux Turcs, mais il se trouva un obstacle qui empêcha d'en former la resolution; c'étoit la guerre qui regnoit alors entre les Princes d'Allemagne. On crut cependant pouvoir le surmonter, en envoyant *Bessarion* en Allemagne pour engager l'Empereur & les Princes Allemands à faire la paix, & à s'unir contre l'ennemi commun de la Chrétienté.

Ce Cardinal partit aussitôt, quoiqu'il sortît de maladie, & qu'on fût à l'entrée de l'Hyver, & alla d'abord à *Venise*, pour engager le Senat à se joindre aux autres Princes Chrétiens; il partit ensuite pour l'Allemagne & se rendit à *Nuremberg*, où il indiqua, en qualité de Legat du saint siege, une assemblée des Princes d'Allemagne.

Il y en vint plusieurs, & il se donna bien des mouvemens, pour les porter à la paix; mais voyant qu'il n'avançoit rien, parceque quelques-uns n'avoient pu venir à *Nuremberg*, qui étoit trop éloignée de chez eux, il transfera l'assemblée à *Wormes*. Il recommença en ce lieu, où les Ambassadeurs de l'Empereur s'étoient rendus ; ses Negociations, qui n'eurent cependant pas plus d'effet qu'à *Nuremberg*. Ce qui lui fit prendre la résolution d'aller à *Vienne* trouver l'Empereur, dans l'esperance qu'il pourroit par son autorité faire venir les choses au point qu'il souhaitoit.

BESSARION.

Lorsqu'il fut près de cette ville, l'Empereur alla au-devant de lui, & lui fit tous les honneurs imaginables. On entra quelques jours après en Negociation; mais *Bessarion* voyant que cela n'aboutissoit à rien, & n'esperant point qu'un plus long séjour en ce pays pût servir de quelque chose aux desseins du Souverain Pontife, il se hâta de retourner à *Rome*, où il arriva après un Voyage de deux années.

Quoiqu'il n'y eût rien à attendre de l'Allemagne, il ne crut pas cependant devoir renoncer au projet de faire la guerre aux Turcs, & exhorta fortement le Pape à se joindre

BESSARION. aux Venitiens, pour exécuter les resolutions qui avoient été prises sur ce sujet dans l'Assemblée de *Mantoue*.

Le Pape étoit assés porté de lui-même à cette guerre; il voulut même aller à *Ancone* pour y voir embarquer les troupes que l'on y avoit destinées; le Cardinal *Bessarion* s'y rendit aussi, après avoir fait un tour à *Venise*, pour presser l'armement des Venitiens, & y amena la Galere qu'il avoit armée à ses depens. Mais la mort de *Pie* II. arrivée à *Ancone* le 14 Août 1464. rendit tous ces préparatifs inutiles, & dissipa tous les projets de *Bessarion*, qui ne songea plus qu'à retourner à *Rome*, pour se trouver à l'Election d'un nouveau Pape.

Ce fut *Paul II.* qui fut élu le 29 Août de la même année. Les Auteurs ne marquent rien de ce qu'il fit sous ce Pontificat, il paroît seulement par ce qu'en dit *Platine*, qu'il se retira alors des affaires, pour s'occuper plus particulierement de l'étude, soit que ce Pape ne fût pas disposé favorablement à son égard, soit pour quelque autre raison.

*Henri Alby*, Jesuite, fait entendre dans ses Eloges Historiques des Cardinaux illustres, que ce fut ce Pape, qui le nomma Patriarche titulaire de *Constantinople*; & *Wharton* met cette nomination vers l'an 1464. BESSARION.

Dans le Conclave qui se tint en 1471. après la mort de *Paul II. Bessarion* fut encore sur les rangs pour le Pontificat. On prétend, dit *Paul Jove*, que trois Cardinaux qui avoient beaucoup de credit, ayant été à sa chambre dans le dessein de le déclarer Pape, *Nicolas Perot* son Conclaviste refusa de leur ouvrir, parce-qu'il travailloit, & qu'il s'imagina imprudemment qu'il ne le falloit pas interrompre. Sur quoi les Cardinaux indignés se retirerent & élurent *Sixte IV. Bessarion* l'ayant appris en fit des reproches à *Perot*, par ces paroles: *Perot, ton imprudence me coûte la Tiare, & te fait perdre le Cardinalat.*

Il fut plus employé sous ce dernier Pape, qu'il ne l'avoit été sous son Predecesseur. *Sixte IV.* voulant ménager la paix entre le Roi *Louis XI.* & le Duc de Bourgogne, leur

BESSARION. envoya pour cela *Bessarion*, qui croyant que le Duc de Bourgogne étoit le plus éloigné d'accommodement, jugea à propos de l'aller trouver le premier. Mais *Louis XI.* le trouva mauvais, & lorsqu'il se presenta à son audience, il lui mit la main sur la grande barbe qu'il portoit, & lui dit ce vers d'un Grammairien.

*Barbara Græca genus retinent, quod habere solebant.*

Plusieurs prétendent que cet affront, qu'il ne put digerer, fut la cause de sa mort; mais c'est une chose qui n'est dite que par conjecture. *Nicolas Perot* assure positivement dans sa note sur la 25^e^ Epigramme du premier livre de *Martial*, que la maladie, dont *Bessarion* mourut, lui fut causée par son Medecin; *inopinato morbo, Medici, quem secum habebat, opera correptus, extinctus est.*

Cette maladie le surprit à *Ravenne*, à son retour de France; & il mourut en cette ville le 18 Novembre 1472. dans sa 77 année. C'est la veritable date de sa mort, qu'*Henri Alby* met mal à propos le 15 Novembre 1473. & *Ciaconius* encore plus mal en 1474. BESSARION.

Son corps fut transporté à *Rome*, & enterré en une Chapelle qu'il avoit fait construire dans l'Eglise des Saints Apôtres, & on mit sur son tombeau deux vers Grecs qu'il avoit composés pour lui servir d'Epitaphe, & qui ont été rendus ainsi en Latin

*Bessarion feci hunc tumulum, qui conderet ossa;*
*Venerat unde olim, spiritus astra petet.*

Il avoit amassé une nombreuse Bibliotheque, composée pour la plus grande partie de livres Grecs, & il en fit present dès son vivant à la Republique de Venise.

Catalogue de ses Ouvrages.

1. *Oratio de Unione ineunda.* C'est le discours qu'il fit à l'Ouverture du Concile assemblé à *Ferrare*. Il se trouve en Grec, avec une version

BESSA-RION. Latine dans les Actes du Concile de *Florence*, tome 13. des Conciles de *P. Labbe* p. 35. & tom. 9. de ceux du *P. Hardouin* p. 27.

2. *Oratio Dogmatica de Unione, Græce & Latine, ipso Bessarione Interprete.* Elle se trouve dans les Actes du Concile de *Florence* tome 4$^e$ des Conciles de *Binius* p. 557. tom. 13. de ceux du *P. Labbe* p. 391. & tom. 9. de ceux du *P. Hardouin*. p. 319.

3. *Epistola ad Thomæ Palæologi filiorum Pædagogum, Anconam missa Roma 9 Augusti* 1465. Cette lettre se voit en Grec dans les notes de *Jaques Pontanus*, Jesuite, sur la Chronique de *George Phranza* imprimée par ses soins à *Ingolstadt* en 1604. *in*-4°. p. 309. *Jean Meursius* l'a fait imprimer de nouveau avec une traduction Latine, à la suite de son édition des Opuscules d'*Hesychius*, faite à *Leyde* en 1613. *in*-8°. Le *P. Labbe* l'a aussi inserée en Grec & en Latin, de la version de *Meursius*, à la suite de ses *Excerpta de Legationibus*.

4. *Epistola ad Alexium Lascarim Philanthropenum de successu Synodi*

*Florentinæ & de processione Spiritus Sancti.* Elle est en Grec avec deux versions Latines, l'une de *Bessarion* même, & l'autre de *Pierre Arcudius*, parmi les *Opuscula Aurea Theologica* de ce dernier, imprimés à *Rome* en 1630. & 1671. *in*-4°. On l'a aussi en Latin dans les Conciles du *P. Labbe* tom. 13. p. 1228. & dans ceux du *P. Hardouin* tom. 9. p. 1043. BESSARION.

5. *Apologia adversus Gregorium Palamam pro Joannis Vecci Patriarchæ Constantinopolitani libro adversus Responsiones Græcorum de processione Spiritus Sancti à Filio.* En Grec & Latin, parmi les *Opuscula aurea Theologica* d'*Arcudius.*

6. *Epistola Catholica, sive Encyclica ad Græcos Ecclesiæ Constantinopolitanæ subjectos.* En Grec, avec deux versions Latines, l'une de *Bessarion* & l'autre d'*Arcudius*, parmi les mêmes Opuscules. La version de *Bessarion* se trouve aussi dans *Odoricus Raynaldus* sur l'année 1464. *N°.* 58.

7. *Responsio ad quatuor argumenta Maximi Planudæ de Processione Spiritus Sancti ex solo Patre.* Dans les Opuscules d'*Arcudius.*

BESSARION.

8. *Monodia in obitu Manuelis Palæologi ex versione Nicolai Perotti.* Dans *Abraham Bzovius* sur l'année 1472. N°. 56.

9. *Iambi in obitum Theodoræ Constantini Palæologi uxoris.* A la page 955. du livre de *Leon Allatius*, *de Consensu &c.*

10. *De Sancto Eucharistiæ Mysterio, & quod per verba Domini maxime fit consecratio, contra Marcum Ephesium.* On n'a qu'une traduction Latine de cet Ouvrage, qui est dans les Bibliotheques des Peres. *Wharton* s'est trompé après *Allatius*, quand il a dit que ce traité avoit paru en Grec & en Latin avec les Liturgies des Peres, à Paris l'an 1560. *in-fol.* car il n'y est en aucune de ces deux langues, on y voit seulement l'Ecrit de *Marc d'Ephese* que *Bessarion* s'est proposé de refuter.

11. *Epistola ad Georgium Gemistum Plethonem.* Elle se trouve en Grec avec deux Réponses de *Plethon* à la p. 901. des Observations de M. *Camusat* sur la Bibliotheque de *Ciaconius*. Ce sont là tous les Ouvrages Grecs, qui nous restent de *Bessarion*,

les suivans ont été écrits en Latin. BESSARION.

12. *Contra Calumniatorem Platonis libri* IV. *Venetiis* 1503. & 1516. *in-fol.* It. *Paris* 1516. *in-fol.* Cet Ouvrage est contre George de Trebisonde.

13. *De Natura & arte, sive an Natura & ars consulto agant; adversus eundem Trapezuntium.* A la suite de l'Ouvrage precedent.

14. *Orationes quatuor ad Principes Italiæ de Christianorum clade in Chalcide Eubœa; de periculis Italiæ post expugnatam Hydruntum imminentibus avertendis; de sedandis discordiis, & bello in Turcas decernendo; & persuasio ex Demosthenis Olynthiaca.* Dans le 2e volume des *Orationes & Consultationes de Bello Turcico* publiées par *Nicolas Reusner* à *Lipsic* l'an 1596. en 4 vol. *in-4°.*

15. *Declaratio aliquorum quæ in Oratione dogmatica* (V. ci-dessus N°. 2.) *continentur, quæ Græcis notissima, Latinis ignota sunt.* Dans les Conciles du *P. Labbe* tom. 13. p. 455. & dans ceux du *P. Hardouin*, tom. 9. p. 374.

16. *Epistola ad Christophorum Mo-*

BESSARION. *rum, Venetorum Principem, data anno 1469. qua Bibliothecam suam legat ædi S. Marci.* Elle se trouve à la suite du livre de *Richard de Bury* intitulé : *Philobiblion*, publié avec *Philologicarum Epistolarum Centuria una diversorum doctissimorum Virorum. Francofurti* 1610. *in*-8°. & *Lipsiæ* 1674. *in*-8°. It. dans le Recueil qui a pour titre : *De Bibliothecis nova accessio Collectioni Maderianæ adjuncta à J. A. Schmidt. Helmstadii* 1703. *in*-4°. Elle est aussi la premiere des Epîtres des Princes, publiées en Italien par *Ruscelli*, & traduites en François par *François de Belleforest*.

17. *Libri* IV. *Xenophontis de dictis & factis Socratis ad Julianum Episcopum Cardinalem Tusculanum.* Dans differentes éditions de *Xenophon*, & separement à *Louvain* 1533. *in*-4°. M. *Huet* propose *Bessarion*, comme le modele des bons traducteurs, il dit qu'il avoit une industrie tout-à-fait admirable pour bien traduire le Grec, & qui si on l'eût imité dans la suite des temps, sans se donner plus de liberté qu'il n'en a pris, on n'auroit point vu tant de gens trompés

par l'infidelité des Traducteurs, & qu'on n'auroit point eu tant de peine à réprimer les licences qui s'étoient introduites, quand il a été question de remettre en vigueur les regles de la traduction. BESSARION.

18. *Aristotelis Metaphysicorum libri* XIV. *ex versione Bessarionis*. Dans plusieurs éditions d'*Aristote*, & principalement dans celle de *Duval*. On a mis aussi cette traduction à la suite de l'Ouvrage de *Bessarion*, *Contra Calumniatorem Platonis*, dans l'édition de *Paris* de l'an 1516.

19. *Theophrasti Metaphysica ex Versione Bessarionis*. A la suite des livres *Contra Calumniatorem Platonis* dans l'édition de *Venise* de l'an 1516. It. Avec les Ouvrages d'*Aristote* dans l'édition de *Basle* 1538, *in-fol.* & avec ceux d'*Averroes* dans l'édition de *Venise* 1551. *in-fol.*

20. *Correctio interpretationis librorum Platonis de legibus à Georgio Trapezuntio compositæ*. A la fin des livres *Contra calumniatorem Platonis*.

Il a fait encore quelques autres ouvrages, qui n'ont jamais été imprimés.

BESSARION.

V. *Son Eloge fait de son vivant par B. Platine.* C'est ce qu'on a de plus exact, de plus circonstancié & de plus instructif sur lui. Cependant tous ceux qui ont fait sa vie, paroissent avoir ignoré entierement cette piece; ainsi on ne doit point être surpris des fautes qu'ils ont commises à son égard. *Pauli Jovii Elogia N°.* 24. Article fort superficiel, comme tous les autres de cet Auteur. *Epitome Gesneri per Simlerum. Ciaconii Bibliotheca.* On ne trouve dans ces deux Auteurs qu'une simple liste des ouvrages de Bessarion. *Georgii Josephi Eggs Purpura Docta, Tom.* 1. *p.* 113. Auteur fort peu exact, qui brouille tout, & raporte sans choix & sans ordre tout ce qu'il a ramassé. *Henri Alby, Eloges Historiques des Cardinaux illustres, p.*419. Celui-ci se tient presque toujours dans les generalités, sans se mettre en peine de circonstancier & de dater les faits. *Joannis Alberti Fabricii Bibliotheca Græca tom.* 10. *p.* 401. On y voit une liste exacte & fort bien faite des ouvrages de *Bessarion. Henri Wharton, Appendix ad Guil. Cave Scriptorum*

*Ecclesiasticorum Historiam Litterariam.* Cet Auteur, à quelque chose près, est assés exact.

---

## JEAN HALES.

JEAN *Hales*, naquit à *Bath* en Angleterre au mois d'Avril 1584. d'une honnête famille établie à *High-Curch* dans la paroisse de *Hemingford* près de cette ville. J. HALES.

Ses parens le destinant à l'étude, l'envoyerent d'abord aux Ecoles de *Wells* & de *Killmarston*, où il ne trouva pas toutes les instructions necessaires, & où il perdit par consequent les premieres années de son enfance; mais la bonté de son genie, & de meilleurs guides le mirent dans la suite en état de réparer le temps perdu.

On l'envoya à *Oxford* à l'âge de 13 ans, & il y fut reçu étudiant au College du *Corps de Christ* le 16 Avril 1597, & y prit le degré de Bachelier ès Arts le 9 Juillet 1603. Ce fut alors que ses talens & les progrès qu'il avoit faits, le firent connoître

J. HALES. hors de l'enceinte de ce College.

*Henri Savile*, Recteur du College de *Merton*, souhaita avoir auprès de lui un jeune homme de si grande esperance, & le fit recevoir Eleve dans ce nouveau College le 2 Septembre 1605. & l'année suivante au mois d'Octobre 1606. il en fut fait membre, après l'épreuve ordinaire d'un an. Ce changement de College lui fit avoir une place fixe plutôt qu'il ne l'auroit eue dans celui du *Corps de Christ*, où il ne seroit parvenu à être membre qu'à son tour; mais cela le recula par rapport au degré de Maître ès Arts, où il ne fut presenté que le 20 Juin 1609. & reçu qu'à l'Acte public suivant.

L'attachement de *Jean Hales* à la methode d'étudier de ces deux Colleges, fameux en ce temps-là, & qui étoient gouvernés par deux hommes illustres, le Docteur *Reynolds*, & le Chevalier *Savile*, lui fit faire des progrès proportionnés à son genie.

La vaste connoissance qu'il avoit des livres, porta le Chevalier *Bodley* à lui demander ses soins pour perfectionfectionner la Bibliotheque d'*Oxford*, & *Hales* les accorda volontiers. J. HALES.

Il passa quelque temps après dans un autre College, dont il devint membre. C'étoit celui d'*Eaton* près de *Windsor*, dont le Chevalier *Savile* étoit Principal. Il y fut reçu le 4 May 1613. Il n'avoit pas cependant dessein d'abandonner entierement l'Université d'*Oxford*, où il avoit été nommé en survivance de la Chaire de Professeur Royal en Grec, remplie par le Docteur *Jean Perin*. La concession étoit datée du 15 Septembre 1612. & elle eut son effet peu de temps après par la mort de ce Docteur, arrivée le 3 Mai 1615.

Cinq ans après, il suivit en Hollande le Chevalier *Dudley Carlton*, Ambassadeur du Roy *Jaques* I. auprès des Etats des Provinces-Unies, dans le temps du Synode de *Dordrecht*, qui se tint pendant les années 1618. & 1619. Comme ce Chevalier étoit chargé de rendre compte au Roi de ce qui se passoit à ce Synode, il envoya *Hales* à *Dordrecht* pour être à portée d'en être instruit, & lui donna des lettres de recom-

J. HALES. mandation pour *Bogerman*, President du Synode, & pour les principaux Chefs de cette Assemblée. Il eut par ce moyen la commodité de s'instruire des deliberations du Synode; & comme il avoit l'avantage d'assister à leurs séances, il étoit témoin de ce qui s'y passoit, & en rendoit compte à l'Ambassadeur. Ce qu'il vit en cette occasion produisit en lui un effet tout different de celui que bien des gens en attendoient. Il étoit allé Calviniste en Hollande, il en sortit Arminien, & il disoit lui-même familierement à ses amis; *qu'il avoit dit bon soir & bonne nuit à Calvin*; lorsqu'il avoit entendu de quelle maniere *Episcopius* tiroit avantage du verset 16 du chap. 3e de *S. Jean*.

En 1639. le Roy *Charles* I. lui donna un Canonicat de *Windsor*; mais lorsque les Parlementaires se furent rendus les Maîtres, il abandonna ce Canonicat, & sa place de membre du College d'*Eaton*, & aima mieux perdre les seuls biens qu'il avoit pour vivre, que de manquer à la fidelité qu'il devoit à son Prince.

Le sieur *Penwarn*, qu'on avoit mis à sa place à *Eaton* offrit de la lui rendre, mais il la refusa, de peur qu'on ne crût qu'il avoit changé de sentiment & de parti. J. HALES.

Il se trouva bientôt reduit à se défaire de la seule chose qui pouvoit lui faire plaisir dans le monde, sçavoir sa Bibliotheque, la plus complette, & la mieux choisie, qu'un homme comme lui pût posseder.

Il avoit sacrifié pour la former tout ce que sa generosité & sa charité lui avoient permis d'épargner, mais cette charité, qui ne lui avoit pas permis de faire d'autre acquisition, ne lui permit pas non plus de garder pour lui seul l'argent qu'il retira de cette vente; il en fit part à plusieurs Ministres, Etudians, & autres personnes que les malheurs des temps avoient privés des moyens de subsister.

Se trouvant par-là bientôt épuisé, il lui restoit encore une ressource, qui étoit d'aller demeurer chez un Gentilhomme, qui lui offroit un asyle commode dans sa maison; mais il refusa une offre si genereuse, &

J. HALES.

aima mieux se charger de l'éducation d'un jeune homme, qui demeuroit près d'*Eaton*. La Mere, qui le consideroit extrémement, le garda chez elle aussi longtemps qu'elle put. Mais il ne put se derober dans cette retraite à la fureur du parti dominant, & il fut obligé d'en sortir, pour ceder à l'orage. Il se retira alors à *Eaton*, & alla demeurer chez une veuve, dont le Mari avoit été autrefois son domestique.

Ce fut là qu'il mourut le 19 May 1656. âge de 72 ans, & fut enterré le lendemain dans le Cimetiere du College de cette ville. On lui dressa dans la suite un tombeau aux depens de *Pierre Curwen*, qui avoit etudié sous lui, & étoit son grand admirateur, & on y mit cette inscription

*Musarum & Charitum amor*
*Johannes Halesius,*
*(Nomen non tam hominis quam scientiæ)*
*Hic non jacet,*
*At lutum quod assumpsit optimum*
*Infra ponitur:*

*Nam certe supra Mortales emicuit* J. HALES.

*Moribus suavissimis*

*Ingenio subtilissimo pleno pectore sapuit,*

*Mundo sublimior*

*Adeoque aptior Angelorum consortio.*

*Ætatis suæ 72.*

*Impensis Petri Curwenni*

*Olim hujus Coll. Alumni.*

Il avoit fait son Testament le jour de sa mort, & avoit laissé cinq livres sterling à chacune de ses sœurs, autant aux pauvres d'*Eaton*, & fait quelques autres legs, ce qui fait voir qu'il lui restoit encore quelques debris de sa petite fortune.

Il voulut être enterré sans Ceremonie, & l'ordonna expressement à la veuve chez qui il logeoit, & qu'il avoit fait son Exécutrice Testamentaire & son Heritiere.

Tous ceux qui l'ont connu, ont dit de lui qu'il avoit l'air le plus spirituel qu'on pût avoir; il étoit d'un temperament sanguin, gai, & plein de vivacité; sa taille étoit pe-

J. HALES. tite, mais bien prise, son savoir étoit d'une grande étendue; il a beaucoup écrit; mais la repugnance invincible qu'il avoit à faire imprimer ses Ouvrages, a causé la perte de la plusspart.

Catalogue de ses Ouvrages.

1. Il a eu quelque part à l'Edition Greque de *S. Jean Chrisostome* que le Chevalier *Savile* donna à *Eaton* l'an 1612. en huit volumes *in-fol.* & on y voit quelques-unes de ses remarques, qui sont fort judicieuses.

2. *Oratio funebris habita in Collegio Mertonensi à Johanne Halesio, anno* 1613. *Martii* 29. *quo die Equiti D. Thomæ Bodleio funus ducebatur. Oxonii* 1613. *in*-4°. It. dans le Recueil de *Bates*, intitulé: *Vitæ Selectorum aliquot Virorum.* p. 421.

3. *Sermon sur le* 16e *Verset du chapitre* 3e *de la* 2e *Epitre de S. Pierre* (en Anglois) *Oxford* 1617. *in*-4°.

4. *Traité touchant le Schisme & les Schismatiques, où l'on decouvre en peu de mots les sources du Schisme* (en Anglois) 1642. *Hales* composa cet écrit à la priere d'un de ses amis, qui souhaitoit sçavoir son sentiment sur le

Schisme & les Schismatiques. Le manuscrit en courut quelque temps de main en main, & il en tomba une copie entre les mains de *Laud* Archevêque de *Cantorbery*, qui fut mécontent de certaines choses qu'il y trouva; *Hales* ne l'eut pas plutôt appris, qu'il lui écrivit pour justifier son Ouvrage, une Lettre, qui n'a été imprimé que longtemps après. Pour ce qui est du Traité même, il fut imprimé en 1642. sur une copie, qu'on eut à la derobée. J. HALES.

5. Le Docteur *Pearson* donna en 1659. un Recueil des Ouvrages Posthumes de *Hales*, en Anglois, sous le titre de *Reliques d'Or*. Ce sont neuf Sermons, & les Lettres que *Hales* écrivit, lorsqu'il étoit au Synode de *Dordrecht*, au Chevalier *Dudley Carlton*. Il y en a trente-deux, dont la premiere est datée du 24 Novembre 1618. & la derniere du 7. Fevrier 1619. On y a joint quinze autres Lettres écrites au même Ambassadeur par le Docteur *Balcanqual*, qui avoit été deputé au Synode, pour representer l'Eglise d'Ecosse. Sept des Lettres de *Hales*, & les quinze de

J. HALES. *Balcanqual* ont été traduites en Latin & inserées dans la seconde édition des *Præstantium ac Eruditorum Virorum Epistolæ Ecclesiasticæ & Theologicæ* publiées à *Amsterdam* en 1684. par M. *Limborch*. *Jean Laurent Mosheim* a donné depuis toutes les Lettres de *Hales* en Latin, avec quelques autres pieces sous ce titre ; *Joannis Halesii Historia Concilii Dordracensis, J. Laur. Moshemius ex Anglico Sermone Latine vertit, variis observationibus & Vita Halesii auxit. Accedit ejusdem de Autoritate Concilii Dordraceni paci sacræ noxia consultatio. Hamburgi* 1724. *in*-8°. Le Recueil donné par *Pearson* a paru pour la seconde fois en 1673. augmenté de quatre Sermons & des Ouvrages suivans de Hales. 1°. *Confession de M. Hales sur la Trinité*. 2°. *Comment nous parvenons à connoître que l'Ecriture est la parole de Dieu*. 3°. *Que les mariages entre les Cousins germains sont legitimes*. 4°. *Methode pour lire l'histoire profane*. 5°. *Lettre à une personne de merite touchant l'onguent Sympathique*.

6. *Sermons prêchés à Eaton, par Jean Hales*. 2e *Edition* (en Anglois) 1673.

Ces

Ces Sermons qui avoient déja paru, sont differens de ceux qui sont contenus dans le Recueil de Pearson. J. HALES.

7. *Divers Traités de Jean Hales* (en Anglois) *Londres* 1677. *in*-8°. Ces Traités sont les suivans.

*Sur le peché contre le Saint-Esprit.*

*Sur l'Eucharistie, & sur la question, si l'Eglise peut errer dans les Points fondamentaux de la Foy.*

*Paraphrase sur le* 12e *chapitre de l'Evangile selon S. Matthieu.* Elle est en forme de Dialogue entre un Maître & un Ecolier.

*Sur le pouvoir des Clefs & la Confession auriculaire.*

*Discours touchant le Schisme & les Schismatiques.* J'en ai parlé ci-dessus, *N°*. 4. Il est daté du 8 Mars 1637.

*Remarques sur un Traité de controverse écrit par un Catholique Romain.*

Il parut une nouvelle édition de ces Traités en 1716. *in*-12. Elle n'a de plus que la precedente, que la lettre de *Hales* à l'Archevêque *Laud* au sujet du Traité du Schisme, qui n'avoit pas été encore imprimée, & que le Docteur *Hare* donna la même année dans

J. HALES. la 7e édition d'une Brochure qu'il intitula : *Difficultés & découragemens qui accompagnent l'étude de l'Ecriture Sainte.* On la trouve en François dans le 9e tome de la Bibliotheque Angloise. p. 499. Elle a été traduite de nouveau en François avec tous les Traités de *Hales*, dont je viens de parler, à l'exception de la Paraphrase, & cette traduction a été imprimée à *Amsterdam* en 1730. *in*-12. à la suite de celle d'un ouvrage de *Chillingworth*, intitulé : *la Religion Protestante, une voye sure au salut.*

8. *Discours sur les perfections & les défauts de la Nature humaine, depuis sa chute.* (en Anglois) *Londres* 1720. *in*-8°. Cet ouvrage n'avoit point été encore publié.

Sa moderation & sa tolerance en fait de Religion l'ont fait passer dans l'esprit de quelques-uns pour Socinien, & lui ont fait attribuer des Ouvrages écrits par des gens de cette Secte. Tels sont les deux suivans.

*Brevis disquisitio, an & quomodo vulgo dicti Evangelici Pontificios solide atque evidenter refutare queant. Eleutheropoli* 1633. *in*-12. *pp.* 72. On a sçu depuis que celui-ci étoit de *Joachim Stegman*, Ministre Socinien. J. HALES.

*Dissertatio de Pace & Concordia Ecclesiæ. Eleutheropoli* 1628. *in*-12. On attribuoit en Hollande cette dissertation à *Simon Episcopius*, pendant qu'on la donnoit à *Hales* en Angleterre ; mais on se trompoit en ces deux endroits. Elle est de *Samuel Przipcovius* Gentilhomme Polonois, & grand Unitaire. Ce qui a pu donner occasion d'attribuer ces deux ouvrages à notre Auteur, a été la traduction Angloise qu'on en fit à Londres en 1653. & qu'on a inserée depuis dans le second volume d'un Recueil intitulé : *Le Phenix*, qui parut à *Londres* en 1708. & qui contient des pieces qui étoient devenues rarès.

V. *Sa vie écrite en Anglois par M. Des-Maizeaux, & l'Abregé à la tête de la traduction Françoise de ses Traités. Wood Athenæ Oxonienses.*

## JEAN LOUIS VIVE'S.

J. L. Vive's. JEAN *Louis Vivés* naquit à *Valence* en Espagne au mois de Mars 1492.

Il fit dans sa patrie ses études d'Humanités, & vint ensuite à *Paris* étudier en Philosophie. Mais instruit par des Maîtres attachés à la Methode des Scholastiques, dont toute l'habileté consistoit à sçavoir un grand nombre de termes barbares, & à disputer sans fin, il perdit tout le temps qu'il y donna.

S'étant enfin degoûté de ces sortes de choses, il s'appliqua de nouveau aux Belles-Lettres, dans lesquelles il fit des progrés considerables. Ce fut principalement à *Louvain*, où il alla en sortant de *Paris*, qu'il s'y perfectionna, & s'y rendit si habile, qu'on le jugea capable d'enseigner les autres, & qu'il fut chargé de professer dans cette ville.

Il fut ensuite choisi pour Precepteur de *Guillaume de Croy*, depuis Evêque de *Cambray* & ensuite Archeveque de *Tolede* & Cardinal, qui mourut le 6 Janvier 1521. dans ſa 23ᵉ année. J. L. VIVES.

Ayant achevé en 1522. ſon Commentaire ſur *Saint Auguſtin, de la Cité de Dieu*, il le dedia à *Henri VIII.* Roi d'Angleterre ; & cette dedicace fut ſi agreable à ce Prince, qu'il appella *Vivés* en Angleterre, pour enſeigner la langue Latine & les belles Lettres à la Princeſſe *Marie* ſa fille.

Pendant ſon ſéjour en ce Royaume, il ſe fit recevoir Docteur en Droit à *Oxford*, & acquit l'eſtime du Roy, qui alloit quelquefois à *Oxford*, avec la Reine *Catherine*, pour entendre les leçons qu'il faiſoit à ſa fille, qui y demeuroit. Mais l'affaire du Divorce lui fit encourir la diſgrace de ce Prince, qui choqué de la liberté qu'il ſe donnoit de parler & d'écrire en faveur de la Reine *Catherine*, le fit arreter & le retint ſix mois en Priſon.

*Vivés* ayant obtenu enfin ſa liberté, retourna en Flandres, & s'établit à *Bruges*, où il ſe maria, & épouſa *Marguerite Valdaure*.

Ce fut en cette ville qu'il mourut;

J. L. Vives. mais les Auteurs ne s'accordent point sur l'année. *Nicolas Antonio* croit après *Antoine Possevin* que ce fut vers l'an 1537. Mais il se trompe aussi bien que M. *de Thou*, qui veut que ç'ait été en 1541. Son Epitaphe qu'ils n'ont point connue, nous apprend la vraye date de sa mort, qui arriva le 6 May 1540. lorsqu'il étoit agé de 48 ans & deux mois. La voici telle qu'elle est rapportée dans les *Selectæ Christiani Orbis Deliciæ*, *per Franciscum Sweertium*. p. 507.

*D. O. M.*

*Joan. Ludovico Vivi Valentino; omnibus virtutum ornamentis, omnique disciplinarum genere, ut ampliss. ipsius literarum monumentis testatum est, Clariss. & Margaretæ Valdauræ raræ pudicitiæ omnibusque animi dotibus marito simillimæ, sexusque fœminei ornamento, utrisque ut animo & corpore semper conjunctiss. ita hic simul terræ traditis, Nicolaus & Maria Valdaura sorori & ejus marito B. M. Mœstiss. poss. Vixit Joannes ann.* 48. *M.* 2. *Mortuus Brugis pridie Nonas Maii anno* 1540. *Margareta vixit ann.* 47. *M.* 9. *Obiit pridie Idus Octobris, anno* 1552.

*Vivés* a été un des plus savans hommes de son siecle, & en le comparant avec *Budée* & *Erasme*, qui étoient alors comme les Triumvirs de la République des Lettres, on a dit que si *Budée* l'emportoit par son esprit, & *Erasme* par son Eloquence, *Vivés* leur étoit superieur par son Jugement. M. *du Pin* n'approuve point cependant cette pensée, & prétend qu'*Erasme* a beaucoup plus de beauté d'esprit, plus d'étendue de connoissance, & plus de solidité de Jugement que *Vivés*; que *Budée* a été plus habile qu'eux dans les Langues & l'érudition profane, & que tout l'avantage de *Vivés*, est d'avoir sçu plus de Grammaire, de Rhetorique, & de Dialectique. J. L. Vives.

*Vivés* a donc été un excellent Humaniste, un habile critique, & un Philosophe très-subtil. Quant à son stile, il est assez pur, mais un peu dur & sec. Il affecte trop d'érudition, & imite trop servilement les manieres des Philosophes Payens. Sa Dialectique est assez semblable à celle des anciens Stoiciens, qui n'est pas à la verité si obscure que celle

J. L. VI-VE'S. de l'Ecole, mais qui a ses épines & ses subtilités.

Tous ses Ouvrages imprimés d'abord separément, l'ont été depuis ensemble à *Basle* l'an 1555. en deux volumes *in-fol.* Voici ce qui est contenu dans ce Recueil.

Dans le 1. Volume.

1. *De ratione studii puerilis Epistolæ duæ.* La premiere de ces Lettres écrite de *Londres* l'an 1523. tend à instruire un jeune homme de la Methode qu'il doit observer dans ses études, & la seconde écrite à *Oxford* la même année, est pour l'instruction particuliere de la Princesse *Marie.* Elles ont été imprimées plusieurs fois, comme à *Lyon* en 1532. à *Paris* en 1533. à *Basle* en 1557. à *Zurich* en 1562. *Thomas Crenius* les a inserées dans son livre intitulé: *Consilia & Methodi aureæ studiorum optime instituendorum. Rotterodami* 1692. *in*-4°.

2. *Exercitatio linguæ Latinæ, sive Dialogi. Nicolas Antonio* dit que la premiere édition paroît être de *Cologne* en 1494. Mais il doit y avoir faute dans ces chiffres, puisque *Vivés* n'avoit alors que deux ans. L'Ou-

vrage parut pour la premiere fois séparément, selon *Gesner*, à *Basle* en 1538. *in*-8°. & ensuite avec l'explication des Bucoliques de *Virgile*, & le Traité *de Conscribendis Epistolis* en 1541. Ces Dialogues ont été imprimés un grand nombre de fois. On en a deux traductions Françoises, qui ont paru avec le texte Latin à côté, l'une de *Gilles de Housteville*, de *Coutance*, qui enseignoit avec réputation, au rapport de M. *Huet*, dans le College *du Mont* à *Caen*, au milieu du seizieme Siécle, laquelle fut imprimée à *Lyon* en 1560. *in*-8°. avec un *Index* Latin & François. L'autre traduction Françoise, qui est de *Benjamin Jamin*, parut à Paris en 1578. *in*-16. *chez Gabriel Buon*. Il y en a aussi une traduction Italienne, imprimée de même avec le Latin à *Florence* en 1708. *in*-16. & à Venise en 1718. *in*-12. L'Original Latin a été quelquefois accompagné de Notes. On a celles de *Thomas Freigius* dans une édition de *Nuremberg* de l'an 1571. *in*-12. & dans une autre de *Wittemberg* de l'an 1625. *in*-8°. & Celles de *Pierre Mota*, Espagnol,

J. L. VIVE'S.

J. L. VIVE'S.

dans une Edition de *Barcelone* de l'an *1615. in*-8°. & dans quelques autres. Ces Dialogues de *Vivés*, qui ont été fort en regne autrefois, ne sont presque plus connus.

3. *De Conscribendis Epistolis libellus.* Imprimé avec un Ouvrage d'*Erasme* sur le même sujet, à *Cologne* en 1536. *in*-8°. & plusieurs fois depuis.

4. *Rhetoricæ, sive de ratione dicendi libri tres, & de Consultatione liber. Basileæ.* 1537. *in*-8°. Cette Rhetorique est, suivant M. *Gibert*, dans ses *Jugemens des sçavans sur les Maîtres d'Eloquence*, » un vrai cahos, » où il n'est pas possible d'apprendre » les regles de cet Art, si on les ig» nore. Quelque ordre qu'il semble » vouloir y garder, ce n'est qu'un » amas de passages, qu'il semble » avoir ramassez, sous differens lieux » communs. Il met, à la verité, di» vers titres, qui marquent son ordre » prétendu; mais on y trouve sous » l'un ce qui doit être sous l'autre.

5. *Declamationes sex.*

6. *De præsenti statu Europæ & bello Turcico.*

J. L. Vivès.

7. *Diversa Opuscula.* Ce ſont les ſuivans. *Pompeius fugiens*; *Fabula de Homine*; *Liber in Pſeudo-Dialecticos*; *Prælectiones quatuor in varia*; *Ædes Legum.*

8. *Iſocratis Orationes*; *Areopagitica, & Nicocles, Latine converſæ.* Toutes ces pieces ont été imprimées enſemble à *Baſle* en 1538. *in*-4°.

9. *De Cauſis corruptarum artium libri ſeptem.*

10. *De tradendis diſciplinis, ſeu de inſtutione Chriſtiana.*

11. *De artibus libri Octo, nempe de prima Philoſophia libri tres*; *de cenſura veri libri duo*; *De diſputatione liber, de explanatione Eſſentiarum*; *de inſtrumento probabilitatis.* Ces trois ouvrages, qui n'en font proprement qu'un en 20 livres, ont été imprimés à *Anvers* en 1531. à *Bruges* la même année, à *Cologne* en 1532. à *Lyon* en 1551. toujours *in*-8°. Il y a une édition des douze premiers livres, qui ſont les plus utiles, faite à *Leyde* en 1636. *in*-12. C'eſt un des meilleurs Ouvrages de *Vivés*, qui y fait paroître beaucoup d'érudition & de jugement.

J. L. Vives.

12. *Interpretatio allegorica in Bucolica Virgilii. Bredæ.* 1537. *in*-8°. It. *Basileæ* 1539. *in*-8°.

13. *Prælectio in Georgica Virgilii.*

14. *In Suetonium quædam.*

Dans le second volume.

15. *De initiis, sectis, & laudibus Philosophorum liber.*

16. *Anima Senis, sive Prælectio in librum Ciceronis de Senectute.*

17. *De somno & vigilia, sive Prælectio in somnium Scipionis.* Ces pieces ont été imprimées à *Basle* en 1521. *in*-4°.

18. *Introductio ad veram sapientiam. Item satellitium animi; sive Symbola, Principum institutioni potissimum destinata. Lugduni* 1532. *in*-8°. It. *Basileæ* 1537. *in*-8°. & plusieurs fois depuis. On a deux traductions Françoises du premier de ces Ouvrages; l'une de *Guillaume Paradin*, natif de *Cuisseaux* en Bourgogne, Doyen de *Beaujeu*, sous ce titre: *Traité du vrai amour de sagesse divine, Introduction à Sagesse, traduit du Latin de Jean Loys Vivés. Lyon* 1550. *in*-8°. L'autre de *Jean Colin* Bailly du Comté de *Beaufort*, sous le titre d'*Intro*-

*duction à vraye sapience.* Paris 1548. in-8°. J. L. Vivès.

19. *Genethliacon Jesu-Christi, sive de Tempore quo natus est Christus. De virtute fucata. Clypei Christi descriptio. Jesu Christi triumphus, Virginis Deiparæ Oratio. In Psalmos septem pœnitentiales meditationes septem. De Passione Christi meditatio in Psalmum* 37. *Exercitationes animi in Deum. Basileæ* 1543. *in*-16.

20. *Commentarius in Orationem Dominicam, cum Precationibus ac Meditationibus quotidianis, ac generalibus. Basileæ* 1540. *in*-16. Ces prieres ont paru en François avec les Exercices de l'esprit du même *Vivés* sous ce titre: *Prieres & Meditations tant journales que generales; avec Exercitations de l'Esprit à Dieu, composées en Latin par J. L. Vivés, & mises en François par Geoffroy de Billy. Paris* 1570. *in*-16. Il y a une autre traduction des mêmes prieres de *Vivés*, faite par *Pierre de Lencrau.*

21. *De Sudore Jesu-Christi Sacrum diurnum; Concio de nostro & Christi sudore.* 1530. *in*-8°.

22. *De Veritate fidei Christianæ libri*

J. J. VIVE'S.

*quinque. Basileæ* 1543. *in-fol.* It. *Lugd.* 1551. *in*-8°. It. *Basileæ* 1555. *in*-8°. It. *Coloniæ* 1564. *in*-8°. C'est un des bons Ouvrages de Vivés. Il ne parut qu'après sa mort par les soins de *François Craneveld*, qui le dedia au Pape *Paul* III.

23. *De Anima & vita libri tres, Basileæ* 1538. *in*-8°.

24. *De Officio Mariti liber. Brugis* 1528. *in*-8°.

25. *De Institutione fœminæ Christianæ. Basileæ* 1538. *in*-8°. Nous avons deux traductions Françoises de cet ouvrage; l'une de *Jaques de Changy*, Docteur en Droit, Avocat à *Dijon*, sous ce titre; *Institution de la femme Chrétienne, tant en son enfance, que Mariage & viduité: aussi de l'office de Mary. Lyon in*-16. & l'autre de *Louis Turquet*, imprimée par *Jean de Tournes* en 1580. *in*-16. Il a été aussi traduit en Espagnol par *Jean Justiniani*, & imprimé en cette langue à *Saragoce* l'an 1555. & à *Valladolid* en 1584. *in*-8°. *Vivés* le composa par ordre de *Catherine* Reine d'Angleterre.

26. *De Concordia & discordia in*

humano genere libri IV. *De Pacificatione liber. Quam misera sit vita Christianorum sub Turca, liber. Antuerpiæ* 1529. *in*-8°. It. *Lugduni* 1532. *in*-8°. J. L. VIVE'S.

27. *De subventione Pauperum, sive de Humanis necessitatibus libri duo. Brugis* 1526. *in*-8°. It. *Paris.* 1530. *in*-8°. It. *Lugduni* 1532. *in*-8°. It. trad. en François: *L'Aumosnerie de Jean Louis Vivés, trad. du Latin par Jacques Girard J. C. de Tournus en Bourgogne. Lyon* 1583. *in*-8°.

28. *De Communione rerum ad Germanos inferiores. De Europæ dissidiis & Bello Turcico Dialogus. Basileæ* 1538. *in*-8°.

29. *Epistolæ Variæ.* Quelques-unes avoient deja été imprimées à *Anvers* en 1571. & 1572. *in*-8°. *Adrien Vlacq* en a publié quelques nouvelles à *Londres* en 1642. avec plusieurs d'*Erasme*, de *Melanchton*, & de *Thomas Morus*. Voilà tout ce qui est renfermé dans les deux Volumes des Oeuvres de *Vivés*. Il a donné outre cela les suivans.

30. *D. Aurelii Augustini de Civitate Dei libri* XXII. *ad priscæ venerandæque vetustatis exemplaria collati, eru-*

J. L. VIVE'S. *ditissimisque insuper Commentariis illustrati. Basileæ* 1522. *in-fol.* It. *Ibid.* 1555. *in-fol. Vivés* a mis beaucoup d'érudition Ecclesiastique & Profane dans ces Commentaires, qui ont déplu à plusieurs personnes à cause de certains endroits trop libres & trop hardis. Les docteurs de Louvain les ont censurés & retranchés dans l'edition qu'ils en ont donné en 1637. avec les livres de *la Cité de Dieu* de *S. Augustin. Scaliger* en a jugé sainement, quand il a dit que ce Commentaire pouvoit passer pour excellent, si l'on avoit égard au temps auquel il a été écrit, mais que par rapport au nôtre ce n'est que fort peu de chose.

31. *Johannis Warsenii descriptio temporum & rerum Romanarum. Lovanii* 1534. *Frisius* & *Valere André* attribuent cet ouvrage à *Vivés.*

32. *Philalethæ Hyperborei in Anti-Catoptrum suum, quod propediem in lucem dabit Parasceve; sive adversus improborum quorumdam temeritatem Illust. Angliæ Reginam ab Arthuro Walliæ Principe priore marito suo cognitam fuisse impudenter & inconsulte adstruentium,*

*tium, Susannis extemporaria. Luneburgi* 1533. Quoique le titre porte *Lunebourg*, il est probable que la piece a été imprimée à *Basle*. Je ne sai si l'*Anti-Catoptron* l'a suivie. Au reste elle tend à refuter un ouvrage fait en faveur du Roy *Henri VIII.* sous le titre de *speculum veritatis*. Quelques-uns l'ont attribuée à *Jean Cochlée*; mais il est plus vraisemblable qu'elle est de *Vivés*, qui y aura pris le surnom d'*Hyperboreen* par rapport à la situation des Pays-bas, à l'égard de l'Espagne. Il est sûr du moins qu'il a écrit contre le Divorce, & qu'il s'attira par-là la disgrace du Roi *Henri VIII.* J. L. VIVE'S.

V. *Nicolai Antonii Bibliotheca Hispana. Andreæ Schotti Bibliotheca Hispana. Valerii Andreæ Bibliotheca Belgica. Gesneri Bibliotheca Universalis & ses Epitomes. Henrici Wharton Appendix ad Historiam Litterariam G. Cave. Thomæ Pope-Blount Censura Autorum p.* 519. *Du Pin, Bibliotheque des Auteurs Ecclesiastiques. Teissier, Additions aux Eloges de Mr. de Thou. tom.* 1. *p.* 266.

## FORTUNAT SCACCHI.

F. Scacchi.

FORTUNAT *Scacchi*, naquit à *Ancone* vers l'an 1573. de *Jaques Scacchi* Gentilhomme de cette ville. Sa Mere, qui se nommoit *Marguerite Petruich*, étoit de la ville de *Trau* en Dalmatie; mais la peste l'ayant obligée de quitter son pays & de se retirer en Italie, elle se mit pour vivre au service de *Jaques Scacchi*; comme elle étoit jeune & assés belle, son maître en devint amoureux & eut d'elle *Fortunat*, qui fait le sujet de cet article. Ne voulant pas cependant qu'on sçût dans le monde qu'il avoit eu un enfant de sa Servante, il le fit exposer, & on le porta à l'hopital de l'Annonciade où il fut nourri pendant cinq ans.

Au bout de ce temps, son pere se repentant de l'avoir ainsi abandonné, le retira chez lui, le reconnut pour son fils, & après l'avoir fait legitimer par le Pape, le fit entrer dans l'ordre des Hermites de *S. Augustin*, dont il prit l'habit à *Ancone*, sous

le nom de Frere *Antoine Marie.* F. SCACCHI.
Mais quelque temps après le Pape *Sixte V.* ayant fait défense à tous les Religieux de recevoir des Novices qui ne seroient pas nés en legitime mariage, *Scacchi* fut obligé de sortir.

Cette défense n'ayant pas subsisté, il rentra dans le même ordre à *Fano*, où il reçut le nom de Frere *Fortunat.* Il demeura quelques années en cette ville, & y fit ses vœux ; ce qui lui a fait donner le surnom de *Fanensis.*

L'ardeur qu'il avoit d'apprendre, ne trouvant pas dans ce lieu de quoi se satisfaire, il demanda avec instance d'être envoyé ailleurs ; & on lui permit d'aller à *Rimini.* Mais n'étant pas encore content des études qu'on faisoit en cette ville, il alla à *Rome* en 1594. & obtint du Chapitre general de l'Ordre, qui s'y tenoit alors, permission de passer en Espagne.

Il eut beaucoup à souffrir dans le Voyage. Comme il étoit peu chargé d'argent, il en manqua bientôt, & se trouva reduit en allant par mer à

F. SCACCHI.

*Barcelone*, de servir de Cuisinier à quelques passagers, pour avoir de quoi manger.

Lorsqu'il fut debarqué, il fit le reste du Voyage à pied, demandant par tout où il passoit l'aumosne pour subsister, & il arriva à *Tolede* dans un état pitoyable.

Ses freres, qui demeuroient en cette ville, touchés de compassion, le reçurent de bon cœur, & l'envoyerent ensuite à *Alcala*, qui étoit alors une Université fameuse. Il employa sept ans à l'étude de la Philosophie & de la Theologie tant dans ce lieu, qu'à *Tolede*, & soutint des Theses publiques pendant trois jours.

De retour en Italie, il s'appliqua à la langue Hebraique, dans laquelle il fit de grands progrès; pour ce qui est de la Gréque, il ne songea à l'apprendre que dans sa vieillesse, ainsi il n'est pas surprenant qu'il ne s'y soit pas rendu fort habile.

Il enseigna ensuite la Theologie à *Verone*, à *Perouse*, à *Recanati*, & à *Macerata*, & la langue Hebraique à *Rome* & à *Padoue*.

*Vittorio Rossi* dit que *Scacchi* étant

à *Venise* en 1609. *Zacharie* & *Jerome* *Condelmerio*, Nobles Venitiens, qui l'aimoient beaucoup, lui offrirent de lui procurer le poste de Theologien de la Republique, qui vaquoit par la mort de *Fra-Paolo*, decedé depuis peu, mais qu'il le refusa, en disant qu'il n'osoit pas être le successeur d'un homme, qui avoit fait tant de mal à l'Eglise Romaine. Mais *Rossi* n'a pas fait reflexion que cela ne pouvoit être arrivé, du moins dans le temps qu'il marque, puisque *Fra-Paolo* ne mourut qu'en 1623.

F. SCACCHI.

*Scacchi* las d'enseigner les autres, & voulant vivre pour lui-même, songea à se retirer dans un lieu, où il pût travailler en repos à la composition de quelques ouvrages, qu'il avoit projettés. Il alla pour cela demeurer à *Fano*; mais il n'y trouva pas la tranquillité qu'il y cherchoit. La vivacité avec laquelle il parloit des desordres qui regnoient dans son ordre, & le peu de ménagement avec lequel il reprenoit la mauvaise conduite de ses superieurs, lui attirerent de leur part des chagrins,

F. SCACCHI.

qu'ils eurent d'autant moins de peine à lui procurer, qu'il n'étoit pas lui-même irreprochable dans ſa conduite, & que ſa trop grande familiarité avec le ſexe ne donnoit que trop de lieu de faire douter de ſa ſageſſe.

Les choſes auroient été loin, ſi *Olivier Scacchi*, ſon frere, mais né d'une femme legitime, qui étoit à la Cour de *Rome*, ne fût venu à ſon ſecours, & n'eût appaiſé ſes ennemis. Ce ſervice qu'il lui rendit alors ne trouva en lui que peu de reconnoiſſance, comme *Olivier* s'en plaignit dans la ſuite; car c'étoit aſſez le défaut de nôtre Auteur, d'oublier le bien qu'on lui faiſoit, & de refuſer les moindres ſervices à ceux à qui il avoit les plus grandes obligations.

*Scacchi* après ſon accommodement ayant eu le choix de la Maiſon, où il iroit demeurer, choiſit celle de *Ripa-Tranſona*, dans la Marche d'*Ancone*; mais ſon frere l'engagea à aller à *Rome*, & il s'y rendit en 1618. pendant que le Chapitre general de ſon ordre y étoit aſſemblé. Comme il y étoit déja connu de reputation, il y fut fort bien reçu des ſavans, &

le Cardinal *Scipion Cobellucci*, qui aimoit les gens de Lettres le prit sous sa protection, & le fit demeurer à *Rome*, pour y enseigner l'Ecriture Sainte, malgré ses superieurs, qui vouloient l'envoyer ailleurs. Il se fit alors connoître au Cardinal *Maffée Barberin*, qui conçut de l'estime pour lui, & lui donna dans la suite des marques de sa bienveillence. Car ayant été élu Pape le 6 Août de l'an 1623. sous le nom d'*Urbain VIII.* & ayant nommé l'année suivante 1624. *Fulgence Gallucci*, Sacristain du Pape, & Evêque titulaire de *Tagaste*, à l'Evêché de *Bojano* dans le Royaume de *Naples*, il donna le 23 Fevrier de cette année sa place de Sacristain à *Scacchi*, qui en remplit les fonctions pendant quinze ans. F. SCACCHI.

Il étoit alors à *Macerata*, où il enseignoit l'Ecriture Sainte, & il se rendit aussitôt à *Rome*, & alla demeurer au Vatican: mais trouvant dans la suite que l'air de ce lieu l'incommodoit, il habita quelque temps dans les Couvens de son ordre, & enfin prit une maison particuliere.

F. SCAC-CHI.

En 1628. il fut mis au nombre des Consulteurs de la Congregation établie pour la Correction du Martyrologe & du Breviaire Romain.

Le Pape lui temoigna longtemps de l'amitié & de la consideration, mais *Scacchi* perdit peu à peu l'une & l'autre, soit qu'il eût parlé trop librement de sa conduite, suivant sa coutume, soit qu'on lui eût rendu quelques mauvais offices auprès de ce Pontife.

Un Cardinal profita de ces dispositions, & de quelques discours que *Scacchi* laissa échapper sur ses infirmités, & sur la peine qu'il avoit à remplir les fonctions de sa charge, pour la faire donner à un autre qu'il vouloit placer. Il fit pour cela entendre au Pape que *Scacchi* demandoit à être dechargé de son emploi, & le Pape y consentit sans peine, & nomma le 29 Septembre 1639. celui que le Cardinal souhaitoit, pour être son Successeur. *Scacchi* qui n'avoit parlé de ses infirmitez & de ses peines, que pour obtenir quelque recompense, fut au desespoir de cette disgrace, & pensa en tomber malade de chagrin. Mais

Mais enfin voyant qu'il n'y avoit point de ressource, il vendit sa Bibliotheque, qui étoit fort nombreuse, la somme de six mille écus, & se retira à *Fano*. F. SCACCHI.

Il y perdit quelque temps après la vue, & ressentit les infirmités de la vieillesse, qui le conduisirent quatre ans après au tombeau. Il mourut dans cette ville le 1 Août 1643. âgé d'environ 70 ans & fut enterré dans le Couvent de *Sainte Lucie*, de son Ordre, à qui il avoit fait du bien pendant sa vie, & qu'il laissa heritier de tout ce qu'il avoit

Catalogue de ses Ouvrages.

1. *Sacra Biblia Vulgata Editione, translatione ex Hebræo Sanctis Pagnini, Translatione Romana ex Septuaginta, & Chaldaicæ paraphrasis Translatione congesta. Venetiis* 1609. *in-fol.* 2 *vol.* C'est *Scacchi*, qui a publié ces differentes traductions. *Vittorio Rossi* s'est trompé quand il a avancé qu'il les dedia au Pape *Paul V.* Il falloit dire au Cardinal *Scipion Borghese*.

2. *Sacrorum Elæochrismatum Myrothecium primum. Romæ* 1625. *in*-4°. *Myrothecium secundum. Romæ* 1627. *in*-4°.

F. SCACCHI. *Myrothecium tertium. Romæ* 1637. *in*-4°. *Scacchi* dit que cette troisiéme partie auroit paru plutôt, s'il eût été assez riche pour fournir aux frais de l'impression, & qu'il y auroit ajouté une 4e & une 5e. Mais ces deux dernieres n'ont point été données au public. Ces trois parties ont été réimprimées ensemble à *Amsterdam* en 1701. chez *Halma in-fol.* Le sieur *de Coup* ayant dans la suite acheté ce qui restoit de cette édition, y a fait mettre un nouveau titre avec l'année 1710. Ce qui pourroit faire croire qu'il y auroit eu à *Amsterdam* deux éditions de cet ouvrage, quoiqu'il n'y en ait eu qu'une. *Scacchi* a repandu l'érudition à pleines mains dans ce livre, où il y a bien des recherches curieuses.

3. *De Cultu & Veneratione servorum Dei liber primus, qui est de notis & signis Sanctitatis Beatificandorum & Canonizandorum. Romæ.* 1639. *in*-4°. Cet ouvrage contenoit six livres; mais il n'en en a été imprimé que le premier, les cinq autres sont demeurés en manuscrit, de même que les deux derniers livres de ses *Sacra Elæochrismata.*

4. *Prediche è discorsi sopra gli Evangelii. In Roma* 1636. *in*-4°. *Scacchi* s'étoit beaucoup appliqué à la Prédication, & s'étoit même fait de la reputation par là. F. SCACCHI.

V. *Jani Nicii Erythræi Pinacotheca secunda.* N°. 65. On y trouve plusieurs particularités, dont aucun autre Auteur n'a parlé. L'*Appendix* ajouté au livre d'*Ange Rocca* intitulé : *Chronhistoria de Apostolico Sacrario*, dans l'Edition de *Rome* de l'an 1719. *in-fol.* C'est ce qu'il y a de meilleur pour les dates. *Philippi Elssii Encomiasticon Augustinianum. Leonis Allatii Apes Urbanæ. p.* 100.

## LOUIS BOIVIN.

LOUIS *Boivin* naquit le 20 Mars 1649. à *Montreuil-l'Argilé*, petite ville de la haute Normandie dans le Diocese de *Lisieux*, de *Louis Boivin* Avocat, qui malgré la modicité de la fortune s'étoit rendu respectable dans tout le Canton par sa probité & son merite personnel, & de *Marie Vattier*, sœur du fameux *Pier-* L. BOIVIN.

L. BOIVIN. re *Vattier*, Professeur Royal en langue Arabique, & l'un des plus savans hommes du dernier siecle.

Aprés avoir commencé ses études dans sa patrie avec beaucoup de succés, il alla à *Rouen* faire sa Seconde & sa Rhetorique dans le College des Jesuites. Peu de temps aprés il perdit sa Mere, & la douleur qu'il en conçut lui inspira de faire un vœu de renouveller tous les ans le souvenir de cette perte par quelque piece de vers ou de prose en son honneur. On ne sait quand il cessa de s'aquiter de ce vœu, il est cependant à presumer que ce fut à la mort de son pere, qui arriva quelques années aprés, puisqu'on n'a trouvé dans ses papiers, que six de ces pieces, qui sont toutes des premieres années.

Il n'avoit que vingt-deux ans, quand son pere mourut, & l'amour des Lettres l'avoit deja amené deux fois à *Paris*.

Il y vint la premiere fois, pour mettre dans la Bibliotheque de M. *Colbert* la traduction Latine de toutes les Oeuvres d'*Avicenne*, promise depuis longtemps, & nouvellement achevée par M. *Vattier*, qui à ſa mort en avoit fort recommandé le Manuſcrit. Madame *Vattier* ſa veuve, fidelle à executer ſes dernieres volontés, fit exprès le voyage de *Paris* avec Louis Boivin, ſon neveu. Ils s'adreſſerent à M. *Chapelain*, lui remirent le Manuſcrit, & s'en retournerent à *Montreuil*, ſans ſavoir quel ſeroit le ſort de ce grand ouvrage, qui s'eſt enfin comme perdu par le ſoin même qu'on ſembloit avoir pris pour le conſerver. L. BOIVIN.

M. *Thevenot*, ami de M. *Vattier*, ſavoit bien où il étoit; mais il en faiſoit myſtere, & quand on lui en parloit, il ſe contentoit de répondre qu'il ne ſeroit jamais confié, qu'a gens bien en état d'en procurer l'édition. Depuis ſa mort, il n'a pas été poſſible de ſavoir où il eſt.

Le ſecond voyage que M. *Boivin* fit à *Paris* fut pour y étudier en Philoſophie. Il fit ſon Cours au College *du Pleſſis*, ſous *Paul Cohade*, qu'on appelloit le Philoſophe ſubtil, & dont il gagna bientôt les bonnes graces par ſon aſſiduité à ſes leçons & par ſon talent pour la diſpute.

L. BOIVIN. De la Philosophie, il passa à l'étude de la Theologie, de la Jurisprudence, & de la Medecine, avançant d'un pas egal dans toutes ces connoissances, parce qu'il n'avoit de predilection pour aucune. Il faisoit beaucoup plus de progrés dans l'étude des Belles-Lettres, à laquelle il ne paroissoit donner que quelques momens perdus, & dont il n'avoit pour confidens que M. *Chapelain*, & le P. *Lallemant* Prieur de *Sainte Genevieve*: encore se donnoit-il bien de garde de decouvrir au premier le penchant violent, qui le portoit à faire des vers.

Il en faisoit par milliers; mais il attendoit pour en montrer à M. *Chapelain*, que sa veine eût produit quelque piece qui pût meriter les suffrages d'un tel Juge, & il s'en flatta trop tôt. Un jour plus content de lui même qu'il ne l'avoit encore été, il en exposa une aux yeux de M. *Chapelain*, qui la veille l'avoit fort loué sur sa Prose, & sur sa Poesie Latine. Si quelqu'un devoit avoir de l'indulgence pour lui, c'étoit sans doute M. *Chapelain*; il ne pût cependant lui pardonner les défauts, qu'il n'appercevoit pas dans ses propres ouvrages: il fut tellement choqué de la vaine enflure, & du brillant faux & obscur des vers du jeune Poete, & il y trouva si peu de naturel, qu'il lui conseilla de renoncer pour toujours à la manie de rimer. L. BOIVIN.

M. *Boivin* fut extrêmement sensible à ce jugement, & on a trouvé parmi ses papiers un discours écrit de sa main avec ce titre singulier: *Flux de Melancolie*, qu'il composa peu de jours après cette avanture, dont il y paroît vivement touché. Il y fait ainsi son portrait. *Mon humeur est sauvage & retirée, fort approchante de celle de l'oiseau de Minerve, franche jusqu'à la rusticité, fiere jusqu'à l'indépendance, flotante & incertaine jusqu'à ne me determiner à quoique ce soit, entreprenante jusqu'à vouloir tout savoir, & tout pratiquer, presomptueuse jusqu'à faire vertu d'ambition, cachant si peu mes défauts, que souvent j'en fais vanité, & rarement m'imaginai-je qu'ils n'ayent pas quelque chose d'heroique.*

C'étoit dans sa 23 où 24e année

L. Boivin. au plus qu'il se dépeignoit ainsi, & quelques traits que l'âge & les travaux ayent donné lieu d'ajouter à cette premiere peinture, elle s'est toujours trouvée d'une parfaite ressemblance.

L'amitié & les conseils du *P. Lallemant* ne lui furent pas moins utiles que ceux de M. *Chapelain*. Le premier l'avoit engagé à son insçû avec M. de *Carcavy*, pour travailler à la Bibliotheque du Roy; mais il s'en défendit sur ce qu'il avoit en Province un petit frere, qu'il vouloit faire venir à *Paris*, pour y prendre soin de son éducation. En effet il l'y fit venir cette année là, & même le sachant en chemin, il fit, en dépit de M. *Chapelain*, des Stances Françoises pour son heureuse arrivée, où il marque sa tendresse pour lui, & l'empressement qu'il avoit de consacrer à son instruction les plus belles années de sa vie.

Son érudition étoit dès lors regardée comme une espece de prodige: il y avoit peu de livres savans qu'il n'eut lûs exactement, & qu'il ne sçût presque par cœur; & plusieurs Magistrats se faisoient un plaisir de revoir avec lui les Auteurs des bons siecles. L. BOIVIN.

M. *Bignon*, devenu Conseiller d'Etat, après vingt années d'exercice dans la charge d'Avocat General, lui avoit assigné des heures fixes, ou ils relisoient ensemble les endroits choisis des Poëtes & des Orateurs Grecs, qui avoient fait les delices de sa jeunesse; & M. *le Pelletier*, qui revoyoit de même avec lui les Poëtes & les Orateurs Latins, le goûta tellement, que pour l'associer plus intimement à ses lectures, il l'engagea à venir demeurer chez lui, & lui donna même la direction des études de ses enfans, qui firent par ses soins dans le Cours d'une année des exercices celebres sur la Geographie, sur l'Histoire, & sur plusieurs autres matieres de Litterature.

Ce fut dans cette maison, où M. *le Pelletier* reçut encore son frere, qu'il fit connoissance avec M. *Santeuil*, avec qui on prenoit plaisir à le commettre. Celui-ci né Poëte, & plus avide de louanges que de con-

L. BOIVIN.

seils, lors même qu'il s'abaissoit jusqu'à en demander, souffroit impatiemment la critique, qui étoit le fort de M. *Boivin*, & à laquelle il donnoit souvent prise par les fautes de Grammaire & de Quantité qui lui échappoient. M. *Boivin* ne lui en pardonnoit aucune ; ce qui le faisoit entrer dans des fureurs plus que Poëtiques, & formoit communement des scênes, qui du Comique auroient bientôt passé à quelque chose de plus serieux, sans la presence des Magistrats, qui y assistoient.

Après cette année d'études Domestiques, les fils de M. *le Pelletier* employerent les deux suivantes à leur Cours de Philosophie; & dans cet intervalle M. leur pere, Doyen honoraire de la Faculté de Droit, ayant pris avec M. le Chancelier *le Tellier* des mesures, pour en faire refleurir l'étude, fit choisir M. *Boivin* pour annoncer publiquement dans l'Université de *Paris* la reforme projettée. Il l'annonça par trois Theses solemnelles; elle parut incontinent après, & ce fut le fils même de M. *le Pelletier*, qui en donna l'exemple.

M. *Boivin* auroit été infaillible- L. BOIVIN.
ment Antecesseur, s'il l'avoit souhaitté ; mais parce qu'il s'étoit fait recevoir Avocat avant que de prendre le bonnet de Docteur, il aima mieux frequenter le Barreau que d'enseigner le Droit, quoi qu'on lui eût offert de le pourvoir gratuitement d'une charge de Conseiller à la Cour des Aides, quand il auroit professé vingt ans.

Ce refus determina le choix que l'on fit de M. *Baudin* Antecesseur, pour travailler avec M. *le Pelletier* le fils sur les principes du Droit Civil. Sa maniere d'enseigner parut trop lente à M. *Boivin*, qui prétendoit jetter tout d'un coup son éleve dans la lecture des textes, sans jamais entendre parler de Cahiers ; mais M. *le Pelletier*, le Pere, jugeant qu'il seroit plus malaisé de conserver les deux Maitres, que de concilier les deux Methodes, s'en tint au Professeur en titre ; & pour retrouver l'autre au besoin il pria M. *Bignon* premier President du Grand Conseil, de le recevoir de sa main, comme un depôt précieux qu'il lui confioit.

L. BOIVIN.

Cette destination convenoit d'autant plus à M. *Boivin*, qu'il continuoit d'être en relation avec M. *Bignon*, le Conseiller d'Etat, frere du President, & que M. *le Pelletier* vouloit bien rester toujours chargé du soin de M. *Boivin* le Cadet, qui à l'age de dix-huit ans étoit déja un homme de Lettres.

Cependant les deux freres ne purent vivre longtemps separés; ils se reunirent au bout de dix-huit mois dans une maison particuliere; & l'aîné voulant assurer le fruit de ses veilles, chercha à faire quelque acquisition en Normandie. On lui en proposa une dans le voisinage de *Montreuil*; il la fit, & elle lui fut malheureuse: car persuadé qu'il pouvoit sans consequence en discuter les moindres droits, il s'engagea dans quantité de procés ruineux. Le plus considerable fut celui qu'il eut contre l'Abbaye de *la Trappe*, pour une redevance de 24 sols seulement, dont il ne vouloit pas que son Fief de *la Coypeliere* fût chargé. Il fut condamné, & ces 24 sols de rente lui couterent plus de douze années de procedures & de Sollicitations, & douze mille livres de frais. L. BOIVIN.

Peu de temps après il fut admis à l'Academie des Inscriptions, que l'on formoit alors. Il ne put d'abord y avoir qu'une place d'Eleve, mais en moins de huit ou dix mois il devint Associé, & son extrême assiduité jointe à un profond sçavoir l'auroit vraisemblablement conduit à la Pension avec la même rapidité, s'il avoit eu pour la societé les talens qu'il avoit pour l'etude. Ces talens là même se tournoient très souvent contre lui; la plus simple question prenoit sous ses yeux la forme d'une Hydre toujours renaissante, & devenoit entre ses mains le sujet d'une dispute eternelle. L'etendue & la varieté de ses connoissances lui presentoient mille objets à la fois; il hesitoit d'abord sur la preference, & se flatant ensuite de les saisir tous avec le même avantage, il commençoit ordinairement par embrasser les plus eloignés. Il ne pouvoit lire ses propres ouvrages sans s'interrompre lui-même par des Commentaires de vive voix, qu'il

L. BOIVIN.

étoit rare de voir finir. A tout moment il supplioit ses Confreres de lui faire des objections, pour eclaircir davantage les sujets qu'il avoit entrepris; c'étoit, selon lui, la chose du monde la plus utile; & n'en point faire, c'étoit la plus grande marque d'indifference, ou de mepris qu'on pût lui donner. Cependant dès qu'on lui en faisoit, il oublioit qu'il les avoit demandées avec instance, & n'étoit frapé que de la contradiction qui en resultoit. Le point de la difficulté se perdoit presque toujours dans ses écarts, & plus souvent encore dans l'aigreur de ses paroles.

Vingt années entieres suffirent à peine pour familiariser l'Academie avec une érudition si épineuse; mais enfin on reconnut que personne n'avoit de meilleures intentions, plus de candeur, ni plus de droiture; que son cœur desavouoit d'avance le fiel apparent de ses expressions, & que quand on pouvoit se prêter à sa surprenante volubilité, les choses qu'il disoit ainsi sans ordre & sans preparation, ne laissoient pas d'être bonnes en elles-mêmes, & la pluspart excellentes dans une place, qui leur auroit mieux convenu.

Ses ouvrages imprimés se reduisent à ce qu'on en trouve dans les Recueils de l'Academie des Inscriptions. Encore faut-il observer, que ceux qui sont employés dans la partie de l'histoire, ne sont que des extraits qu'il a fallu lui enlever de memoire, par l'impossibilité de les avoir autrement; & que ceux qui sont imprimés dans toute leur étendue, ne l'ont été que sur des copies, dont on n'a pu lui confier la revision, à cause des changemens continuels qu'il n'auroit point cessé d'y faire.

Dans ses dernieres années, il s'étoit appliqué à la Chronologie, & avoit composé trois petits Poëmes Chronologiques François, où sous le titre de *Vers Acromonostiques*, il avoit rangé les differens âges du Monde, avec toutes leurs Epoques essentielles, & les principaux Regnes. Ces Poëmes, qu'il avoit resolu de publier sous son nom, ne sont parvenus dans l'impression que jusqu'à

L. Boi-vin. la seconde epreuve. Ils devoient être suivis de la traduction qu'il avoit aussi faite en vers François de presque tout l'Evangile ; car les Avis de *Chapelain* ne l'avoient pu guerir de la fureur de rimer. Le Public n'a rien perdu à la supression de toutes ces Poësies.

Il promettoit depuis environ trente ans, lorsqu'il est mort, un autre ouvrage plus utile. Ce sont des notes très savantes sur l'histoire de *Joseph*. Il les a mises à la marge d'un exemplaire de *Joseph* tout Grec, imprimé à *Basle* en 1544. qu'il pretendoit en être l'édition la plus ancienne & la plus correcte, & il les a écrites d'un caractere si menu, que quoiqu'il soit d'ailleurs très distinct, on ne sauroit presque le lire qu'avec une loupe.

Il mourut le 22 Avril 1724. âgé de 75 ans.

Les pieces que l'on trouve de sa façon dans les Memoires de l'Academie des Inscriptions sont les suivantes.

1. *Histoire de Zarine & de Stryangée.* tom. 2. p. 67.

2. *Dissertation sur un Fragment de Diodore de Sicile.* Ibid. p. 84.

3. *Ex-*

3. *Explication d'un endroit de Denys d'Halicarnasse.* Ibid. p. 341. L. BOIVIN.

4. *Chronologie de Denys d'Halicarnasse.* Ibid. p. 399.

5. *Refutation Chronologique d'un endroit de Censorin*, Ibid. p. 412.

6. *Epoque de Rome, selon Denys d'Halicarnasse.* Ibid. p. 428.

7. *Dissertation sur Jeroboam Jesoz treiziéme Roy d'Israel.* Tom. 4. p. 337.

8. *Remarques sur l'Origine des Dieux.* On en voit l'extrait dans l'Histoire tom. 3ᵉ.

V. *Son Eloge par M. de Boze dans l'Histoire de l'Academie des Inscriptions tom. 5ᵉ.*

---

## HUBERT FOLIETA.

HUBERT *Folieta* naquit à *Genes* l'an 1518. d'une famille noble & fort illustre. *Aubert le Mire*, & d'autres aprés lui, lui donnent pour pere *Augustin Folieta*, qui fut en faveur auprés des Papes *Jules II. Leon X. & Clement VII.* mais il est sûr qu'ils se trompent, car il n'étoit que son Oncle, comme il le dit H. FOLIETA.

H. Fo-LIETA.

lui-même dans ses Eloges.

C'est une chose fort incertaine, si *Hubert Folieta* a été Prêtre, comme plusieurs Auteurs, qui ont apparemment copié *le Mire*, l'ont prétendu. On ne voit rien dans ses Ouvrages, qui puisse le faire croire, il ne s'y donne jamais d'autre qualité que celle de Noble Genois.

Les troubles, qui agitoient sa patrie, l'engagerent à composer un Ouvrage, qui fournit les moyens d'y remedier; ce fut son livre de la distinction des familles Nobles & plebeiennes. Mais il déplut par-là aux Nobles, dont il decrivoit trop vivement l'ambition, & ils le firent bannir de sa patrie. Ce mauvais traitement l'engagea à prendre pour devise un flambeau allumé avec ces mots: *Officio mihi officio*. Je me nuis en rendant service.

*Morery* dit dans son Dictionnaire qu'il *eut part aux troubles qui s'éleverent à Genes*, & fait entendre que ce fut pour cela qu'il fut envoyé en exil. Mais ce n'est pas là la cause de son bannissement, qu'on ne doit attribuer qu'aux verités qu'il avoit répandues dans son Ouvrage. *Teissier* n'a pas non plus rendu justice à *Folieta*, lorsqu'il a fait dire à Mr. *de Thou*, qu'il avoit l'esprit fier & emporté. Il n'a pas entendu le Latin de Mr. *de Thou*, en prenant en mauvaise part ce que ce savant Historien dit de lui : *Folieta vir in litterario otio elati animi*. Il est constant que c'est là un Eloge, & que ces paroles signifient que *Folieta* a soutenu son exil avec beaucoup de courage, & a profité de son loisir pour s'appliquer aux sciences.

H. FOLIETA.

Il seroit difficile de marquer l'année precise du bannissement de *Folieta*. Il est vrai que M. *de Thou* en parle sur l'année 1575. à l'occasion des troubles qui agiterent alors la ville de *Genes* ; mais on voit par quelques-uns de ses Ouvrages imprimés à *Rome* avant cette année là, que son exil l'a precedée.

Car ce fut dans cette ville qu'il se retira & vécut le reste de sa vie par les liberalités du Cardinal *Hippolyte d'Est*. Les injustices & les mauvais traitemens de ses compatriotes ne lui inspirerent point de l'éloigne-

H. FOLIETA. ment pour sa patrie. Il employa au contraire son loisir à travailler à sa gloire en écrivant son histoire.

Il mourut le 5 Septembre 1581. âgé de 63 ans.

Une partie de ses Ouvrages a été imprimée sous ce titre : *Uberti Folietæ Opera subsiciva, Opuscula Varia, de Linguæ Latinæ usu & præstantia, Clarorum Ligurum Elogia. Romæ* 1579. *in*-4°. pp. 351. Ce recueil dedié à *Ottavio Affaitato*, Gentilhomme de *Cremone* contient trois parties.

La premiere intitulée *Opuscula Nonnulla*, & dediée au Cardinal *Ptolemeo Galli* renferme les pieces suivantes.

1. *De Vitæ & Studiorum ratione hominis sacris initiati ad Robertum Nobilem Cardinalem.* Cet ouvrage doit être de l'an 1554. puisque *Folieta* y marque que *Robert de Nobili* étoit prêt a être nommé Cardinal, & qu'il le fut effectivement cette année par le Pape *Jules III.* son oncle, quoiqu'il n'eût alors que treize ans.

2. *De ratione scribendæ Historiæ ad Octavianum Pasquam Episcopum Hie-*

*racensem.* Il composa ce petit Ouvrage, avant que d'entreprendre son Histoire de *Genes*.

H. FOLIETA.

3. *Tiburtinum Hippolyti Cardinalis Ferrariensis, ad Flavium Ursinum Cardinalem.* C'est une description de la Maison de Campagne du Cardinal *Hippolyte d'Est*, son protecteur, qui est datée du 5 Aoust 1569.

4. *Brumanus, sive de laudibus urbis Neapolis ad Antonium Casellam Patritium Genuensem. Folieta* a donné à cet opuscule le nom de *Brumanus*, parce qu'il n'y fait que rapporter une conversation que *Cesar Brumano*, qui avoit été quelque temps Nonce à *Naples*, eut un jour à *Rome* avec le Cardinal *Hippolyte d'Est*, sur le sujet, qui y est traité.

5. *De Nonnullis in quibus Plato ab Aristotele reprehenditur, ad Antonium Vaccam Jurisconsultum.*

6. *De similitudine Normæ Polybianæ, ad Rainaldum Corsum Jurisconsultum.* Il prétend examiner dans cet opuscule la comparaison que *Polybe* a apportée pour faire voir qu'une Histoire qui n'est pas conforme à la verité n'est pas une histoire, en di-

H. FOLIETA. sant qu'elle est semblable à une Regle, qui de quelque matiere qu'elle soit faite, n'est pas une regle, si elle n'est pas droite. *Morery* & *Teissier* mettent parmi les Ouvrages de *Folieta*, *Nomina Polybiana*; c'est un livre imaginaire, formé par corruption de celui-ci.

7. *In festo die omnium Sanctorum ad Julium III. Pont. Max. Oratio.* Tous ces Opuscules ont été inserés dans le premier volume du Recueil de *Grævius*, intitulé: *Thesaurus Antiquitatum & Historiarum Italiæ, Mari Ligustico, & Alpibus Vicinæ. Lugd. Bat.* 1704. *in-fol.* Cependant les deux premiers & les trois derniers n'y sont guéres à leur place.

La seconde partie du Recueil des Oeuvres de *Folieta* contient le suivant.

8. *De linguæ Latinæ usu & præstantia libri tres. Romæ* 1574. *in-4°. It. Joan. Laurentius Mosheim edidit, notas subjecit, dissertationem de lingua Latinæ cultura, & necessitate, cum vita Folietæ præmisit. Hamburgi* 1723. *in-8°.*

L'Ouvrage suivant fait la 3e partie du Recueil.

9. *Clarorum Ligurum Elogia, ad Joannem Andream Auriam, Ducem Genuensem Romæ* 1574. & 1577. *in*-4°. It. dans le premier Tome du *Thesaurus Italiæ* de *Grævius.* Ces Eloges sont divisés en trois parties, la premiere, qui est fort courte, *De iis qui in Divorum numerum sunt relati, quique ad summum rerum fastigium pervenerunt.* La 2e *De viris militari virtute illustribus.* La 3e *De viris Pacis Artibus & Litterarum commendatione insignibus. Mascardi* prétend que *Folieta* a plus suivi dans ces Eloges la passion, que la verité, & l'accuse de n'avoir pas loué plusieurs personnes de merite, pour cette seule raison, qu'ils étoient d'un parti opposé au sien. On a encore de *Folieta* les Ouvrages qui suivent. H. FOLIETA.

10. *De Causis Magnitudinis Turcarum Imperii ad M. Antonium Columnam Cardinalem.* Cet Ouvrage imprimé d'abord en Italie, a été reimprimé en Allemagne par les soins de *David Chytræus*, qui a mis à la tête une Preface, où il le loue beaucoup. Voici le titre de son édition. *De Causis Magnitudinis Imperii Turcici &*

H. FOLIETA. *virtutis ac felicitatis Turcarum in Bellis perpetuæ, Uberti Folietæ lucubratio. Cui adjuncta est series Imperatorum Turcicorum, & Narratio belli Cyprii inter Venetos & Turcas superioribus annis gesti. Rostochii* 1594. *in*-8°. *Grævius* a inseré cet Ouvrage dans le premier volume de son *Thesaurus Italiæ.*

11. *De Philosophiæ & Juris Civilis inter se comparatione libri tres. Romæ* 1586. *in*-4°.

12. *De sacro fœdere in Selimum libri* IV. *nec non variæ Expeditiones in Africam cum Melitæ obsidione. Genuæ* 1587. *in*-4°. It. traduit en Italien sous ce titre: *Istoria di Uberto Foglietta, della Sacra lega contra Selim, è d'alcune altre imprese di suoi tempi, cioe dell' imprese del Gerbi, soccorso d'Oram &c. tradotta per Giulio Guastavini. In Genoua* 1598. *in*-4°.

13. *Conjuratio Johannis Ludovici Flisci; Tumultus Neapolitani; Cœdes Petri Ludovici Farnesi, Placentiæ Ducis. Neapoli* 1571. *in*-4°. It. *Genevæ* 1587. *in*-4°. Cet Ouvrage est rare & cher. C'est, aussi bien que le precedent, un morçeau de l'Histoire de son

son temps qu'il avoit entreprise, mais qu'il n'a apparemment pas achevée. *Grævius* les a fait entrer tous les deux dans son *Thesaurus Italiæ*. H. FOLIETA.

14. *Historiæ Genuensium Libri* XII. *Ad Joannem Andream Auriam Melphiæ Principem. Genuæ* 1585. *in-fol.* It. dans le *Thesaurus Italiæ Grævii.* It. traduite en Italien par *François Serdonati. Genes* 1597. *in-fol.* Cette Histoire est écrite d'un stile pur, net, & sans affectation, tel que doit être celui des Historiens.

V. *Son Eloge par M. Mosheim à la tête de son Edition du Livre, de Linguæ Latinæ usu. Les Eloges de M. de Thou & les additions de Teissier. Lorenzo Crasso, Elogii d'Huomini Letterati tom.* 1. *p.* 74. *Girolamo Ghilini Teatro d'Huomini Letterati tom.* 1. *p.* 175. *Oldoini Athenæum Ligusticum.* Ces trois Auteurs ne disent rien que de fort general, & n'apprennent rien.

## GILLES ANDRE' DE LA ROQUE.

G. A. DE LA ROQUE.

GILLES *André de la Roque*, sieur de *la Lontiere*, naquit vers l'an 1598. à *Cormelles*, village distant d'une demie lieue de la ville de *Caen*, de parens Nobles.

Il embrassa de bonne heure l'Etat Ecclesiastique, & reçut même le Soûdiaconat; ayant dans la suite changé de dessein, il obtint une dispense pour se marier; mais son mariage ne fut pas heureux. Le peu d'union qu'il y eut entre lui & sa femme, l'obligea à se faire separer pour se procurer du repos, & à lui payer une pension tant qu'elle vêcut. Cette pension l'incommoda pendant quelques années; mais la succession de son frere mort sans enfans, & la mort de sa femme, retablirent un peu ses affaires. Son savoir extraordinaire & son travail eussent pu lui faire une grande fortune, s'il eût sçu en profiter; mais il se fit plus d'ennemis que d'amis,

& n'avança gueres sa fortune, qui étoit assez mauvaise, quand il mourut. G. A. DE LA ROQUE.

Sur la fin de sa vie, & apparemment après la mort de sa femme, il reprit le petit collet.

La connoissance des Genealogies & des Armoiries, sur tout de son Pays, ont fait sa principale étude, & il s'y rendit très-habile à la faveur de la memoire prodigieuse, dont la nature l'avoit favorisé.

Il étoit étonnant de lui entendre rapporter fidellement les noms, les dates, les filiations, & les alliances, non seulement des familles nobles, mais encore des roturieres. Il en connoissoit toutes les taches & les défauts, & il ne se faisoit pas trop prier pour les publier; il sembloit même y prendre plaisir. Un peu de ménagement sur cet article lui auroit fait moins d'ennemis, & lui auroit épargné beaucoup de petits chagrins que son imprudence lui causa.

Il mourut à Paris le 3 Fevrier 1687. âgé de 90 ans suivant l'Auteur du Mercure Galant, & de 88 selon

G. A. DE LA ROQUE.

M. *Huet*, qui met sa mort en 1686. Il fut enterré dans le Cloître des Cordeliers, où il avoit choisi sa sepulture.

On rapporte qu'il fut si sobre, qu'il ne but jamais de vin.

Catalogue de ses Ouvrages.

1. *Lettre de M. de la Roque aux interessés en l'Histoire des Maisons Nobles de Normandie.* 1653. *in-fol.* M. de *la Roque* obtint cette année un Privilege pour son Recueil des Maisons Nobles de Nom & d'Armes, nobles de race, & annoblies, de la Province de Normandie, & en particulier de celle d'*Harcourt*, même un Armorial general des Maisons Nobles & de leurs Alliances, avec un traité intitulé: *La Science reguliere des Armoiries.* De tous ces Ouvrages il n'y a d'imprimé qu'une partie de ce dernier Traité; l'Histoire Genealogique de la Maison d'*Harcourt*; & celle des Maisons de *Brossard, du Fay, & Touchet.*

2. *Eloges de la Maison de Bellievre.* 1653. *in-fol.*

3. *Genealogie de la Maison du Fay en Normandie.* Elle se trouve avec

le *Factum pour François Emmanuel de Crequy, Duc de Lesdiguieres, contre Charles-Etienne du Fay* 1654. *in-fol.* & dans le livre suivant. G. A. DE LA ROQUE.

4. *Histoire Genealogique des Maisons Nobles de Normandie; partie du Tome second contenant les Maisons de Brossard, du Fay & Touchet. Caën* 1654. *in-fol.*

5. *Histoire Genealogique de la Maison d'Harcourt, enrichie d'un grand nombre d'Armoiries, Alliances, Genealogies, Matieres & Recherches concernant non seulement les rangs & les interests de cette Maison, mais encore l'Histoire Generale; justifiée par Titres, Chartres, Arrêts &c. Paris* 1662. *in-fol.* 4 *vol.* Les deux premiers volumes contiennent l'Histoire Genealogique de cette Maison, & les deux derniers fournissent les preuves de cette Histoire. On trouve au devant de ces preuves des *Remarques Sommaires sur les Rangs, Honneurs, Dignitez, Charges, & Qualitez de la Maison d'Harcourt, pour l'éclaircissement de son Histoire.* C'est dommage qu'il s'y soit glissé tant de fautes d'impression, & qu'il y ait si peu

G. A. DE LA ROQUE.

d'ordre, sur tout dans les preuves.

6. *Traité singulier du Blason, contenant les regles des Armoiries des Armes de France & de leur Blason, ce qu'elles representent, & le sentiment des Auteurs qui en ont écrit. Paris* 1673. & 1681. *in*-12.

7. *Traité du Ban & Arriere-Ban, de son Origine, & des Convocations anciennes & nouvelles, avec plusieurs Rolles, tirés des Archives publiques, où sont les noms & qualités des Princes, Seigneurs, & Gentilshommes, qui s'y sont trouvés. Paris* 1676. *in*-12.

8. *Traité de la Noblesse & de ses differentes Especes, avec plusieurs questions & maximes, qui concernent la Noblesse, confirmées par des Chartres & Titres authentiques. Paris* 1678. *in*-4°. Cet Ouvrage est curieux, comme tous les autres du même Auteur.

9. *Traité de l'Origine des noms & des surnoms, de leur diversité, de leurs proprietéz, & de leurs changemens chez les Nations; avec les Noms des Fondateurs d'un grand nombre de Communautés, & plusieurs Questions importantes sur les Noms & les Armoiries. Paris* 1681. *in*-12. M. *Hermant*

s'est trompé dans son *Histoire du Diocese de Bayeux*, en intitulant ce livre *De l'Origine & des Fondateurs d'Ordre.*

G. A. DE LA ROQUE.

V. *Les Origines de Caen de M. Huet. p.* 401. *l'Histoire du Diocese de Bayeux de M. Hermant. p.* 512.

---

## MATTHIEU DE LARROQUE.

M. DE LARROQUE.

MATTHIEU *de Larroque* naquit l'an 1619. à *Leirac* petite ville de la Guienne, proche d'*Agen*. Son pere & sa mere, qui étoient des principaux de cette ville, étant morts quelque temps après, le laisserent fort jeune sous la tutelle de ses parens; & cette perte fut suivie de celle de son patrimoine, qui se dissipa bientôt, sans qu'on sçache si ce fut l'effet de quelque malheur, ou de la fraude de quelques personnes.

Son amour pour le travail le consola de cette disgrace, qui lui fournit un nouveau motif de s'y appliquer.

Il commenca ses études sous di-

M. DE LARROQUE.

vers Maîtres, & les alla continuer à *Montauban*, où s'etant attaché à la Theologie sous Messieurs *Charles* & *Garisolles*, Professeurs celebres dans leur parti, il y fit en peu de temps des progrès assez considerables pour être jugé digne du Ministere.

Il y fut admis de bonne heure, & le Synode de Guyenne lui donna une petite Eglise, nommée *Poujols*. A peine y eut-il été une année, que les Catholiques lui contesterent le droit d'exercice, ce qui l'obligea à faire un Voyage à *Paris*. Il s'y fit connoître à Messieurs *le Faucheur* & *Mestrezat*, qui augurerent dès lors avantageusement de lui.

Il precha à *Charenton* avec beaucoup d'applaudissement, & la Duchesse de la *Tremoille* le goûta si fort, qu'elle le demanda pour l'Eglise de *Vitré* en Bretagne, où elle demeuroit ordinairement.

Il acquiesça pour bien des raisons à ses desirs, & se transporta à *Vitré*, où il a demeuré 26 ans, si attaché à son Cabinet, qu'il y passoit quatorze ou quinze heures par jour.

Les Ouvrages qu'il publia depuis,

lui firent tant d'honneur dans ſon parti, que l'Egliſe de *Charenton* reſolut de l'appeller en 1669. mais l'envie de quelques uns fut ſi forte, qu'ils firent jouer des machines pour préoccuper la Cour contre lui; deſorte que le Roi fit défendre à cette Egliſe de ſonger davantage à lui, quoique M. le Marquis de *Ruvigni*, Deputé General de ceux de la Religion, ſe fût offert de repondre de la bonne conduite de Mr. *de Larroque*.

M. DE LARROQUE.

Une action ſi éclatante fit beaucoup de bruit, mais elle ne nuiſit pas à M. *de Larroque* autant que ſes ennemis l'euſſent voulu; car il fut demandé auſſitôt après par pluſieurs Egliſes conſiderables. Il n'écouta aucune propoſition que celle qu'on lui fit pour *Saumur*. L'Egliſe & l'Academie de cette ville avoient alors à remplir une place de Miniſtre, & une place de Profeſſeur en Theologie. On lui offrit l'une & l'autre; mais ne voulant point abandonner ſon premier genre d'étude, aſſez different de celui que doit avoir occupé un homme deſtiné à être Profeſſeur, il n'accepta que la premiere,

M. DE LARROQUE.

Il se disposoit à l'aller remplir; lorsque l'Intendant de la Province s'y opposa, je ne sçai pour quelle raison. Le Consistoire de *Saumur* fit de si fortes instances pour faire lever cette opposition, qu'il y réussit. Cependant M. *de Larroque*, de l'avis de M. *Conrart*, pour lequel il avoit une entiere déference, ne jugea pas à propos de profiter de ces circonstances, ni de jouir de la place qui lui avoit été donnée, en dépit de l'Intendant.

Il prit donc le parti de demeurer à *Vitré*, mais il n'y fut pas longtemps, sans être appellé ailleurs. Trois des principales Eglises Calvinistes du Royaume, celle de *Montauban*, celle de *Bourdeaux*, & celle de *Rouen* lui adresserent des Vocations; il prefera la derniere aux deux autres, par le conseil de ses amis. Il se transporta donc à *Rouen*, où il exerça son ministere avec beaucoup de reputation jusqu'a la fin de sa vie.

Il y mourut le 31 Janvier 1684. âgé de 65 ans, laissant un fils, nommé *Daniel*, dont je parlerai ailleurs.

Catalogue de ses Ouvrages. M. DE LARROQUE.

1. Le premier qu'il publia, fut une *Reponse à un Ministre*, qui ayant changé de Religion, avoit fait imprimer les motifs de son changement. Je n'en sçais point la date; il peut être de l'année 1665. puisque l'Ouvrage auquel il pretendit repondre, parut cette année sous ce titre: *Conversion de Daniel Martin, Ministre en Bearn* 17e *Edition. Paris* 1665. *in*-12. On y voit un exemple de Charlatanerie, qui pourroit fort bien figurer dans le livre de *Mencken* sur cette matiere, puisque cette prétendue 17e édition est la seule & unique qui ait été faite de cet Ouvrage, qui n'en meritoit pas davantage. Le livre de *Larroque* lui fit honneur, parce qu'on y remarque beaucoup de netteté, & d'érudition.

2. *Reponse à un livre intitulé* l'Office du S. Sacrement, ou Tradition de l'Eglise touchant l'Eucharistie, recueillie des Saints Peres, & autres Auteurs Ecclesiastiques. *Charenton* 1665. *in*-8°.

3. *Histoire de l'Eucharistie. Amsterdam* 1669. *in*-4°. It. *Amsterd.* 1671.

M. DE LARROQUE.

*in*-8°. Cette Histoire a été traduite en Anglois. Elle passe parmi les Protestants pour le Chef-d'œuvre de son Auteur. Son nom ne parut pas à la premiere édition, mais on le mit à la seconde, quoiqu'avec quelque déguisement, par la faute du Libraire qui prit un *q* pour un *g* dans la signature manuscrite de l'Auteur : Ce qui a fait que quelques Controversistes Catholiques l'ont nommé *Larrogue*, au lieu de *Larroque*.

4. *Dissertatio Duplex de Photino heretico, & de Liberio Pontifice Romano. Genevæ* 1670. *in*-8°. Peu après son arrivée à *Rouen*, M. *David* l'attaqua sur la premiere de ces deux Dissertations, dans laquelle il avoit renversé le sentiment du *P. Petau* sur le temps de la naissance & de la condamnation de l'heresie de *Photin*. Ses preuves avoient paru solides à plusieurs personnes ; mais M. *David*, qui d'ailleurs étoit fort persuadé que l'époque de *P. Petau* étoit fausse, ne trouva pas que M. de *Larroque* l'eût entierement renversée. C'est ce qui l'engagea à écrire contre lui, & ce qui donna lieu à la reponse sui-

vante de M. de *Larroque*. M. DE LARROQUE.

5. *Considerations servant de Reponse à ce que M. David a écrit contre la Dissertation de Photin. Rouen.* 1671. *in*-4°.

6. *Considerations sur la Nature de l'Eglise & sur quelques-unes de ses proprietés. Quevilly* 1673. *in*-12.

7. *Observationes in Ignatianas Pearsonii Vindicias, & in Annotationes Beveregii in Canones Apostolorum. Rothomagi* 1674. *in*-8°. Il composa cet Ouvrage pour la defense de M. *Daillé* son ami. *Beveregius* lui ayant répondu, il fit une Replique, qu'il acheva presque; mais comme ses amis le prierent de renoncer à cette dispute, il leur accorda sans peine ce qu'ils souhaittoient.

8. *Conformité de la discipline Ecclesiastique des Protestans de France, avec celle des anciens Chretiens. Quevilly* 1678. *in*-4°.

9. *Traité de la Communion sous les deux Especes.* 1683. *in*-12. Cet Ouvrage est contre celui de M. *Bossuet* sur la même matiere. Quoique *de Larroque* n'y ait pas mis son nom, on n'eut point de peine à recon-

M. DE LARROQUE. noître qu'il venoit de lui.

10. *Nouveau Traité de la Regale, où l'on prouve invinciblement le Droit que nos Rois ont toujours eu de pourvoir aux Egliſes vacantes. Rotterdam* 1685. *in*-12. *Daniel de Larroque*, qui a publié cet Ouvrage Poſthume de ſon pere, nous apprend qu'il n'a été que huit jours à le compoſer, & qu'il en eût fait un plus ample ; ſi l'on ne ſe fût oppoſé à l'impreſſion de celui ci.

11. *Matthæi Larroquani Adverſariorum Sacrorum libri tres. Opus Poſthumum. Lugd. Bat.* 1688. *in*-8°. *Daniel de Larroque*, qui a publié les pieces qui compoſent ce Recueil, y a mis à la tête un Abregé de la vie de ſon pere. Il nous apprend que ce ſçavant homme avoit commencé une Hiſtoire Eccleſiaſtique, & avoit achevé les trois premiers ſiecles ; mais on ne la point donnée au Public.

V. *Son Eloge à la tête de ce dernier Ouvrage. La Republique des Lettres, Mars* 1684. *Bayle Dictionnaire.*

## MARQUARD FREHER.

MARQUARD *Freher* naquit à *Augsbourg* le 26 Juillet 1565. de *Marquard Freher* & de *Felicité Menhard*, fille d'un Senateur de cette ville. M. FREHER.

Sa famille étoit feconde en gens de Lettres, & de merite. Son Bisayeul, nommé comme lui, originaire de la ville de *Dunckelspuel*, fut reçu Docteur en Medecine à *Perouse* en Italie l'an 1490. & dans les Lettres qu'on lui donna en cette occasion, il est appellé *Nobilissimus Marquardus Freherus.* Son Ayeul, *Jerôme Freher*, ou *Froër*, fut fait Senateur d'*Augsbourg*, par l'Empereur *Charles-Quint* à la place d'un de ceux qu'il avoit privés de cette dignité. Son pere s'étant fait recevoir Docteur en Droit en Italie, fut d'abord Avocat à la Chambre de *Spire*, & devint ensuite Assesseur de cette Chambre, Conseiller du Prince d'*Anspach*, & de la Republique de *Nuremberg*, & enfin Chancelier de

M. FRE-HER. *Jean Casimir* Prince Palatin.

Après qu'il eut fait ses études d'Humanités & de Philosophie dans son pays, & qu'il se fut appliqué quelque temps au Droit à *Altdorf*, où il soutint le 13 Septembre 1581. une These *de Transactionibus*, son pere l'envoya en France, & il alla continuer ses études de Droit à *Bourges* sous le fameux *Cujas*, qui le reçut Licentié en cette faculté le 18 May 1585.

De retour en Allemagne, il fut choisi par *Jean Casimir*, Prince Palatin, pour son Conseiller, quoiqu'il ne fût encore que dans sa 23e année; & il eut alors l'avantage de faire connoissance avec plusieurs sçavans hommes, *Jean Leunclavius*, *Frederic Sylburge*, *Jerôme Commelin*, *Abraham Colbinger*, *Jean Obsopæus*, *Paul Melissus*, *Janus Gruter*, *Scipion Gentilis* & *Janus Dousa*.

En 1596. il fut fait Professeur du Code dans l'Université d'*Heidelberg*, à la place de *Jules Pacius*. Mais il ne garda cette place que deux ans, & les affaires importantes dont il fut chargé par l'Electeur *Frederic IV.* l'obligel'obligerent à s'en démettre l'an 1598. M. FREHER.

Le même Electeur le fit dans la suite Vice-President du Conseil d'*Heidelberg*, & l'employa à diverses Negotiations auprès du Roy de Pologne, qui conçut une estime particuliere pour lui; auprès des Electeurs de *Mayence* & de *Cologne*, & des Evêques de *Spire* & de *Wormes*.

Toutes ces differentes occupations ne l'empêcherent point de travailler à l'Histoire du Palatinat, qu'il avoit entreprise par ordre de l'Electeur, & à composer plusieurs ouvrages, qui sont autant de preuves de son habileté & de son érudition.

Il mourut à *Heidelberg* le 13 May 1614. dans sa 49 année.

Il avoit epousé le 25 Novembre 1593. *Catherine Weyer*, fille d'un Medecin de *Treves*, qui mourut en 1598. Il se remaria l'année suivante à *Marguerite Bock de Gutmansdorff* d'une famille Noble, dont il laissa deux garçons, *Frederic* & *Maurice*, & une fille nommée *Louise Christine*, qui épousa *Justin Herdesianus*, Conseiller de *Nuremberg*.

M. FREHER. C'étoit un homme sage, prudent, d'un esprit subtil, quoique la grosseur excessive de son corps semblât ne rien promettre de cette derniere qualité. Son érudition profonde étoit jointe à une grande modestie, & il a exprimé ses veritables sentimens, quand il a dit dans un de ses Ouvrages.

> *Sum memor ipse mei, atque satis*
> *mea frivola novi.*

Il aimoit la peinture, & y réussissoit assez bien. Il s'étoit fait un Cabinet d'Antiques, de Medailles, & d'autres choses semblables, dont il sçavoit connoître le merite & la bonté.

L'Electeur Palatin *Frederic IV.* lui avoit donné un Fief dans le Village de *Luststad*, & il avoit coutume de l'appeller sa *Terpsipolis.*

Catalogue de ses Ouvrages.

1. *Ode ad D. Julium Pacium migrationem in Germaniam parantem.* 1585. *in*-4°. It. dans les *Deliciæ Poëtarum Germanorum Tom.* 3. *p.* 289.

2. *Tractatus de Fama publica. Basileæ* 1591. *in*-8°.

3. *Tractatus de Existimatione ac-*

*quirenda, conservanda & amittenda,* M. FREHER.
*ubi de gloria & infamia. Basileæ* 1591. *in*-4°.

4. *Epos in funere Hugonis Donelli.* A la suite de son Oraison funebre par *Scipion Gentilis, Altorphii* 1591. *in*-4°. It. dans les *Deliciæ Poetarum Germanorum.*

5. *Carmina in Obitum Joannis Casimiri Comitis Palatini. Heidelbergæ* 1592. *in*-4°.

6. *Assertio propriæ gubernationis Friderici IV. Comitis Palatini. Heidelbergæ* 1593. *in*-4°. Ce sont deux discours de *Freher* sur ce Prince, qui entrant alors dans sa dix-neuviéme année, devenoit Majeur, suivant la Bulle d'Or de l'Empereur *Sigismond*, qu'on voit ici à la suite des discours.

7. *Juris Græco-Romani tam Canonici quam Civilis tomi duo, ex variis Monumentis Europæ & Asiæ eruti, Græce & Latine ex versione Joannis Leunclavii. Edente Marquardo Frehero, cum Auctuario, Chronologia Juris, & Præfatione. Francofurti* 1596. *in-fol.* 2 *vol. Leunclavius* étant mort en 1593. après avoir achevé la traduction de cet ouvrage, *Freher*, à

M. FREHER. qui il l'avoit recommandée, prit soin de la publier, & d'y faire les additions necessaires. La plus considerable est une Chronologie du Droit Civil & Canonique depuis la mort de *Justinien* ou l'an 564. jusqu'à la prise de *Constantinople* en 1453. *Simon Leewius* à inseré cette Chronologie avec une continuation jusqu'à l'an 1670. dans son livre *De Origine & progressu Juris Romani. Lugd. Bat.* 1672. *in*-8°.

8. *De Constitutionum Imperialium inter cæteras Juris Civilis partes excellentia Oratio. Heidelbergæ* 1596. *in*-4°. It. *Francofurti ad Oderam* 1672. *in*-4°.

9. *De Verbis Domini*, Date Cæsari quæ sunt Cæsaris, *Sermo votivus Theologistoricam loci explicationem continens. Heidelbergæ* 1598. *in*-4°. It. sous le titre suivant: *De Numismate Census à Pharisæis in quæstionem vocato. Editio auctior.* 1599. *in*-4°. It. dans les *Critici Sacri. Freher* composa cette dissertation, pour s'aquitter du vœu qu'il en avoit fait, pendant une peste furieuse qui attaqua la ville d'*Heidelberg* en 1593. s'il en étoit preservé, comme il arriva effectivement.

10. *Origines Palatinæ. Heidelbergæ* 1599. *in-fol.* It. *Editio* 2ª. *auctior. Ibid.* 1613. *in-fol.* It. *Ibid.* 1686. *in*-4°. On trouve dans cet Ouvrage, outre l'origine des peuples du Palatinat, une description curieuse & exacte des Antiquités d'*Heidelberg* & du Voisinage. *Freher* a mis à la tête : *Petri Pithæi Observatio de Comitibus Palatinis, tam Germaniæ, quam Galliæ*; & à la fin un *Appendix*, qui contient les pieces suivantes. *Huberti Thomæ Leodii Commentatio de Palatinorum origine, & Heidelbergæ Antiquitatibus. Monumenta litterarum antiqua, quibus Leodius adjutus fuerat. De Heidelberga, & Manheimio, & vicino agro Observatio Joannis Basilii Heroldi.* M. FREHER.

11. *De Feudis Constitutio Caroli Crassi Imperatoris, edita & exposita Commentario Marquardi Freheri, Guilielmi Fornerii & Antonii Contii. Hanoviæ* 1599. *in*-8°. It. *Francofurti* 1668. *in*-12.

12. *Constantiotheca, sive Sapphirus Constantii Imperatoris expositio. Heidelbergæ* 1599. *in*-4°. It. *Ibid.* 1602. *in*-4°. It. *cum notis Henrici Gunth*,

M. FREHER. *Thulemarii. Heidelb.* 1681. *in*-4°.

13. *Constantini Imperatoris Numismatis Argentei expositio. Heidelbergæ* 1600. *in*-4°. It. avec une Dissertation de *Joseph-Juste Scaliger* sur la même Medaille. *Ibid.* 1604. *in*-4°. L'explication de *Freher* n'a pas plû au *P. Anselme Banduri*, qui dans sa *Bibliotheca Nummaria*, lui donne le titre de *plane inepta.*

14. *Germanicarum Rerum Scriptores aliquot insignes de gestis à Carolo Magno ad Carolum V. Imperatorem, collecti & illustrati notis, Glossariis & Indicibus per Marq. Freherum. Francofurti & Hanoviæ. in-fol.* 3 *vol.* Le premier en 1600. le second en 1602. & le 3e. en 1611. *Freher* avoit dessein d'en donner un 4e. mais la mort l'en a empêché. Le 1r. a été reimprimé à *Francfort* en 1624. & le 2e. dans la même ville en 1637. Pour ce qui est du troisieme, il ne paroît pas qu'il l'ait été dans la même ville. It. *Denuo recogniti, additis scriptoribus ineditis, cum Glossario, locis aliorum Authorum parallelis, notis ac indice; editio tertia reliquis locupletior & emendatior curante Burcard Gotthelf Struvio. Ar-*

*gentorati* 1717. *in-fol.* 3 *vol. Freher* a mis à la tête de cette Collection, une Notice des Historiens d'Allemagne sous ce titre : M. FREHER.

*Directorium in omnes fere, quos superstites habemus, Chronologos, Annalium Scriptores, & Historicos potissimum Romani Germanicique Imperii.* Cette piece a été revue & augmentée par *Jean David Kœler*, Professeur en Histoire à *Altorf*, qui l'a fait imprimer separément avec une petite Dissertation de *Gaspar Sagittarius de præcipuis Scriptoribus Historiæ Germanicæ. Norimbergæ* 1720. *in-4°.*

15. *Johannis Trithemii Opera Historica à Marq. Frehero collecta. Francofurti* 1601. *in-fol.* 2 *vol.* Ces Ouvrages de *Tritheme* regardent principalement l'Histoire d'Allemagne.

16. *Joannis Trithemii res gestæ Friderici I. Electoris Palatini, cum Notis. Accessit Petri Antonii Finariensis de dignitate Principum. Heidelbergæ* 1602. *in-4°. Freher* est l'Editeur de ces Ouvrages.

17. *Andreæ Presbyteri Ratisponensis Chronicon de Ducibus Bavariæ ab anno Christi* 581. *ad annum* 1427. *cum*

M. FREHER. *Paralipomenis seu continuatione Leonardi Bauholtz ad annum* 1486. *Accessit ejusdem Andreæ Historia Fundationum Monasteriorum, per partes Bavariæ, edente cum notis Marq. Frehero. Ambergæ.* 1602. *in*-4°.

18. *Rerum Bohemicarum Scriptores aliquot antiqui, qui de gentis origine & progressu, Regum gestis, Hussitarum etiam historia scripserunt, collecti & editi per Marq. Freherum. Hanoviæ* 1602. *in-fol.* Cette Collection est bonne, & contient principalement *Æneas Sylvius*, & *Dubravius*, qui sont les meilleurs Ecrivains de l'Histoire de Boheme.

19. *Marq. Freheri de re Monetaria veterum Romanorum, & hodierni apud Germanos Imperii libri duo. Accedunt Nic. Oresmii Episcopi Lexoviensis de Origine, potestate, & mutatione Monetarum liber, & succinctus Gabrielis Byel tractatus ejusdem argumenti, cum notis ipsius Freheri. Lupoduni* 1605. *in*-4°. Les deux livres de *Freher*, qui sont à la tête de ce Recueil ont été inserés dans le onzieme tome des Antiquités Romaines de *Grævius*.

20.

20. *Orationis Dominicæ & Symboli Apostolici Alamannica versio vetustissima cum notis. Heidelbergæ* 1609. *in*-4°. M. FREHER.

21. *Decalogi, Orationis Dominicæ, & Symboli Apostolici versio Saxonica vetustissima cum notis. Heidelbergæ* 1610. *in*-4°.

22. *Constantini Magni Imperatoris Donatio Sylvestro Papæ integre edita Latine, cum versione Græca duplici Theodori Balsamonis, & Matthæi Blastaris; nec non Othonis III. Imper. Donatio Sylvestro II. Papæ, edente cum commentariis Marq. Frehero. Heidelbergæ* 1610. *in*-4°.

23. *Commentarius de Secretis Judiciis olim in Westphalia aliisque Germaniæ partibus usitatis, postea abolitis. Accedit Joannis de Francfordia tractatus contra Feymeros, seu Scabinos occulti judicii, ab eodem Frehero editus. Heidelbergæ* 1610. *in*-4°. It. *Helmstadii* 1663. *in*-4°.

24. *Felini Sandæi de Regibus Siciliæ & Apuliæ ad annum* 1494. *Epitome. Accesserunt Parallela Alphonsina, sive Apophtegmata Principum Alphonsi Regis dictis & factis memorabilibus opposita per Æneam Sylvium, & Bartho-*

M. FREHER. *lomæi Faccii Opuscula aliquot: edente Marq. Frehero. Hanoviæ* 1611. *in*-4°.

25. *De Legitima tutela curaque Electorali Palatina. Heidelbergæ.* 1611. *in*-4°. It. *Editio* 2ª *auctior. Ibid.* 1611. *in*-4°. Cet Ouvrage roule sur une dispute, qui s'éleva alors pour la tutele de l'Electeur Palatin, *Frederic V.* entre les Princes de cette Maison, & *Philippe Louis de Neubourg. Freher* prit le parti des Princes Palatins.

26. *Constitutio Adolphi Romanorum Regis, Comitis Nassovii, de Insulis Rheni & diversis aliis capitulis, cum Commentario. Heidelbergæ* 1611. *in*-4°. cette Constitution est de l'an 1293.

27. *Fœderis Ludovici Germaniæ, & Caroli Galliæ Regum, Ludovi Pii filiorum, Caroli Magni nepotum, apud Argentoratum anno* 842. *percussi formulæ. Utriusque linguæ Monumentum, ut unum omnium, quæ hodie supersunt, ætate vetustissimum. Nunc ex Archetypis restitutum, & notis expositum, studio Marq. Freheri. Accedit elegans quæstio qua proprie prisci Francorum Reges usi sunt. Heidelb.* 1611. *in*-4°.

It. à la page 383. du second tome des Historiens de France de *Du Chesne*. M. FREHER.

28. *Petri de Andlo de Imperio Romano, Regis & Augusti creatione, inauguratione &c. libri duo, cum notis Marq. Freheri. Argentorati* 1612. *in*-4°.

29. *Epistola Responsoria ad Christophorum Gewoldum de Electoratu Romani Imperii Comitivæ Palatinæ Rheni antiquitus adnexo. Heidelbergæ* 1612. *in*-4°. *Freher* avoit pretendu dans son Ouvrage *de Tutela Electorali*, que l'Electorat appartenoit aux Comtes du Rhin, entant que Princes Palatins, & non pas comme Ducs de Baviere; cette pretention choqua *Gewoldus*, Conseiller du Duc de Baviere, qui l'attaqua dans un Ouvrage intitulé: *Antithesis ad assertionem Freheri de Palatino Electoratu. Monachii* 1612. *in*-4°. Ce fut pour le réfuter que *Freher* écrivit cette Lettre, à la quelle *Gewoldus* repondit aussitôt: *Replicatio Gewoldi ad Freherum. Monachii* 1612. *in*-4°. Cette dispute en demeura là pour lors, & ne se reprit que deux ans après.

30. *De Lopoduno antiquissimo Alle-*

M. FREHER. *maniæ oppido Commentariolus. Heidelbergæ* 1613. *in-fol.*

31. *Corpus Franciсæ Historiæ veteris & sinceræ, in quo prisci ejus scriptores, hactenus miris modis in omnibus éditionibus depravati & confuse, nunc tandem serio emendati & pro ordine temporum dispositi, Pseudepigrapha veris Autoribus suis restituta, omnia denique notis marginalibus illustrata à Marq. Frehero. Hanoviæ* 1613. *in-fol.* Cette collection, qui n'est pas correcte, est devenue inutile depuis celle d'*André du Chesne*; aussi est-elle peu recherchée.

32. *Ausonii Burdigalensis Mosella, cum Commentario. Heidelbergæ* 1613. *in-fol.* It. *Ibid.* 1619. *in*-4°.

33. *Marq. Freheri ad Christophori Gewoldi Epistolam Monitoriam de suscepta, seu Recepisse, Epistola Responsoria. Heidelbergæ* 1614. *in*-4°. *Gewoldus* voyant que *Freher* avoit été deux ans sans repliquer à son dernier écrit, voulut l'engager à le faire en publiant une *Epistola Monitoria ad Marq. Freherum. Monachii* 1614. *in*-4°. Mais *Freher* detourné par des affaires plus importantes, ou se sentant

déja de la maladie qui termina ses jours cette année, se contenta de lui opposer cette Lettre. M. FREHER.

34. *Commentarius ad Aureæ Bullæ caput* VII. *de successione Electoratuum in primogenitis & hæredibus eorum. Accessit ejusdem Bullæ locus de junioribus Electorum filiis in Grammatica instituendis, ab Autore illustratus. Heidelbergæ* 1615. *in*-4°.

35. *Decisionum Areopagiticarum Sylvula, seu resolutio controversiarum, à veteribus pro inexplicabilibus habitarum. Heidelbergæ* 1615. *in*-4°. It. *Francofurti ad Oderam* 1672. *in*-4°.

36. *Parergon seu novarum Observationum, & verisimilium libri duo, quibus varia Juris civilis loca illustrantur. Edente Joanne Bosch. Norimbergæ* 1622. *in*-4°.

37. *Lupoldi de Bebenburg Tractatus de Juribus Regni & Imperii Romanorum, nec non Hieronymi Balbi liber de Coronatione, cum Notis Posthumis Marq. Freheri in Lupoldum de Bebenburg, edente Matthia Berneggero. Argentorati* 1624. *in*-4°.

38. *Constitutio Caroli III. Imper. de Expeditione Romana, cum Com-*

M. FREHER. *mentario. Augustæ Treboccorum.* 1627. *in*-4°. It. dans un Recueil publié par *Simon Paulli* sous le titre de *Miscella antiquæ lectionis. Argentorati* 1664. *in*-4°.

39. *Tractatus duo de Inquisitionis Processu. Editio quinta. Witembergæ* 1679. *in*-4°. Je ne sçai quand a paru la premiere édition de cet ouvrage, non plus que des deux suivans.

40. *Tractatus de processu fori instituendo. Editio quarta aucta. Witemb.* 1679. *in*-4°.

41. *De processu concursus creditorum, cum notis Samuelis Strykii. Francofurti* 1688. *in*-4°.

42. *Cecropistromachia antiqua Duelli gladiatorii sculptura in Sardoniche exposita, cum notis Henrici Gunth. Thulemarii. Heidelbergæ* 1681. *in*-4°. It. dans le 9^e^ tome des Antiquités Romaines de *Grævius.* p. 1145.

43. *De Statura Caroli Magni. Noribergæ.* 1657. *in*-4°. It. *Heidelbergæ* 1662. *in*-4°. *Freher* pretend que Charlemagne avoit sept pieds de haut.

44. *Sigismundi Imperatoris Bulla, Latine & Germanice cum Commentario*

*Marq. Freheri Heidelbergæ* 1614. *in-*4°. Cette piece regarde la Minorité des Princes d'Allemagne. M. FREHER.

45. *Imperatoris Ludovi IV. Bavariæ Ducis Sententia separationis inter Margaretam Ducissam Carinthiæ, & Johannem Regis Bohemiæ filium; Ejusdemque dispensatio inter eandem Margaretam & Ludovicum Marchionem Brandenburgicum, cum consultationibus & responsis Marsilii de Padua & Guillelmi Occami. Heidelbergæ* 1598. *in-*4°. C'est *Freher*, qui a publié ces pieces.

46. *Gregorii Heimburgensis J. C. pro Sigismundo Duce Austriæ appellatio à Pii Papæ II. excommunicatione injusta ad futurum Concilium; cum Replica Lælii Episcopi Feltrensis pro Pio Papa II. & Apologia contra detractiones Lælii. Item. Admonitio de injustis usurpationibus Pontificum Romanorum. Francofurti* 1607. *in-*4°. Ce Recueil a été publié par *Freher.*

47. *De luctu minuendo Epistola ad Johannem de Munster.* Je ne sçai quand cette lettre a été imprimée, de même que l'Ouvrage suivant.

48. *Sulpitius, sive de Æquitate Com-*

M. FREHER. *mentariolus in lib. 8. C. de Judiciis.*

49. Il a fait une description de la Veteravie en Allemand; mais il l'a publiée sous un autre nom que le sien; c'est tout ce que *Melchior Adam* nous en apprend.

V. *Melch. Adami Vitæ Jurisconsultorum p. 216. Pauli Freheri Theatrum Vir. Doct. p. 2002.*

---

## DANIEL WHITBY.

D. WHITBY. DANIEL *Whitby* naquit à *Rhusden* dans le Comté de *Northampton*, où son pere étoit Ministre, vers l'an 1638.

Il entra au College de la Trinité à *Oxford* en 1653. âgé de quinze ans, & après y avoir été reçu Maître ès Arts en 1660. il en devint Membre en 1664.

Il fut ensuite Chapelain de *Seth*, Evêque de *Salisbury*, qui lui donna une Prebende dans sa Cathedrale en 1668.

Au commencement de Septembre 1672. il succeda à *Jean South* dans la dignité de Chantre de cette Eglise, qu'il a conservée jusqu'à sa mort. Peu de jours après, c'est-à-dire le 13 Septembre de la même année, il prit le degré de Docteur en Theologie à *Oxford*, étant alors, ou ayant été peu après Recteur de *S. Edmond* de *Salisbury*. D. WHITBY.

Il mourut au mois de May de l'an 1726. âgé de 88 ans.

C'étoit un homme entierement attaché à l'étude, comme on le voit par le grand nombre de ses Ouvrages. Il avoit dans la force de son âgé combattu avec beaucoup de zele l'Arianisme & le Socinianisme; mais il changea dans sa vieillesse, & se declara alors pour l'Arianisme, avec autant de chaleur qu'il en avoit autrefois témoigné contre lui.

Catalogue de ses Ouvrages.

1. *La nouveauté de la Doctrine Romaine; ou Replique à ce que S. C. (Serenus Cressy) Catholique Romain a répondu au Sermon du Docteur Pierce, prêché devant sa Majesté à Whitehall le 1 Fevrier 1662.* (en Anglois) *Londres 1664. in-4°.* Le sujet du Sermon de *Thomas Pierce* étoit *la Regle primitive de la Reformation*. La Replique

D. WHITBY. de *Whitby* est proprement une compilation de passages tirés des Ecrits de plusieurs défenseurs celebres des Protestans, qui avoient repondu aux raisons & aux citations alleguées par *Cressy*.

2. *Reponse* à la Voye sure, *entant que M. Whitby y est interessé. Ouvrage, dans lequel la regle & le Guide de la foy, l'interest de la raison, & l'autorité de l'Eglise en matiere de foy, sont traitées à fond, & défendues contre les objections de M. Sergeant & les fades railleries de* Fiat lux. (en Anglois) *Oxford* 1666. *in*-8°. *Jean Sergeant*, Missionnaire Catholique, avoit publié à *Londres* en 1664. *in*-8°. un livre Anglois intitulé : *La Voye sure dans le Christianisme, ou Discours raisonné sur la Regle de foy.* Auquel il avoit joint trois appendices, dont l'une tendoit à refuter *la Nouveauté de la Doctrine Romaine* de *Whitby*.

3. *Reponse à cinq Questions proposées par un Catholique Romain.* A la suite du livre precedent.

4. *Essay où l'on tâche de prouver la certitude de la foy Chrétienne en general, & de la resurrection de Jesus-Christ.*

*en particulier* (en Anglois) *Oxford* 1671. *in*-8°. D. WHITBY.

5. *Discours sur l'Idolatrie de l'Eglise Romaine, où l'on fait voir qu'elle en est justement accusée, & l'on repond à la pretendue refutation du Discours du Docteur Stillingfleet.* (en Anglois) *Londres* 1674. *in*-8°. *Stillingfleet* avoit publié en 1671. un livre intitulé: *Discours de l'Idolatrie pratiquée dans l'Eglise de Rome*, auquel *Thomas Godden*, Missionnaire Catholique de *Londres*, mort depuis à la fin de Novembre 1688. avoit repondu par un autre intitulé: *Les Catholiques non Idolâtres.* C'est ce dernier que *Whitby* a pretendu combattre dans son discours.

6. *L'Absurdité & l'Idolâtrie de l'adoration de l'hostie, prouvées par la comparaison qu'on en fait, avec ce qui est dit dans l'Ecriture & dans les Ecrits des Peres, de la folie & de l'idolâtrie de l'adoration des Divinités Payennes.* (en Anglois) *Londres* 1679. *in*-8°.

7. Appendix contre la Transubstantiation, avec *quelques reflexions sur un livre intitulé:* Le Guide des Controverses, par R. H. (en An-

D. WHITBY. glois) *Londres* 1679. *in*-8°. l'Auteur que *Whitby* pretend ici combattre, & à qui il fait la justice de le reconnoître pour un Ecrivain solide & judicieux, est *Abraham Woodhead*, Catholique Anglois, Auteur d'un grand nombre d'Ouvrages de Controverse Anonymes, qui mourut en 1678.

8. *Sermon prêché dans l'Eglise Cathedrale de Salisbury l'an* 1680. *sur le verset* 5e *du* 3e *Chapitre de la* 2e *Epitre à Timothée.* (en Anglois) *Londres* 1685. *in*-4°.

9. *Le Conciliateur Protestant, demandant humblement qu'on ait pour l'amour de la paix, de la condescendance pour ceux qui ne sont pas dans les mêmes sentimens sur les choses indifferentes, & non necessaires; & montrant combien il est deraisonnable de faire de ces choses une condition essentielle pour être admis à la Communion.* (en Anglois) *Londres* 1683. *in*-4°. *Whitby* ne mit pas son nom à ce livre, persuadé qu'il ne manqueroit pas de faire du bruit. Il en fit en effet; l'Université d'*Oxford* le condamna dans son Assemblée du 21 Juillet

1683. & il fut brûlé par les mains du Marechal de cètte Université. Il fut outre cela refuté par differens Auteurs. I. *Laurent Womack*, Docteur en Theologie, l'attaqua dans un Ouvrage intitulé: *Suffragium Protestantium, dans lequel nos Souverains sont justifiés par rapport aux peines établies contre les Non-Conformistes, & les Loix faites sur ce sujet sont défendues contre les railleries & les Sophismes seditieux du Conciliateur Protestant* (en Anglois) *Londres* 1683. *in*-8°. II. *David Jenner*, Prebendier de *Sarisbery*, publia aussi: *Bifrons, ou Nouvelle decouverte d'une trahison, cachée sous le masque de la Religion & de la liberté de Conscience.* (en Anglois) *Londres* 1683. *in*-4°. l'Auteur pretend que le Conciliateur n'a d'autre but, que d'introduire l'Anarchie & la confusion dans l'Eglise, & dans l'Etat, & s'est rendu par là coupable de Haute-Trahison. III. Un Anonyme composa encore un écrit plus violent que les precedens, sous le titre d'*Assignation devant les grands Jurés de la Nation. Avec une comparaison de Daniel Whitby & de Titus Oates.* (en An-

D. WHITBY.

D. WHITBY. glois) *Londres* 1683. *in*-4°. IV. *Samuel Thomas* publia aussi : *Remarques sur le Traité, qui a pour titre :* Le Conciliateur Protestant (en Anglois) *Londres* 1683. *in*-8°. sans nom d'Auteur. V. Il parut vers le même temps une brochure sous ce titre : *Trois Lettres de remerciement au Conciliateur Protestant. La* 1^e^ *des Anabaptistes de Munster ; la* 2^e^ *des Assemblées de la Nouvelle Angleterre ; la* 3^e^ *des Quakers de Pensylvanie.* (en Anglois.)

10. *Le Conciliateur Protestant. Seconde partie, où l'on exhorte les Laiques Non-Conformistes à s'unir dans une Communion étroite à l'Eglise Anglicane, & où l'on repond à toutes les Objections qu'ils font contre la soumission aux Ceremonies & aux Constitutions de cette Eglise.* (en Anglois) *Londres* 1683. *in*-8°. *Whitby* composa cette seconde partie, pour appaiser les esprits irrités de la premiere.

11. *Ethices compendium in usum Academicæ Juventutis. Oxonii* 1684. *in*-8°. It. 4^a^ *Editio auctior & emendatior. Londini* 1724. *in*-8°.

12. *Refutation de la Pratique or-*

données par le Concile de Trente, & usitée dans l'Eglise Romaine, de celebrer l'Office divin en langue Latine. (en Anglois) *Londres* 1687. *in*-4°.

D. WHITBY.

13. *La fallibilité de l'Eglise de Rome demontrée par l'erreur manifeste du Second Concile de Nicée, & du Concile de Trente, qui assurent que le culte des Images, vient de la tradition primitive & Apostolique* (en Anglois) *Londres* 1687. *in*-4°. Cet ouvrage ne porte point le nom de nôtre Auteur; on croit cependant communément qu'il est de lui.

14. *Traité; où l'on demontre que l'Eglise Romaine & ses Conciles ont erré; en faisant voir que les Conciles de Constance, de Basle, & de Trente, ont, dans tous leurs Decrets touchant la Communion sous une seule espece, contredit la doctrine reçue de l'Eglise de Jesus-Christ.* (en Anglois) *Ibid.*

15. *Traité des Traditions.* I^e^. *Partie, où il est prouvé que par la Tradition nous avons une evidence suffisante, 1°. que l'Ecriture est la parole de Dieu. 2°. que l'Eglise d'Angleterre admet le vrai Canon des livres de l'ancien Testament. 3°. que les Copies de l'Ecriture*

D. WHITBY.

*n'ont pas été corrompues.* (en Anglois) *Londres* 1688. *in*-4°.

16. *Considerations sur la prestation de Serment d'allegeance au Roy Guillaume, & à la Reine Marie. Londres* 1689. *in*-4°.

17. *Traité des Traditions.* II^e^. *Partie, où l'on montre la nouveauté des pretendues Traditions de l'Eglise Romaine, puisque les Anciens Auteurs n'en parlent point, & qu'elles ne sont point renfermées dans le Symbole. Avec une reponse aux raisonnemens de M. Munford, en faveur de la Tradition.* (en Anglois) *Londres* 1689. *in*-4°.

18. *Sermon prêché devant la Milice du Comté de Witt, lorsqu'elle alloit marcher contre le Duc de Monmouth, sur le* 1^r^. *vers. du* 3^e^. *chap. de l'Epitre à Tite.* (en Anglois) *Londres* 1685. *in*-4°.

19. *Sermon prêché à l'election du Maire de Salisbury, sur le* 1^r^. *vers. du chap.* 13^e^. *de l'Epitre aux Romains* (en Anglois) *Londres* 1685. *in*-4°.

20. *Discours sur la verité & la certitude de la foy Chretienne, prouvées par les dons extraordinaires & par les operations du S. Esprit, dont les Apôtres*

*tres & les premiers Chrétiens ont été favorisés.* (en Anglois) *Londres* 1691. *in*-4°. D. WHITBY.

21. *Tractatus de vera Christi Deitate adversus Arii & Socini Hæreses. Oxonii* 1691. *in*-4°. Il étoit alors dans de bons sentimens sur la divinité de *Jesus-Christ*; mais il changea bien depuis.

22. *Paraphrase & Commentaire sur toutes les Epitres du Nouveau Testament.* (en Anglois) *Londres* 1700. *in-fol.*

23. *Paraphrase & Commentaire sur le Nouveau Testament.* (en Anglois) *Londres* 1703. *in-fol.* Deux vol. Le second volume n'est qu'une reimpression du Commentaire sur les Epitres du Nouveau Testament. *Whitby* a mis dans la Paraphrase le texte du Nouveau Testament, selon la version Angloise, & y a inseré par parenthese, les explications qu'il a cru les meilleures; pour ce qui est du Commentaire, il est en partie Critique, & en partie Theologique. M. *le Clerc*, qui y est maltraité en quelques endroits, s'en plaignit à M. *Burnet*, Evêque de *Salisbury*; ce

D. WHITBY. qui lui attira une Lettre du *Whitby*, qu'on peut voir dans la *Bibliotheque choisie*. tom. 4. p. 399.

24. *Discours de la Necessité & de l'Utilité de la Revelation Chrétienne, à cause de la corruption des principes de la Religion naturelle parmi les Juifs & les Payens.* (en Anglois) *Londres* 1705. *in*-8°. On peut voir un long extrait de cet Ouvrage dans le 6^e^. tom. de la *Bibliotheque ancienne & Moderne* de M. *le Clerc*.

25. *Discours où l'on traite*, 1°. *du veritable sens des termes* d'Election & *de* Reprobation, & *de ce que ces mots signifient dans l'Ecriture.* 2°. *de l'étendue de la redemption de Jesus-Christ.* 3°. *de la Grace de Dieu; où l'on examine, si la grace est accordée dans un degré suffisant à ceux qui n'en font pas bon usage, & si elle est irresistible à l'égard de ceux qui en profitent; enfin si l'homme est entierement passif dans l'Ouvrage de sa regeneration.* 4°. *De la liberté de la volonté, dans l'état d'épreuve.* 5°. *De la perseverance & de la defectibilité des Saints: Avec des Reflexions sur l'état des Payens, & sur la Prescience de*

*Dieu.* (en Anglois) *Londres* 1710. in-8°. *Whitby* soutient dans cet Ouvrage la Predestination conditionelle ; sur quoi il fut attaqué par *Jean Edward*, zelé Predestinatien, dans un Traité intitulé : *Veritas redux ; Les verités Evangeliques retablies, nommément touchant les Decrets éternels, la Liberté de la Volonté de l'homme, la Grace & la conversion, l'étendue & l'efficacité de la Redemption de Jesus-Christ, & la Perseverance dans la Grace. &c.* (en Anglois) *Whitby* lui repondit d'abord en peu de mots, par une addition ajoutée à la fin de ce volume ; & lui opposa ensuite l'ouvrage suivant.

D. WHITBY.

26. *Quatre discours, où l'on montre, 1°. Que les termes de l'Apôtre dans le Chapitre* IX. *de l'Epitre aux Romains n'ont aucun rapport à une élection ou reprobation personnelle. 2°. Que l'élection dont parle S. Paul dans ses Epitres aux Gentils, n'est autre que l'élection des Gentils, pour être l'Eglise & le peuple de Dieu. 3°. Que ces deux Propositions du Docteur Jean Edward, sçavoir* I. que la Prescience que Dieu a de tous les évenemens futurs, de-

D. WHITBY.

pend de son decret, parce qu'il les a prevus; II. que Dieu a decreté de toute éternité tous les pechés du monde, *sont fausses, blasphematoires, & rendent Dieu Auteur du peché. Le 4e. est une Defense des notes de Daniel Whitby contre les chicanes de ce Docteur; à quoi l'on a ajouté une courte reponse au discours du Docteur sur le terme fixé de la vie humaine.* (en Anglois) *Londres* 1710. *in*-8°. On peut voir des extraits assez étendus de ces deux Ouvrages dans le 9e. vol. de la *Bibliotheque ancienne & moderne*. p. 120. & 171.

27. *Tractatus de Imputatione divina peccati Adami posteris ejus universis in reatum. Londini* 1711. *in*-8°. *Whitby* s'y declare contre l'imputation, & combat ce que l'Eglise enseigne sur le Peché Originel. Son livre fut refuté aussitôt après par *Jonathan Edward*, Docteur en Theologie, Principal du College de *Jesus* à *Oxford*, dans un Ouvrage intitulé: *Défense de la Doctrine du Peché originel contre M. Whitby.* (en Anglois) *Oxford* 1711. *in*-8°. Celui-ci ne fit pas at-

tendre longtemps sa reponse, qui parut sous le titre suivant. D. WHITBY.

28. *Reponse aux Argumens du Docteur Jonathan Edward, pour établir le sentiment de S. Augustin, touchant l'imputation du premier peché d'Adam à toute sa posterité ; où l'on fait voir que cette doctrine est contraire.* 1°. *aux Principes communs du Genre humain.* 2°. *aux lumieres de la raison.* 3°. *à l'Ecriture expliquée par les SS. Peres.* 4°. *au sentiment de plus anciens Peres, qui ont été avant S. Augustin, & des Eglises Greques & Orientales depuis ce temps là.* (en Anglois) *Londres* 1712. *in-*8°. V. sur ces deux livres la *Bibliotheque ancienne & moderne.* tom. 9. p. 281. & 320.

29. *Examen Variantium Lectionum Joannis Millii in Novum Testamentum. Londini* 1710. *in-fol.* Le but de l'Auteur est de prouver que le texte du Nouveau Testament, est parvenu jusqu'à nous dans sa pureté, & que toutes ces diverses leçons que M. *Mill* a ramassées, ne sont propres qu'à rendre suspecte l'autorité de l'Ecriture, & à fournir des sujets de doute aux incredules.

D. WHITBY.

30. *Dissertatio de S. Scripturarum Interpretatione secundum Patrum Commentarios. In quâ probatur, 1°. S. Scripturam esse regulam fidei unicam, ex quâ de omnibus articulis fidei creditu necessariis ad salutem judicium ferendum est. 2°. Patres sive primævos sive subsequentes non esse idoneos S. Scripturæ Interpretes. 3°. Non posse Controversias de S. Trinitate motas, ex Patribus, Conciliis, aut Traditione vere Catholica certo definiri. Londini* 1714. *in*-8°. Il semble que *Whitby* se soit proposé de tourner les Peres en ridicules, lorsqu'il a ramassé dans cet Ouvrage plusieurs explications singulieres qu'ils ont donné de certains passages de l'Ecriture, c'est-à-dire, tout ce qu'il y a de plus foible dans leurs Ecrits. V. Le *Journal Litteraire* tom. 6. p. 75. où l'on trouve un extrait fort curieux de cet ouvrage.

31. *Sermon, où l'on prouve que la raison doit être nôtre guide dans le choix d'une Religion, & qu'on ne doit rien admettre comme article de foy, qui repugne aux principes communs de la raison, & qui ne soit intelligible par rapport à l'entendement humain. Seconde*

*Edition, avec un Appendix pour sa défense.* (en Anglois) *Londres in-8°.* *Whitby* n'étoit plus dans ses premiers sentimens sur la Trinité, lorsqu'il composa ce Sermon.

D. WHITBY.

32. *Irrisio Dei Panarii Romanensium : où le Culte de l'Hostie usitée dans l'Eglise Romaine renversé par des témoignages tirés de l'Ecriture & des Écrits des Saints Peres. Avec un Sermon prêché dans la Cathedrale de Salisbury le premier Dimanche de l'Avent de l'an* 1715. (en Anglois) *Londres* 1716. *in-8°.* On voit par cet Ouvrage & par plusieurs autres que *Whitby* n'oublioit rien pour combattre les Catholiques, & qu'il tâchoit de prevenir par avance les Lecteus contre eux, par les titres singuliers qu'il leur donnoit.

33. *Disquisitiones modestæ in Clarissimi Bulli Defensionem fidei Nicænæ. Londini.* 1718. *in-8°.* V. la *Bibliotheque Angloise.* tom. 4. p. 149.

34. *Douze Sermons sur diverses Matieres* (en Anglois) *Londres* 1726. *in-8°.*

35. *Les dernieres pensées de M. Whitby, contenant les corrections de*

D. WHITBY. *divers endroits de ses Commentaires sur le Nouveau Testament. Avec cinq discours sur le même sujet.* (en Anglois) *Londres* 1727. *in*-8°. C'est une retractation solemnelle de ce qu'il avoit dit dans ses premiers Ouvrages en faveur de la Trinité, laquelle a été imprimée après sa mort conformement aux ordres formels, qu'il en avoit donnés en mourant; j'ajoute que ce qu'il dit sur cette matiere n'est qu'une froide repetition de ce que disent tous les Antitrinitaires.

V. *Athenæ Oxonienses tom.* 2. *p.* 1068. *& Bibliotheque Angloise tom.* 14. *p.* 278.

---

## EMANUEL SCHELSTRATE.

E. SCHELSTRATE. EMANUEL *Schelstrate* naquit à *Anvers* l'an 1649.

Il s'appliqua dès sa jeunesse à l'Histoire Ecclesiastique, qui a fait toute son étude pendant le reste de sa vie.

Un voyage qu'il fit à *Rome*, & un Ouvrage qu'il composa en 1678. lui procurerent l'avantage d'être élevé à

la

la dignité de Chanoine & de Chantre de l'Eglise Cathedrale d'*Anvers*. E. SCHELSTRATE.

Après être venu à *Paris* pour y conferer avec les savans de cette ville, il fut appellé à *Rome* par le Pape *Innocent XI.* qui le chargea de la garde de la Bibliotheque du Vatican.

En 1687. lorsqu'il se disposoit à retourner à *Anvers* pour resider dans son Eglise, il fut pourvu par le Pape d'un Canonicat de l'Eglise de *S. Jean de Latran.* Ce benefice le fixa pour toujours à *Rome*, dont il ne sortit plus.

Il y mourut d'une mort prématurée le jour de Pâques 6 Avril 1692. âgé seulement de 43 ans.

Il est un de ceux qui ont le plus écrit pour l'autorité du Pape. La principale vûe qu'il paroît s'être proposé dans ses Ouvrages a été de relever sa dignité, & d'étendre sa Jurisdiction; on ne laisse pas d'y trouver plusieurs points de l'Antiquité Ecclesiastique fort bien éclaircis.

Catalogue de ses Ouvrages.

I. *Antiquitas illustrata circa Concilia Generalia & Provincialia, De-*

E. SCHELSTRATE. *creta & gesta Pontificum, & præcipua totius Historiæ Ecclesiasticæ capita. Antuerpiæ* 1678. *in*-4°. L'Auteur attaque dans cet Ouvrage les principes de M. *de Launoy* par rapport au Pape, à qui il donne une pleine autorité sur toute l'Eglise, & même sur les Conciles generaux.

2. *Ecclesia Africana sub Primate Carthaginiensi. Paris.* (c'est-à-dire, *Anvers*) 1679. *in*-4°. Le but de cet Ouvrage est de montrer que l'Eglise d'Afrique reconnoissoit le Pape en qualité de Patriarche.

3. *Sacrum Antiochenum Concilium pro Arianorum Conciliabulo passim habitum, nunc vero primum ex omni Antiquitate autoritati suæ restitutum. Antuerpiæ* 1681. *in*-4°.

4. *Acta Constantiensis Concilii ad expositionem decretorum ejus Sessionum quartæ & quintæ facientia, nunc primum ex Cod. MSS. in lucem eruta, & Dissertatione illustrata per Em. à Schelstrate, S. T. D. Bibliothecæ Vaticanæ Præfectum. Antuerpiæ* 1683. *in*-4°. Cet Ouvrage tend à réfuter ce que le second des Articles de l'Assemblée du Clergé de France de l'an 1682. dit de ce Concile.

5. *De Disciplina Arcani contra disputationem Ernesti Tentzelii, Dissertatio Apologetica. Romæ* 1685. *in*-4°. *Schelstrate* avoit avancé dans son Traité du Concile d'*Antioche*, que l'Eglise gardoit autrefois un secret inviolable à l'égard des Mysteres, & qu'elle ne les decouvroit ni aux Payens, ni même aux Catechumenes. Comme cette remarque sert à repondre aux objections que les Protestans font aux Catholiques sur la Transubstantiation, quand ils disent que si l'Eglise ancienne l'eût crue, les Payens n'auroient pas manqué de leur reprocher ce dogme, & de retorquer contre eux les argumens qu'ils faisoient contre leurs divinités; *Guillaume Ernest Tentzelius*, Lutherien, prétendit la refuter dans une dissertation *de Disciplina Arcani. Vitembergæ* 1683. *in*-4°. Ce fut pour lui repondre que *Schelstrate* composa cet Ouvrage, auquel *Tentzelius* opposa en 1687. une replique, qui termina la dispute.

E. SCHELSTRATE.

6. *Tractatus de sensu & autoritate Decretorum Concilii Constantiensis sessione quarta & quinta circa potestatem*

E. SCHELSTRATE. *Ecclesiasticam editorum, cum actis & gestis ad illa spectantibus & ex MSS. Italicis, Germanicis, & Gallicis nunc primum in lucem erutis. Romæ* 1686. *in*-4°. Cet Ouvrage est destiné à refuter ce que M. *Maimbourg* avoit dit dans son *Traité Historique de l'Etablissement & des prerogatives de l'Eglise de Rome*, contre son premier Ouvrage sur cette matiere. M. *Arnauld* y repondit dans la suite.

7. *Dissertatio de Autoritate Patriarchali & Metropolitica, adversus ea quæ scripsit Eduardus Stillingfleet Decanus Londinensis in libro de Originibus Britannicis. Romæ* 1687. *in*-4°. *Schelstrate* soutient dans ce livre, que le Patriarchat de Rome s'étend dans tout l'Occident, & que le Pape a toujours exercé la Jurisdiction Patriarchale sur toute l'Eglise Latine.

8. *Oratio in funere SS. D. N. Innocentii XI. P. M. Romæ* 1689. *in*-4°.

9. *Antiquitas Ecclesiæ, Dissertationibus, Monimentis, ac notis illustrata. Tomus primus, continens opus Chronologicum à Cæsaris Imperio usque ad Justiniani obitum. Romæ* 1692. *in-fol. Tomus secundus continens opus Geogra-*

*phico-Hierarchicum, de institutione Ecclesiarum per orbem universum à Christo, ac Apostolis, Apostolorum Principe Petro, ejusque successoribus Romanis Pontificibus facta. Opus Posthumum. Romæ 1697. in-fol.* L'Auteur ayant aquis de nouvelles lumieres depuis la publication de son premier Ouvrage, entreprit de le revoir, & de lui donner une nouvelle forme. Son dessein étoit de le diviser en six volumes, dont le premier contiendroit la Chronologie; le second la Geographie; le troisiéme les Conciles & les Collections des Canons & des Decrets des Papes; le quatrieme traiteroit des Rituels, des Livres Penitentiels, & des Ordinations; le cinquiéme des Martyrologes, des Actes des Martyrs, des Ecrits des Peres vrais & douteux; & le dernier des points les plus difficiles de l'Histoire de l'Eglise; mais il n'a eu le temps que de composer les deux premiers. E. SCHELSTRATE.

*Cet Article est tiré en partie d'un Memoire de M. Foppens, Chanoine de Malines. J'ai sur-tout suivi ses dates preferablement à celles du Journal des Savans & de M. Du-Pin. V. Le Jour-*

*nal des Savans du 5 Mai 1698. La Bibliotheque des Auteurs Ecclesiastiques de M. Du-Pin.*

---

## DAVID MARTIN.

D. MARTIN. DAVID *Martin* naquit le 7 Septembre 1639. à *Revel*, ville du Diocèse de *Lavaur* dans le haut Languedoc, de *Paul Martin*, qui y fut deux fois pourvû du Consulat, & de *Catherine Cordes*.

Il commença ses études dans cette ville, & alla en 1655. faire sa Rhetorique à *Montauban*, où étoit l'Academie des Reformés, & où il demeura deux ans. De-là il alla au mois d'Octobre 1657. faire son cours de Philosophie dans l'Academie de *Nismes*, sous *David Derodon*, celebre Professeur, qui reconnut dans *Martin* des talens & des qualités aussi estimables que difficiles à rencontrer dans un même sujet. Ce qui forma entre le Maître & le disciple un attachement si intime, qu'il ne finit qu'avec leur vie. *Martin* soutint des Theses *in Universam Philosophiam*, à *mane ad vesperam sine Præside* avec un applaudissement general, & fut reçu Maître ès Arts & Docteur en Philosophie le 21 Juillet de l'an 1659. D. MARTIN.

Il se consacra ensuite à la Theologie, & se rendit pour cet effet à *Pui-Laurent*, où l'Academie de *Montauban* avoit été transportée. *Verdier* & *André Martel*, tous deux hommes de merite, y étoient alors Professeurs. *Martin*, qui assistoit assidûment à leurs leçons, profita beaucoup de leurs lumieres; mais son esprit vif & penetrant ne lui permit pas de se contenter de la lenteur des études Academiques: il y en joignit de particulieres, & en peu de temps il fit de grands progrès.

De retour chez lui, son Cabinet devint son lieu de delices. Là non seulement il se donnoit à la lecture de l'Ecriture, des Commentateurs, & des Peres; il s'y appliquoit aussi aux Langues Orientales, à l'Histoire Ecclesiastique, & à la Litterature tant sacrée que profane. Peut-être faut-il attribuer à la grande application, qu'il donnoit à toutes ces cho-

D. MARTIN. ses, une longue & dangereuse maladie qu'il eut alors.

Comme il en relevoit, & dans le temps qu'il y pensoit le moins, arriva sa reception au Ministere. Quoique ses forces fussent encore peu retablies, la curiosité de voir le Synode qui se tenoit à *Mazamet* au mois de Decembre 1663. & le plaisir d'accompagner un de ses amis, qui alloit s'y faire recevoir Ministre, l'attirerent dans cette ville. Dès qu'il y fut arrivé, plusieurs Membres du Synode, & le Synode même le presserent avec tant d'instance d'accepter la vocation de l'Eglise d'*Esperance* dans le Diocèse de *Castres*, qu'il ne put s'en défendre.

Quelque avantageuse que fût l'idée qu'on s'étoit faite de son merite & de ses talens dans l'examen qu'il eut à subir, il surpassa l'attente du Synode. Sept Proposans furent en même temps admis au Ministere; mais *Martin* reçut des éloges & des marques de distinction d'autant plus honorables pour lui, qu'on les lui donna, sans diminuer le merite des autres.

*Martin* eut d'abord occasion de manifester sa prudence, & sa capacité pour les affaires les plus difficiles & les plus delicates. Il trouva dans son Eglise des divisions, que son Predecesseur, quoiqu'homme d'age & d'experience, n'avoit pu calmer, & il trouva moyen d'y ramener la paix. Son Consistoire n'étoit pas moins dans l'agitation & dans le trouble, par l'envie que certains esprits vifs & imperieux avoient de dominer. *Martin* en sentit toutes les consequences, parvint encore bientôt à corriger ce dangereux abus, & y retablit l'union & la concorde. Ces deux affaires lui aquirent une confiance & un respect, qu'il se conserva toujours. D. MARTIN.

Au mois de Juin 1666. il épousa *Florence de Malecare*, fille de *Pierre de Malecare*, Gentilhomme, & Avocat en la Chambre mi-partie de *Castres* en Albigeois: Demoiselle également distinguée par sa beauté, par sa vertu, & par son merite.

En 1670. l'Eglise de *la Caune* dans le Diocèse de *Castres* demanda *Martin* pour son Pasteur. Il en accepta

D. MARTIN. la vocation, & ne la quitta que par la suppression, qui en fut faite à la revocation de l'Edit de *Nantes* le 22 Octobre 1685. Cette Eglise nombreuse de 8 ou 900 Communians, & où il étoit seul Ministre, lui donnoit de penibles & continuelles occupations. Comme il étoit intelligent dans les affaires Civiles, & habile en expediens, outre les fonctions de son ministere qu'il remplissoit exactement, il étoit souvent occupé à mettre d'accord des personnes en dispute sur des interests, qui sembloient difficiles à concilier, & leur épargnoit ainsi de longs & ruineux procès. Les Catholiques même le recherchoient pour arbitre dans leurs differends.

En 1681. *Theophile Arbussy*, Professeur en Theologie dans l'Academie de *Pui-Laurent*, étant mort, & au mois de Septembre de cette même année le Synode de la Province tenant à *Mauvoisin*, on sollicita fortement *Martin* d'accepter sa place; mais l'attachement qu'il avoit pour son Eglise, l'emporta sur tout ce qu'on put lui alleguer de plus pressant ; il refusa cette vocation, comme il avoit refusé un peu auparavant celle de l'Eglise de *Milhau* dans le Roüergue, quelque considerable qu'elle fût. D. MARTIN.

Il n'étoit pas seulement respecté dans quelques Eglises particulieres; il se faisoit aussi fort écouter au Synode, & y étoit très-consideré. Les temps devenant chaque jour plus fâcheux pour les Protestans, les affaires se multiplioient & étoient de plus en plus épineuses. C'est principalement dans ces circonstances delicates que l'on marqua à *Martin* jusqu'où alloit la confiance que l'on avoit en son merite; ce qu'il y avoit de plus secret & de plus difficile lui étoit remis, & toujours il fit voir que sans manquer de fermeté, son zele étoit dirigé par la prudence.

Sa constance ne fut point ébranlée non plus dans les causes qui lui étoient personnelles. Des gens qui avoient resolu de le perdre, & qui s'appliquoient à le traverser en tout, intenterent enfin une action contre lui. On lui donna un Ajournement personnel pour repondre devant l'E-

D. MARTIN. vêque de *Castres* à l'accusation d'avoir contrevenu aux ordres du Roy. Ses amis les plus considerables de l'une & l'autre Communion en furent effrayés, & vouloient qu'il prît la fuite. Plus hardi qu'eux, il comparut devant le Prélat, refuta ses accusateurs avec tant d'esprit & de vivacité, & deffendit sa cause avec tant de dignité & de force, que l'Evêque en fut touché, & ne le condamna pas.

Ayant voulu ensuite continuer les fonctions de son Ministere, après même que son Temple eut été demoli en 1685. il se vit en danger d'être arrêté. Mais des Catholiques de ses amis l'en avertirent assés à propos pour lui donner le temps de se sauver. Ces mêmes personnes reçurent dans leurs maisons sa femme & ses enfans, & les mirent à l'abri de tout danger.

Il passa en Hollande, & arriva à *la Haye* au mois de Novembre de la même année 1685. Après un court séjour en ce lieu, il se rendit à *Utrecht*, où, de même que plusieurs autres Ministres Refugiés, il fut mis à la pension, en attendant qu'il fût appellé au service ordinaire de quelque Eglise. Cela ne tarda pas à arriver. Le 16 Fevrier 1686. les Magistrats de *Deventer* lui adresserent la Vocation de Professeur en Theologie, & de Pasteur de l'Eglise Vallonne de cette ville. Mais Messieurs de la Regence d'*Utrecht* s'opposerent à ce qu'il leur fût enlevé, & le retinrent pour Pasteur chez eux. Plusieurs de ses amis, & sur-tout le celebre *Grævius*, avec lequel il étoit déja en étroite liaison, lui conseillerent de n'accepter cette derniere vocation qu'avec une chaire de Professeur, ou du moins avec le titre, jusques à ce qu'il y eût une place vacante. Mais *Martin* pensa differemment; il se crut suffisamment honoré par l'estime & par la bienveillance qu'on lui temoignoit, & n'exigea aucunes conditions.

D. MARTIN.

Il justifia encore depuis la sincerité de sa modestie, par le refus qu'il fit de plusieurs Eglises, tant de la Republique, que d'autres pays, & en particulier de celle de *la Haye*, qui en 1695. perdit M. *Isaac Claude*,

D. MARTIN. fils de *Jean Claude* Miniſtre à *Charenton*, ſon ami & ſon allié. Mais s'il refuſa de ſucceder à M. *Claude*, il ne fallût pas le preſſer pour l'engager à tenir lieu de pere aux enfans que ce Paſteur laiſſoit orphelins. Il fut leur Tuteur, & par la tendreſſe & l'attention qu'il eut pour eux, il leur fit toujours connoître qu'il les regardoit comme ſes propres enfans.

Quoique *Martin* eût deux fois reſiſté à l'ambition d'être Profeſſeur, ce ne fut point pour s'en épargner les fonctions. Il donnoit chez lui des leçons de Philoſophie ou de Theologie à des jeunes gens, entre leſquels il y en avoit de differens pays, que ſa reputation avoit attirés à *Utrecht*. Souvent de jeunes Seigneurs, des fils même de Souverains, lui ont fait l'honneur de lui demander quelques heures particulieres d'entretien, qui leur devenoient également utiles & agreables. Comme il joignoit à beaucoup d'ordre, beaucoup de netteté dans ſes idées, il repandoit ſur les matieres les plus abſtraites une ſi grande clarté, qu'elles paroiſſoient faciles à comprendre.

Le temps qu'il mettoit à instruire les personnes qui se destinoient à dessservir les Eglises, étoit celui qu'il regardoit comme le mieux employé. Il ne se bornoit pas à en faire des Theologiens & des Predicateurs, il s'attachoit aussi beaucoup à leur inspirer des sentimens de probité, d'humilité, & de douceur. D. MARTIN.

Tant d'occupations, celle de Pasteur ordinaire, & le travail assidu de son Cabinet, demandoient quelque delassement. Il en prenoit en deux manieres. Premierement en remplissant une des fonctions capitales de son ministere, qui étoit d'aller voir frequemment tous les membres de son Troupeau, grands & petits, sans distinction.

Le commerce de Lettres qu'il avoit avec des personnes de distinction, avec des savans, & avec ses amis, lui tenoit lieu de second delassement d'esprit. On a trouvé parmi ses papiers des Lettres de savans de tout ordre, & de tout pays, qui sont pleines d'érudition.

En qualité de Prédicateur & d'Auteur il ne croioit pas qu'il lui fût per-

D. MARTIN. mis de ne pas bien savoir la langue, & il s'attacha fort au François. Il en possedoit tellement les regles & la delicatesse, qu'il fut en état de fournir des remarques & des observations à l'Academie Françoise. Il les lui envoya, lorsqu'elle voulut faire imprimer la seconde édition de son Dictionnaire. La lettre de remerciment que l'Academie lui écrivit, marque le cas qu'elle faisoit de ses critiques, & la pureté avec laquelle ses ouvrages sont écrits, fait connoître son habileté en ce genre.

Il parloit avec autant de facilité & aussi bien qu'il écrivoit. On ne s'en étonnera point, si l'on fait attention qu'il avoit l'esprit vif, penetrant, & très-present, la memoire heureuse, le jugement excellent. Il cherchoit toujours à s'instruire; continuellement il faisoit des questions, sans avoir la fausse honte de donner à connoître qu'il ignoroit quelque chose; tout excitoit sa curiosité, Arts, sciences, affaires; cependant rien ne se confondoit dans son esprit, il ne mettoit chaque chose qu'en sa place.

Avec

Avec lui la conversation ne tarissoit jamais, il y portoit la franchise & la gayeté de son pays; il étoit plein de feu, & il avoit la repartie prompte. Dans le serieux il avoit toujours quelque pensée vive qui réveilloit l'imagination, & faisoit recevoir agréablement ce qu'il y avoit de plus grave. Dans les occasions enjouées, il mêloit à propos des reflexions morales, qui empêchoient qu'on ne passât les bornes de la sagesse & de la bienseance. D. MARTIN.

A le considerer du côté du cœur, on le lui trouvoit affectueux, tendre, compatissant. Beaucoup de personnes ont ressenti des effets de ses bons offices; tous n'y ont pas bien repondu: mais il ne le leur reprochoit point, & sans ressentiment il leur rendoit de nouveaux services aussitôt qu'il en trouvoit l'occasion; il ne falloit pas même l'en prier, il les prévenoit. Il étoit si attaché à ses amis, qu'on l'a vû trente ou quarante ans après leur mort s'interesser vivement au sort de ceux qui leur avoient appartenu.

C'est par l'admiration de la sagesse

D. MARTIN. de la Providence divine qu'il a achevé sa carriere : Cette matiere jointe à celle de la creation furent le sujet de son dernier Sermon. A 82 ans accomplis *Martin* les traita avec une vigueur d'esprit & de corps, une force de raisonnement & une élevation d'idées, qui frapperent d'étonnement tout son Auditoire; mais à peine eut-il cessé de parler, qu'il se sentit épuisé. Il fallut l'aider à descendre de chaire, pour le transporter chez lui. Il fut attaqué d'une violente fiévre, & deux jours après, c'est-à-dire le 9 Septembre de l'an 1721. il mourut à huit heures du soir. Il est à remarquer qu'il avoit toujours souhaité de mourir en prêchant.

Catalogue de ses Ouvrages.

1. En l'année 1680. il écrivit contre l'*Exposition de la Doctrine de l'Eglise Catholique* de M. *Bossuet.* Son livre passa sous les yeux des Pasteurs commis par le Synode pour l'examen des livres de Religion, & en fut extrêmement approuvé. Mais divers contre-temps survenus alors, en suspendirent l'impression, & il

est resté jusqu'ici sans être imprimé. D. MARTIN.

2. Vers le même temps il entreprit un Commentaire Latin sur l'Epître aux Ephesiens, qu'il poussa jusqu'au 4e Chapitre : mais deux grandes maladies qu'il eut dans ce temps là, par trop de travail & de fatigue, interrompirent cet Ouvrage, qui est demeuré imparfait.

3. En Hollande il fut prié de faire des notes sur le Nouveau Testament. Il travailla à cet Ouvrage avec application, retoucha la version ordinaire dans ce qu'elle avoit de trop vieux par rappart au Langage, fit de nouvelles Préfaces sur chacun des livres Sacrés du N. T. & en mit une longue & très-instructive à la tête de cet Ouvrage, sous le titre de *Considerations Generales sur la Religion Chrétiennes*, dans laquelle il a solidement établi l'autorité de ces saints livres, & la verité de la Religion Chrétienne & de ses Mysteres. 1°. Contre les Sociniens, & ensuite contre les Juifs ; prouvant à ceux-ci par plusieurs demonstrations que *Jesus-Christ* est le Messie. Les notes sur les

D. MARTIN.

Textes particuliers ont repandu un grand jour sur les endroits difficiles, & outre les matieres de Theologie qu'elles contiennent, elles sont mêlées de remarques de Litterature, qui ne contribuent pas peu à éclaircir le texte sacré. Cet Ouvrage a été imprimé à *Utrecht in*-4°. l'an 1696.

4. Deux années après il composa l'*Histoire du Vieux & du Nouveau Testament*. Elle fut imprimée en deux volumes *in-fol.* avec 424. belles Estampes, à *Amsterdam* chez *Pierre Mortier* l'an 1700. Elle fut réimprimée, & traduite en Hollandois. On en a donné une nouvelle édition à *Geneve* sans figures en 3 vol. *in*-12. & il n'y a que trois ou quatre ans qu'elle a été réimprimée de nouveau à *Amsterdam in*-4°. avec de petites Estampes.

5. *Martin* fut ensuite chargé par le Synode des Eglises Wallones d'éclaircir le Vieux Testament par des notes semblables à celles qu'il avoit faites sur le Nouveau, & quelques Libraires s'empresserent à en demander l'impression. Il s'y engagea, fit des Notes savantes, augmentant en

plusieurs endroits celles du Nouveau Testament, retoucha la version de l'Ancien par rapport au langage, & mit à la tête de chaque livre, des Préfaces particulieres, & à la tête de tout l'Ouvrage une Préface generale remplie d'érudition & de Litterature Sacrée. Cette Bible fut imprimée en 1702. en deux volumes *in-fol.* à *Amsterdam* chez *Desbordes*, *Mortier*, & *Brunel*. Les mêmes Libraires la réimprimerent en 1712. *in*-4°. avec les passages paralleles, & de petites notes en marge. Elle fut aussi imprimée l'an 1710. *in*-12. à *Amsterdam* chez les freres *Wetstein* sans notes ni paralleles. On a mis à la tête de cette derniere édition la Préface des anciennes Bibles de *Geneve*, comme si c'eût été l'ancienne Version. D. MARTIN.

6. *Sermons sur divers Textes de l'Ecriture Sainte. Amsterdam* 1708. *in*-8°. La réputation que *Martin* s'étoit aquise par ses predications, fit souhaiter l'impression de ses Sermons, qu'il se determina pour cette raison de donner au public.

7. *L'Excellence de la Foy & de ses*

D. MARTIN. *effets, expliquée en vingt Sermons sur le Chapitre onziéme de l'Epître aux Hebreux, prononcés à Utrecht dans les années* 1708. & 1709. *Amsterdam in-*8°. 1710. *deux vol.* Ces Sermons ne furent pas moins bien reçus que les premiers; ils sont actuellement d'autant plus recherchés qu'ils ne sont pas aisés à trouver.

8. *Traité de la Religion Naturelle. Amsterdam* 1713. *in-*8°. * *Martin* y met dans tout son jour l'existence, l'unité & les perfections de Dieu, avec beaucoup de solidité, de force, & de clarté. Les Hollandois ont voulu avoir cet Ouvrage en leur langue, & la traduction Hollandoise a été imprimée à *Utrecht* en 1720. Les Anglois l'ont aussi traduit en leur langue, & fait imprimer à *Londres* la même année.

* Se trouve à Paris chez Briasson.

9. *Le vrai sens du Pseaume CX. opposé à l'application qu'en a faite à David l'Auteur de la Dissertation inserée dans les trois premiers tomes de l'Histoire critique de la Republique des Lettres. Amsterdam* 1715. *in-*8°. *Jean Masson*, reçu autrefois Candidat en Theologie par un Synode des

Provinces Unies, & depuis fait Miniſtre en Angleterre, ayant appliqué à David dans ſon *Hiſtoire Critique* &c. le Pſeaume 109. qui eſt le 110^e chez les Proteſtans, ſon expoſition fut deferée au Synode de *Bois-le-Duc* au mois de May 1713. mais comme elle n'avoit été luë que par très-peu d'aſſiſtans, cette affaire fut renvoyée au Synode qui devoit ſe tenir à *Breda* au mois de Septembre ſuivant. Ce Synode condamna unanimement cette expoſition comme impie, & tout à fait contraire à la revelation, & aux declarations expreſſes de Jeſus-Chriſt & de ſes Apôtres.

D. MARTIN.

M. *Maſſon* n'avoit pas été nommé dans le Decret du Synode, mais jaloux de la gloire d'avoir inventé une expoſition ſi nouvelle & ſi hardie, il en entreprit la défenſe par un écrit, où le Synode de *Breda* n'étoit pas épargné. Il attaqua en particulier *Martin*, qui avoit été un des Opinans dans ce Synode, mais qui n'avoit dreſſé ni minuté l'article, & qui n'avoit pas non plus été du nombre de ceux qui avoient denoncé

D. MARTIN. l'exposition. Ce fut ce qui engagea nôtre Auteur à composer l'ouvrage dont il s'agit ici, dans lequel il défend le decret du Synode, combat la nouvelle exposition litterale du sieur *Masson*, & établit le vrai sens du Pseaume avec autant de moderation pour son adversaire, que de force & d'évidence pour le soutien de la verité. Cet Ouvrage attira à l'Auteur les remercimens & les éloges du Synode qui se tint à *la Haye* au mois de Mai 1715. M. *Masson* y opposa un écrit très-violent sous le titre de *Remarques Apologetiques, sur un libelle de M. David Martin, contre l'explication litterale du Pseaume 110. par M. Jean Masson.* On le trouve dans le 8e tome de l'*Histoire Critique* &c. p. 452. Mais comme il n'y avoit rien de nouveau, ni qui meritât de l'attention, *Martin* jugea à propos d'en demeurer là.

10. *Deux Dissertations Critiques: la premiere sur le verset 7. du chap. 5. de la 1 Epître de S. Jean:* Il y en a trois au Ciel &c. *dans laquelle on prouve l'Authenticité de ce Texte. La seconde sur le passage de Joseph touchant Jesus-*

*Jesus-Christ, où l'on fait voir, que ce Passage n'est point supposé. Utrecht* 1717. *in*-8°. Ces deux dissertations furent fort bien reçues sur-tout en Angleterre, où d'habiles Ecrivains les traduisirent en leur Langue, & les firent imprimer à Londres.

D. MARTIN.

11. *Traité de la Religion revelée, où l'on fait voir que les livres du V. & du N. Testament sont d'inspiration divine, on donne des Regles generales pour les expliquer, & l'on prouve invinciblement contre les Heretiques modernes la verité des plus profondes doctrines de la Religion Chrétienne. Leuwarde* 1719. *in*-8°. *deux vol.* Cet Traité sert de suite & d'achevement à celui de la *Religion naturelle.* » On y trouvera, » dit l'*Europe Savante*, Tom. 10. p. » 182. un grand nombre de passa- » ges de l'Ecriture discutés avec so- » lidité & avec étendue. La maniere » dont l'Auteur a traité les Questions » de Theologie, prouve qu'il a » l'esprit net & qu'il est excellent » Theologien.

12. *Examen de la Reponse de M. Emlyn à la dissertation Critique sur le verset 7. du Ch. 5. de la* 1e *Epitre de*

D. MARTIN. *S. Jean:* Il y en a trois qui rendent temoignage dans le Ciel. *Londres* 1719. *in*-8°. La premiere dissertation de *Martin* sur le fameux passage de *S. Jean*, dans laquelle est établie l'Unité du Pere, du Fils & du S. Esprit, contre les Antitrinitaires, trouva à *Londres* un adversaire dans la personne d'un Irlandois, nommé *Thomas Emlyn*, Ministre d'Irlande, qui y avoit été deposé depuis peu pour Socinianisme, où Arianisme, lequel fit un écrit contre elle; mais écrit, dont *Martin* n'eut pas de peine à faire voir le foible. Sa Refutation parut en même temps en Anglois & en François. *Emlyn* voulut y repondre par une Brochure de 48. pages *in*-8°. qui parut à *Londres* en 1720. en Anglois; mais ce dernier effort d'une cause deplorée ne servit qu'à donner occasion à *Martin* de faire un troisiéme traité sur cette matiere.

13. *Verité du Texte de la* 1^e^. *Epître de S. Jean chap. 5. v. 7. demontrée par des preuves &c. Utrecht* 1721. *in*-8°. * Cet ouvrage est curieux & rempli de Litterature. *Martin* y repond aussi à une lettre que le P. *le*

* Se trouve à Paris chez Briasson.

*Long* de l'Oratoire venoit de faire paroître à *Paris* dans le *Journal des Savans*, par laquelle il entreprenoit de combattre les éditions de *Robert Etienne*, en produisant des Manuscrits, qu'il croyoit avoir été ceux de ce savant Imprimeur, dans lesquels le passage en question ne se trouve point. *Martin*, à qui cette Lettre étoit adressée, lui fait voir ici qu'il a été trop facile à prendre pour les Manuscrits d'*Etienne* ceux de la Bibliotheque du Roi qu'il a produits, & prouve par ces mêmes Manuscrits qu'ils ne peuvent être ceux d'*Etienne*.

D. MARTIN.

14. *Reponse à la Lettre du P. le Long, datée du* 12 *Avril* 1720. Inserée dans l'*Europe Savante* tom. 12. p. 279. Les raisons par lesquelles *Martin* défend ici les Manuscrits de *Robert Etienne* sont au fond les mêmes que celles dont il a fait usage dans le livre précedent, il n'y a que le tour qui soit un peu different; mais il crut devoir opposer ainsi Lettre à Lettre, & Journal à Journal, parce que ce point de Litterature est d'une grande consequence pour la

cause du passage de *S. Jean*, dont il a defendu l'authenticité.

*Cet Article est de M. Claude, petit fils du fameux Ministre de ce nom.*

---

## PONTUS DE TYARD.

P. DE TYARD.

PONTUS *de Tyard*, Seigneur de *Bissy*, naquit vers l'an 1521. au Château de *Bissy*, dans le Diocèse de *Mâcon*, de *Jean de Tyard*, Lieutenant General au Bailliage du Mâconnois, & de *Jeanne de Ganay* fille d'un Chancelier de France.

Son nom est écrit tantôt *Thyard*, & tantôt *Thiard*, mais cette orthographe est vicieuse; il doit s'écrire *Tyard*; c'est ainsi que les meilleurs Auteurs l'ont écrit, & c'est ainsi qu'il l'a écrit lui-même.

Pour ce qui est du nom de *Pontus*, c'est celui d'un Heros fabuleux, sur lequel on a un Roman, qui est fort peu connu, & qui se trouve dans le Catalogue de la Bibliotheque de M. *Du Fay* sous ce titre: *Le Roman du Noble Roy Ponthus, fils du Roy de Galice, & de la belle Sidoine fille du Roy de Bretagne*, *in*-4°. ſans date, en Lettres Gothiques. On étoit autrefois dans l'uſage de donner de ſemblables noms aux enfans; ainſi *Jamin*, Poëte contemporain de *Pontus de Tyard*, a porté celui d'*Amadis*, dont le Roman n'eſt ignoré de perſonne. M. de *la Monnoye*, qui nous apprend ces particularités dans ſes additions aux *Jugemens des Savans* de *Baillet*, rapporte dans le *Menagiana* tom. I. p. 236. une plaiſanterie ſur ce ſujet, qu'il ne faut pas omettre. P. DE TYARD.

» *Pontus de Tyard* étant, dit-il, » à la ceremonie d'un Batême en » qualité de Parrain, le Curé faiſoit » difficulté de nommer l'enfant *Pon*» *tus*, ſur ce qu'il ne connoiſſoit point » de Saint de ce nom-là. Comment, » lui dit l'Evêque, M. le Curé, vous » ne ſongez donc pas au Saint, dont » l'Egliſe fait mention dans l'Hym» ne, *Quem terra, Pontus, æthera?* » A ces mots le bon Curé, qui ne » s'étoit jamais fort chargé de La» tin, Monſeigneur, lui dit-il, je » vous demande pardon, il eſt vrai » que je n'y ſongeois pas. Et là-deſ» ſus baptiſa l'enfant ſous ce nom.

P. DE TYARD.

Il fut instruit avec beaucoup de soin dès son enfance dans les langues Latine & Gréque, & même dans l'Hebraique; mais quoiqu'il affecte de faire parade de cette derniere dans son traité *De recta nominum impositione*, ce qu'il en savoit étoit fort peu de chose; ce peu lui a fait cependant trouver place dans la *Gallia Orientalis* de *Colomiés*, parmi les savans Hebraïsans François.

La Poësie Françoise l'occupa aussi dans sa jeunesse, & il acquit par-là de la reputation. *Ronsard* lui attribue même la gloire d'avoir le premier introduit les Sonnets en France. Mais la fortune n'a point été dans la suite aussi riante à l'égard de ses Poesies, qu'elle le fut d'abord. Il a contribué lui-même à les faire disgracier par le mepris qu'il en fit, & qu'il en inspira aux autres dans un âge plus mûr.

Il quitta la Poësie, pour se donner à des études plus serieuses, & passa à la Philosophie, aux Mathematiques, & enfin à la Theologie. La plûpart de ses Ouvrages sont des preuves des connoissances qu'il avoit acquises dans toutes ces sciences. Mais elles étoient alors si imparfaites, ou la maniere dont on s'y prenoit pour les apprendre étoit si mauvaise, que tout ce qui nous reste de lui est un cahos d'érudition mal digerée, où il n'y a presque rien à apprendre. P. DE TYARD.

Il passa quelques années à la Cour du Roy *Henri III.* qui conçut de l'affection pour lui, & lui donna l'Evêché de *Châlons sur Saône*, dont il prit possession le 16 Juin 1578. après avoir été quelques années Archidiacre de cette Eglise, & Protonotaire Apostolique.

S'étant trouvé le premier des Deputés de sa Province, dans l'Assemblée des Etats qui fut tenue à Blois l'an 1588. il soutint l'Autorité du Roy contre le reste du Clergé, qui favorisoit la Ligue, & il parla en sa faveur avec tant de force & de dignité, qu'il fit de fortes impressions sur l'esprit de ceux qui assistoient à cette Assemblée, & en ramena plusieurs à leur devoir.

Après vingt ans d'Episcopat, se voyant accablé par les années, & af-

P. DE TYARD. fligé des troubles qui agitoient le Royaume, il se demit de son Evêché & en fit pourvoir *Cyrus de Tyard* son Neveu.

S'étant ensuite retiré dans une de ses terres, il ne s'occupa plus que des choses du Ciel & du soin de son salut. Ce fut là, qu'il mourut le 23 Septembre 1605. âgé de 84 ans.

Il exprima ses sentimens sur sa mort dans ces vers qu'il composa lui-même avant que de mourir.

*Non teneor longæ dulcisque cupidine vitæ.*
*Sat vixit, cui non vita pudenda fuit.*
*Nec famæ illustris me tangit gloria, forsan*
*Per genium vivent sat mea scripta suum.*
*Nilque moror quo sint mea membra tegenda sepulchro;*
*Hæc propria hæredis sit pia cura mei.*
*Sed cupio ut tandem mens Christo innixa levetur*
*Peccati duro pondere, ad Astra vehar.*

Ces Vers ont été gravés sur un Monument qu'on lui a erigé dans le Chœur de l'Eglise Cathedrale de *Châlons*, avec ces mots au bas. P. DE TYARD.

*Pontus Tyardæus Bissianus Ep. Cabil.*
*Extremum hoc voveb. scribebat.*

Il conserva jusqu'à la fin de sa vie la vigueur de son corps & de son esprit. Comme il avoit un grand corps & qu'il étoit assidu à l'étude, il mangeoit beaucoup & buvoit de même, sans mettre jamais d'eau dans son vin, si violens que soient ceux qui croissent sur les bords de la Saône. Ce qu'il y a de singulier, c'est qu'en se mettant au lit, il avalloit toujours un grand verre de vin pur, sans que sa santé en fût jamais alterée. *Baillet* & ceux qui l'ont suivi, ont trouvé que ce n'étoit point assez, & ont substitué au grand verre, dont parle M. *de Thou*, un pot, en disant qu'il avoit coutume de boire un pot de vin pur avant que de s'endormir.

P. DE TYARD.

Catalogue de ses Ouvrages.

1. *Erreurs Amoureuses. Lyon. Jean de Tournes.* 1549. *in*-8°. Il n'a pas mis son nom à cet Ouvrage, qui contient plusieurs Sonnets divisés en trois livres.

2. *Solitaire premier, ou Prose des Muses & de la fureur Poetique. Avec des Vers Lyriques sur la fin. Lyon. Jean de Tournes.* 1552. *in-fol.*

3. *Solitaire second, ou Prose des Muses. Avec des Vers Lyriques sur la fin. Lyon. Jean de Tournes.* 1552. *in*-8°.

4. *Les Oeuvres Poetiques de Pontus de Tyard. A savoir trois Livres des Erreurs Amoureuses. Un Livre de Vers Lyriques. Un Recueil de ses nouvelles œuvres Poetiques. Paris. Galiot du Pré.* 1573. *in*-4°. Tout cela n'est plus recherché, ni même connu de personne.

5. *Leon Hebreu, de l'Amour, Dialogues. Lyon. Jean de Tournes.* 1551. *in*-8°. Il a paru la même année une autre traduction de l'Ouvrage de *Leon*, sous ce titre : *La Sainte Philosophie d'Amour de Leon Hebreu, traduite de l'Italien par le sieur du Parc* (*Denis Sauvage*) *Lyon. Guillaume Ro-*

*ville.* 1551. *in*-8°. Ce livre ne meritoit pas qu'on prît tant de peine pour lui.

P. DE TYARD.

6. *Discours du Temps, de l'An, & de ses parties. Lyon. Jean de Tournes.* 1556. *in*-8°. It. *Paris. Mamert Patisson.* 1578. *in*-4°. C'est l'édition que *Du Verdier* a mise mal à propos *in-fol.*

7. *L'Univers, ou Discours des parties & de la nature du Monde. Lyon. Jean de Tournes* 1557. *in*-4°. Il y a dans ce livre, au rapport de *Du Verdier*, quelques pages prises & traduites mot à mot du livre du Monde de *Philon* Juif. L'Auteur l'ayant depuis revû & augmenté, le publia de nouveau sous le titre suivant.

8. *Deux Discours de la Nature du Monde & de ses parties. A sçavoir, le premier Curieux, traitant des choses materielles; & le second Curieux, des intellectuelles. Paris. Mamert Patisson.* 1578. *in*-4°. On voit à la tête un *Avant-Discours par J. D. du Perron Professeur du Roy aux Langues, aux Mathematiques, & en la Philosophie,* qui fut ensuite Cardinal.

9. *Mantice, ou Discours de la verité de Divination par Astrologie. Lyon.*

P. DE TYARD. *Jean de Tournes* 1558. *in*-4°.

10. *Ephemerides Octavæ Sphera, seu Tabellæ Diariæ Ortus, Occasus, & meditationis cœli illustrium stellarum inerrantium, pro universa Gallia, & his regionibus quæ Polum Boreum elevatum habent à 39 ad 50. grad. Lugduni. Joan. Tornæsius* 1562. *in-fol.*

11. *De Cœlestibus Asterismis Poematium, ad Petrum Ronsardum. Paris. Apud Galeotum à Prato* 1573. *in*-4°.

12. *Homelies sur les Evangiles. Paris. Mamert Patisson* 1586. *in*-8°.

13. *Duodecim Fabulæ Fluviorum vel Fontium: Una cum Descriptione pro Pictura & Epigrammatis. Paris. Joan. Richer* 1586. *in*-8°. Je ne sai ce que c'est que cet Ouvrage, ni en quel langue il est écrit; le P. *Louis Jacob* en rapporte ainsi le titre, mais sans marquer s'il est écrit en Latin ou en François.

14. *Les discours Philosophiques de Pontus de Tyard. Paris* 1587. *in*-4°. C'est un Recueil des Ouvrages que j'ai marqués au *N*°. 2. 3. 6. 8. 9.

15. *Homelies sur le Decalogue. Paris* 1588. *in*-8°.

16. *Extrait de la Genealogie de*

*Hugues Capet, Roy de France, & des derniers successeurs de la Race de Charle-Magne en France. Paris. Mamert Patisson* 1594. *in-8°.* M. *de Thou* dans le 77^e^ livre de son Histoire, attribue à *Pontus de Tyard* cet Ouvrage, qui est Anonyme; & *Du Chesne* à la p. 30. de sa *Bibliotheque des Historiens de France*, dit qu'il l'a fait pour servir de reponse au livre de *François de Rosieres*, intitulé, *Stemmata Ducum Lotharingiæ. Paris.* 1580. *in-fol.* P. DE TYARD.

17. *De recta Nominum impositione. Lugduni. Jacobus Roussin* 1603. *in-8°. Pontus de Tyard*, marque dans l'Epître à *Louis de Tyard* son Neveu, qui est à la tête de ce petit Traité, que dans le commencement des troubles de la France, il avoit traduit du Grec deux opuscules de *Philon*; & qu'il avoit composé ce Traité pour servir de Préface à sa traduction; mais que *Frederic Morel* l'ayant prevenu, en publiant une version Latine d'un de ces mêmes opuscules, & en promettant la version de l'autre, il avoit supprimé la sienne, & se contentoit de donner au public l'Ouvrage qu'il lui adressoit, avec

P. DE TYARD. quelques notes sur les livres qu'il avoit traduits.

18. *Annotationes in libros Philonis Judæi de Transnominatis, & Allegoria Sacra.* A la suite du Traité precedent.

19. *Fragmentum Epistolæ pii cujusdam Episcopi, quo Pseudo-Jesuitæ Caroli, & ejus congerronum maledicta repellit. Hanoviæ* 1604. *in*-8°. A la suite de *Caroli Molinæi Consilium super commodis & incommodis novæ sectæ Jesuitarum.* It. dans la *Bibliotheca Pontificia, edita à Joanne Scherzero. Lipsiæ* 1677. *in*-4°. avec la souscription *P. T. E. C.* qui signifie : *Pontus Tyardeus, Episcopus Cabilonensis.* It. traduit en François à la p. 378. du livre de *David Home* intitulé : *Le Contr' Assassin. Lyon* 1612.

V. *Lud. Jacob de Scriptoribus Cabilonensibus. Scævolæ Sammarthani Elogia. Colomesii Gallia Orientalis p.* 101. *Les Eloges de M. de Thou & les additions de Teissier. Les Bibliotheques Françoises de la Croix du Maine, & de Du Verdier.*

## HELIUS EOBANUS.

HELIUS *Eobanus* naquit le 6. Janvier 1488. ſur les confins de la Heſſe, du côté du Septentrion, où elle a pour bornes la Weſtphalie, ce qui lui a fait donner le ſur-nom *Heſſus*, qu'on joint ordinairement à ſon nom propre. Pour ce qui eſt de ſon nom de baptême, c'étoit originairement *Elie*, qu'il change depuis en *Helius*, aimant mieux avoir un nom Grec, qu'un Juif; outre cela ſon attachement à la Poeſie lui faiſoit prendre volontiers un nom, qui ſignifiant le Soleil, ou *Apollon*, Dieu des Poëtes, lui rappelloit ſans ceſſe ſa paſſion favorite. H. EOBANUS.

Ses parens, quoiqu'aſſés mal partagés des biens de la fortune, ne negligerent rien cependant pour ſon éducation. Un Moine d'un Couvent, au ſervice duquel ſon pere étoit, lui apprit à lire; ce qu'il fit avec tant de facilité & de promptitude, qu'on jugea à propos de le faire étudier.

H. EOBANUS.

On l'envoya pour cela à *Gemund*, ville de Suabe, dont sa mere étoit native, & il y apprit les élemens de la langue Latine, sous un des ses parens, nommé *Jean Mebesius*, qui y tenoit Ecole.

Après avoir fait quelques progrès, il passa à l'age de 14 ans à *Franckberg*, où *Jaques Horlæus* enseignoit alors avec reputation. Ce Maître fut si charmé des heureuses dispositions de son disciple, qu'il ne se contenta pas de l'instruire avec les autres en public, il voulut encore lui donner des leçons particulieres. Par ces secours *Eobanus* avança avec beaucoup de rapidité dans l'étude des Belles-Lettres, & principalement dans la Poesie, pour laquelle il eut toujours une inclination particuliere.

Après trois années de séjour en ce lieu, il alla à *Herford*, persuadé qu'il trouveroit dans cette Université plus de secours encore qu'il n'en avoit eu jusques-là, pour satisfaire l'envie prodigieuse qu'il avoit d'apprendre.

Lorsqu'il se fut suffisamment instruit dans cette Ville, il forma le dessein

deſſein de voyager. En paſſant à *Riſenburg* dans la Pruſſe, il eut l'avantage d'en voir l'Evêque, qui aimoit les gens de Lettres, & à qui il plut ſi fort, qu'il voulut le retenir auprès de lui, pour s'en ſervir en qualité de Secretaire, & pour l'employer dans les affaires qu'il avoit avec les Princes ſes voiſins. Il jugea cependant à propos qu'il étudiât auparavant en Droit; & l'envoya pour cela à ſes frais à *Leipſic*. H. EOBANUS.

*Eobanus* ſe rendit en cette ville l'an 1513. âgé de 25 ans; mais il ſe degoûta bientôt d'une étude, qui n'étoit point conforme à ſon goût particulier; l'amour des Belles-Lettres, la lui fit bientôt oublier, & ſans s'embarraſſer des ordres & des intentions de ſon Protecteur, il vendit les livres de Droit qu'il avoit d'abord acheté pour lui, depenſa tout l'argent qu'il lui avoit donné pour ce ſujet & pour ſon entretien à *Leipſic*, & retourna à *Herford*.

Le peu de bien qu'il avoit, l'obligea d'enſeigner les Belles-Lettres dans cette ville pour y pouvoir ſubſiſter, mais ſon deſintereſſement fit

H. Eo-BANUS. qu'il se contenta des gages assés modiques qu'on lui donna pour cela. Quelque temps après il se maria, & épousa une fille d'*Herfort*, dont il eut plusieurs enfans.

En 1518. la reputation d'*Erasme* l'attira dans les Pays-Bas, & il y fit un voyage, pour avoir le plaisir de l'entretenir. Pour être mieux reçû de ce savant homme, il fit préceder sa visite d'une Epître en vers qu'il lui envoya : mais *Erasme*, soit distrait par d'autres choses, soit pour quelque autre raison, ne parut pas faire grand cas de cette Epître, ni de la visite d'*Eobanus*, & reçût l'une & l'autre avec une espece d'indifference, qui n'empêcha pas celui-ci de conserver pour lui de l'estime & de la veneration ; & d'en parler en toute occasion d'une maniere fort avantageuse.

De retour à *Herfort*, il continua d'y instruire la jeunesse avec tant de succès, que sa reputation attira dans cette ville plusieurs étrangers, qui souhaitoient profiter de ses instructions, ou avoir du moins la satisfaction de le voir. Cependant les troubles qui ſurvinrent dans le pays, & la peſte qui attaqua cette ville, ayant diſperſé les Ecoliers, *Eobanus* ſe vit fort à l'étroit par la diminution du peu de revenu qu'il avoit; & ſans le ſecours de quelques-uns de ſes amis, il auroit été obligé de ſortir d'*Herfort*, faute d'y pouvoir ſubſiſter. H. EOBANUS.

Il eſt vrai que pour ſe menager une reſſource, il ſe détermina par le conſeil de ſes amis, à apprendre la Medecine, & qu'il s'y appliqua même pendant quelque temps; mais il ne la pratiqua jamais, n'y ayant pas donné aſſez de temps pour le faire avec ſuccès.

Il demeura à *Herford* dans un état qui approchoit de l'indigence, juſqu'à l'an 1526. que *Philippe Melanchthon*, qui l'aimoit, le fit appeller par la ville de *Nuremberg*. *Eobanus* ſe rendit auſſitôt dans cette ville, où il enſeigna pendant ſept ans les Belles-Lettres, ſans aucun titre, mais d'une maniere fructueuſe, & capable de le mettre un peu au large.

Au bout de ce temps ſes amis d'*Herfort* le preſſerent avec tant d'in-

H. EOBANUS.

stance d'y revenir, qu'il se rendit à leurs desirs. Ils lui faisoient esperer un meilleur sort que celui qu'il y avoit trouvé la premiere fois, cependant les effets ne repondirent pas à leurs promesses. A peine fut-il arrivé dans cette ville l'an 1533. que la peste l'obligea d'en sortir. Mais il y retourna bientôt, & y passa près de quatre ans, occupé à enseigner tant en public qu'en particulier, avec des gages assés modiques, ausquels ses amis suppléeoient par leurs liberalités, pour n'avoir pas le chagrin de de l'avoir attiré mal à propos dans leur ville, en rendant sa condition pire qu'elle étoit à *Nuremberg*.

*Philippe*, Landgrave de Hesse, l'ayant ensuite invité à se rendre à *Marpourg*, où il attiroit tous les Savans qu'il pouvoit, pour en faire fleurir l'Université; *Eobanus*, qui commençoit à être sur l'âge, qui se voyoit beaucoup d'enfans, & qui d'ailleurs étoit bien aise de revoir son pays, se rendit aux invitations de ce Prince, & alla demeurer dans cette ville, où il se trouva dans une situation assez agréable, aimé & recherché du Landgrave, & avec une bonne pension. H. EOBANUS.

Après trois années de séjour en ce lieu, il fut attaqué de la goute & de plusieurs infirmités, qui le conduisirent peu à peu au tombeau.

Il mourut le 5 Octobre 1540. âgé de 52 ans.

*Joachim Camerarius*, qui a écrit sa vie, loue fort ses bonnes qualités, son application au travail, son habileté dans la Poesie, son caractere doux & humain, son éloignement pour les railleries, le mensonge & la duplicité; mais il ne peut s'empêcher de le blamer de s'être fait une gloire & un point d'honneur de bien boire. C'étoit en effet son grand défaut, il vouloit l'emporter sur les meilleurs buveurs, & il s'étoit si fort accoutumé à ne le ceder à personne en ce genre, que les plus hardis n'osoient se commettre avec lui. Il y en eut un cependant, qui voulant un jour lui disputer la victoire dans un repas, fit apporter un seau, qu'il remplit de biere de Dantzic, & le pria de le boire à sa Santé, ajoûtant que s'il le faisoit il auroit pour prix

H. EOBANUS. de la victoire un Diamant, qu'il tira de son doigt, & jetta dans le seau. *Eobanus* sans s'émouvoir, prit le seau, le mit bientôt à sec, & le renversant jetta le Diamant sur la table. Son adversaire le prit aussitôt, & le lui presenta, comme l'ayant bien merité par son habileté : Mais *Eobanus* le regardant d'un visage renfrogné, croyez-vous, lui dit-il, que je boive par interêt ? & lui jettant son Diamant, reprenez ceci, ajouta-t-il, & faites ce que j'ai fait. L'autre se piquant d'honneur voulut effectivement le faire, mais il ne put aller jusqu'au bout, & tomba yvre mort avant que d'avoir épuisé une partie du seau.

Catalogue de ses Ouvrages.

I. *Heroidum Christianarum Epistolarum opus. Lipsiæ* 1514. *in*-4°. *Eobanus* fit ces pieces de Poesies à l'imitation d'*Ovide*. Il y mêla d'abord des fables, mais il les ôta dans la suite, comme peu convenables au sujet dont il s'agissoit dans ces Lettres, & à celles à qui il les attribuoit. It. *Paris* 1546. *in*-16. On a retranché dans cette édition une Lettre intitulée : *Ecclesia Captiva Luthero.* H. Eobanus.

2. *Elegia, Epicedia, & Idyllion, quare hoc tempore Studia Litterarum tanto contemptu habeantur. Noribergæ* 1526. *in*-4°.

3. *De tumultibus horum temporum querela. Priscorum temporum cum nostris collatio. Omnium regnorum Europæ mutatio. Bellum servile Germaniæ, carmine heroico. Ad Germaniam afflictam consolatio parænetica, Elegia una. Roma captæ Elegiæ duæ. Noribergæ* 1528. *in*-8°.

4. *Bucolicorum Idyllia. Haganoæ* 1528. *in*-8°.

5. *Theocriti Idyllia Græce, cum Eobani Hessi Latina metrica versione. Haganoæ* 1530. *in*-8°. La version Latine d'*Eobanus* fut imprimée seule sans le texte Grec l'année suivante 1531. à *Basle in*-8°. avec une Epître dedicatoire en vers à *Jerôme Ebner*, Senateur de *Nuremberg*, qu'on n'a point mise dans le Recueil de ses Poesies.

6. *Descriptio Calumniæ. Consolatio ad M. Phil. Nidanum in morte Barbaræ uxoris &c. Francofurti* 1530. *in*-8°.

7. *Elegia ad Anselmum Ephorinum.*

H. EOBANUS. A la tête de l'édition Greque & Latine du *Plutus* d'*Aristophane* faite à *Nuremberg* en 1531. *in*-4°.

8. *Carmen in funere Hieronymi Ebneri. Norimbergæ* 1532. *in*-8°.

9. *Urbs Noriberga illustrata carmine heroico. Noribergæ* 1532. *in*-4°.

10. *Bonæ Valetudinis conservandæ præcepta ad Georgium Strutiaden, Autore Eobano Hesso. Medicinæ Laus ad Martinum Hunum. Paris. Simon Colinæus* 1533. *in*-8°. avec quelques pieces de differens Auteurs. La Louange de la Medecine est originairement d'*Erasme*; *Eobanus* n'a fait que la mettre en vers Latins. Elle est suivie dans cette édition & dans les autres de deux petites pieces de vers d'*Eobanus*, intitulées; *Chorus Nobilium Medicorum in Musæo Sturtiano*; & *Chorus Musarum*. It. *Cum Commentario Joannis Placotomi. Paris* 1555. *in*-12. & *Francofurti* 1564. *in*-8°. It. *Cum Commentario Petri Hassardi, Armenteriani Medici. Francofurti* 1568. *in*-8°.

11. *De Victoria Wirtenbergensi ad Philippum Hess. Principem Acclamatio. Erphurdiæ* 1534. *in*-4°. Avec les Por-

Portraits du Landgrave & d'*Eobanus.* H. Eobanus.

12. *Salomonis Ecclesiastes carmine Latino redditus.* 1534. *in*-4°. It. *Cum Proverbiis Salomonis carmine redditis ab Alvaro Gomez. Basileæ* 1538. *in*-8°. It. Avec la version des Pseaumes par le même *Eobanus.*

13. *Sylvarum libri sex. Haganoæ* 1535. *in*-8°.

14. *Psalterium Carmine Elegiaco. Marpurgi* 1537. *in*-8°. *Eobanus* commença cet Ouvrage à *Herford* l'an 1534. & le finit à *Marpourg* le 14. Decembre 1536. comme il le marque lui-même à la fin de cette premiere édition. It. *Argentorati* 1539. *in*-8°. It. *Cum Annotationibus Viti Theodorici ; cui Accessit Ecclesiastes Salomonis. Lipsiæ* 1546. *in*-8°. & plusieurs autres fois depuis.

15. *Urbis Norimbergæ gratulatoria acclamatio Carolo V. & ad eundem de bello contra Turcas suscipiendo adhortatio. In adventum ejusdem Urbis Francofurdii gratulatio per Jacobum Micyllum. Norimbergæ* 1538. *in*-8°.

16. *Poëmatum farragines duæ ; quibus non parum multa accesserunt nunc*

H. EOBANUS. *primum edita. Halæ Suevorum* 1539. *in-8°.* Les Pieces contenues dans ce Recueil sont les suivantes. 1°. *Bucolicorum Idyllia.* 2°. *Heroidum libri tres, tertium recogniti & aucti.* 3°. *Clarorum virorum Epicedia aucta & recognita.* 4°. *Sylvarum libri novem.* 5°. *Urbis Norimbergæ descriptio.* 6°. *Coluthi de raptu Helenæ & judicio Paridis Poema carmine translatum.* 7°. *Loci Homerici insigniores carmine versi.* 8°. *Præcepta bonæ valetudinis conservandæ.* 9°. *Elegiarum libellus.* Tout cela a été réimprimé ensemble à *Francfort* l'an 1564. *in-8°.* *Eobanus* avoit une facilité particuliere pour écrire en vers, ce qui l'a fait appeller par quelques Auteurs *l'Ovide Allemand.* *Borrichius* dit que ses Elegies sont ce qu'il y a de plus estimable parmi ses Ouvrages, & ajoute que generalement parlant, il est naturel, gracieux, châtié, & que l'Allemagne n'avoit encore rien produit jusqu'alors de plus agréable.

17. *Homeri Ilias latino carmine reddita. Basileæ* 1540. *in-4°.* It. *Paris.* 1550. *in-12.*

18. *Hymnus Paschalis Eobani Hessi.*

*Sylva Sacrarum Elegiarum universam Christi vitam complexa, Nicolao Asclepio Barbato Autore. Marpurgi.* 1542. *in*-8°. H. EOBANUS.

19. *Epistolarum familiarium libri* 12. *Marpurgi* 1543. *in-fol.* Cette édition est peu correcte, & il y a bien des lettres, qui ne meritoient pas de voir le jour.

20. *Epistolæ Eobani Hessi ad Camerarium, & alios quosdam. Norimbergæ* 1553. *in*-8°. C'est *Joachim Camerarius*, qui a publié ces nouvelles Lettres d'*Eobanus*, dont il a mis une vie assez ample à la tête. Cette vie a été réimprimée separément à *Leipsic* en 1696. *in*-8°.

21. *Operum Farragines duæ; Carmina & Epistolæ. Francofurti* 1564. *in*-8°.

V. *Sa vie par Camerarius. Melchior Adam Vitæ Germanorum Philosophorum*; ce qu'il en dit est tiré de *Camerarius. La Bibliotheque de Gesner, & ses Abregés.*

## BARTHELEMI FACIO.

B. Facio. BARTHELEMI *Facio* naquit à *Spezzia*, petite ville de l'Etat de *Genes*, & non pas à *Sulmone*, comme quelques-uns l'ont prétendu sans aucun fondement.

Tout ce qu'on sçait de lui, est qu'ayant été envoyé par les Genois à *Alphonse* Roy de *Naples*, pour tâcher de faire une Treve avec lui, il ne put réussir dans sa negociation & fut obligé de retourner à *Genes* sans avoir rien fait. Ce Voyage lui fut cependant utile, car *Alphonse* ayant conçu de l'estime pour lui, l'attira à son service, & le fit son Secretaire; emploi qu'il remplit pendant plusieurs années.

Les Auteurs ne s'accordent point sur le temps de sa mort. *Summonte* dans son Histoire de *Naples* dit qu'il mourut au mois de Novembre 1457. avant le Roy *Alphonse*, & que ce Prince le suivit bientôt, c'est-à-dire au mois de Juin de l'année suivante. Mais c'est un fait qui est pour le moins fort douteux, quoique la plusspart de ceux qui ont parlé de *Facio* ayent suivi cette date. L'inscription de son tombeau, qui étoit à *Sainte-Marie Majeure* de *Naples*, l'éclairciroit, si elle subsistoit encore; mais il y a déja longtemps qu'elle en a été enlevée. Il est vrai que *Cesar d'Engenio* la rapporte ainsi dans sa *Napoli Sacra.* 1447. *Bartholomæus Facius Historicus egregius hic situs est.* Mais il y a certainement de l'erreur; *Facio* ne pouvoit point être mort en 1447. puisque parmi les Lettres d'*Enée Sylvius*, on en trouve une de lui, par laquelle il le complimente sur sa promotion au Cardinalat, arrivée au mois de Decembre 1456. B. FACIO

J'ai dit qu'il étoit pour le moins douteux que *Facio* fût mort en 1457. En voici la preuve. *Paul Jove* nous apprend dans l'Eloge de *Laurent Valla* que la mort de ce Savant fut suivie de près de celle de *Facio*, & comme il regnoit une espece d'émulation entre eux, on fit à cette occasion ce distique.

B. FACIO.

> *Ne vel in Elyſiis ſine vindice*
> *Valla ſuſurret,*
> *Facius haud multos poſt obit*
> *ipſe dies.*

Or *Valla* mourut le 1. Août 1465. comme le porte ſon Epitaphe que *Catherine* ſa mere lui fit dreſſer dans une Chapelle de la Baſilique de *S. Jean de Latran.* Ainſi *Facio* doit être mort au plutôt cette année.

Ajoutez à cela que *Rocco Pirro* dans ſa *Sicilia Sacra*, témoigne que *Facio* fut Econome de l'Egliſe de Cefalu en 1457. Ainſi il ne peut être mort cette année, puiſque ce ne fut point dans cette ville qu'il mourut, mais à *Naples*, où eſt ſon tombeau.

De tout cela nous pouvons conjecturer que *Facio* mourut en 1467. neuf ans après la mort du Roy Alphonſe, & que dans l'Epitaphe rapportée par *Engenio* il faut ſubſtituer le nombre MCCCCLXVII. à celui de MCCCCXLVII. qui a pu aiſement y être mis par une tranſpoſition de lettres.

Catalogue de ſes Ouvrages.

1. *Arrianus de Geſtis Alexandri & ejuſdem Indica. Piſauri, Opera & im-*

*pensa Hieronimi de Soncino* 1508. *in-fol.* It. *Basileæ. Robert. Winter* 1539. *in*-4°. Dans cette édition le texte Grec est joint à la Version de *Facio*, qui est seule dans la premiere aussi bien que dans la suivante. *Lugduni* 1552. *in*-12. *Pierre Paul Vergerio* avoit traduit auparavant cet Ouvrage d'*Arrien*, & il s'est attiré par-là une forte censure de la part de *Facio*, qui a été bien aise de decréditer sa version, pour faire valoir la sienne. Il est vrai que la Latinité dont *Vergerio* s'étoit servi, étoit un peu barbare, mais il en avoit usé ainsi exprès, afin qu'elle fût mieux entendue par l'Empereur *Sigismond*, pour qui il l'avoit faite. *Fabricius* doute qu'elle ait été jamais imprimée. Au reste *Vulcanius* rendit bien la pareille à *Facio*; car en publiant l'an 1575. à *Geneve* une Nouvelle Version d'*Arrien*, il porta un jugement fort desavantageux de celle de *Facio*, qu'il dit avoir perdu les trois années qu'il y avoit employées, puisqu'il y a une infinité d'endroits qu'il n'a pas entendus, & qu'il y a fait des changemens & des additions, qui corrompent B. FACIO.

B. FACIO. entierement le ſens de ſon Auteur.

2. *De Vitæ felicitate, ſeu ſummi boni fruitione liber. Antuerpiæ. Chriſt. Plantin.* 1556. *in*-8°. *fol.* 70. C'eſt un Dialogue entre *Antoine Panormita*, *Guarin de Verone*, & *Jean Lamola.* Il a été réimprimé par les ſoins de *Marquard Freher* avec *Felini Sandæi de Regibus Siciliæ & Apuliæ Epitome. Hanoviæ* 1611. *in*-4°. *Voſſius* s'eſt ainſi trompé en avançant que Freher l'avoit publié le premier.

3°. *De Rebus Geſtis ab Alphonſo I. Neapolitanorum Rege Commentariorum libri* x. *Lugduni. Gryphius* 1560. *in*-4°. Cette premiere édition a paru par les ſoins de *Jean Michel Bruti*, Venitien, un des plus ſavans hommes de ſon temps, qui par une temerité impardonnable, s'aviſa de retoucher le ſtile de *Facio*, pour le rendre plus élegant. Elle fut ſuivie de deux autres faites dans la même ville & en la même forme, l'une en 1562. & l'autre en 1566. *Celius Secundus Curion* en donna une *in*-4°. la même année 1566. à la fin de ſa traduction Latine de l'Hiſtoire de *Guichardin*. Cependant *François Filopono*

de *Mantoue*, ignorant que cette hi- B. FACIO.
stoire de *Facio* avoit été imprimée à *Lyon* en 1560. & en 1562. en publia en 1563. les sept premiers livres sous ce titre : *Barth. Facii de rebus gestis Alphonsi Aragonii Regis libri septem. Mantuæ* 1563. *in*-4°. Il promit alors d'en donner la suite, mais il n'a point executé cette promesse. L'Histoire de *Facio* a été traduite en Italien par *Jaques Mauro*, & imprimée en cette langue à *Venise* en 1580. *in*-4°. *Facio* l'avoit composée vers l'an 1450. par ordre d'*Alphonse* même.

4. *De Bello Veneto Clodiano liber. Lugduni* 1568. *in*-8°. Il s'agit dans cet Ouvrage de la Guerre de *Chioggia* entre les Venitiens & les Genois. Il a été inseré dans la 4e partie du 5e tome du *Thesaurus Historiarum & Antiquitatum Italiæ*, comme le precedent l'a été aussi dans la 3e partie du 9e tome du même Recueil.

5. *Historia suorum temporum. Basileæ* 1597. *in*-8°.

6. *Historiarum & Chronicarum Mundi Epitome. Lugduni* 1533. Cet Ouvrage & le précedent sont cités dans

B. FACIO. le Catalogue de la Bibliotheque Barberine. C'est tout ce que j'en puis dire.

7. *Ad Carolum Ventimilium de Origine belli inter Gallos & Hispanos Historia.* Cette histoire qui est fort Curieuse a été publiée par M. *Camusat* dans ses additions à la Bibliotheque de *Ciaconius*. p. 883.

8. On trouve quelques-unes de ses Lettres parmi celles d'*Antoine Panormita* imprimées à *Venise* l'an 1553. *in*-4°.

V. *Son Eloge tom. 9. du Journal de Venise p.* 189.

---

## FRANÇOIS CHARPENTIER.

F. CHARPENTIER. FRANÇOIS *Charpentier* naquit à *Paris* le 15 Fevrier 1620. Le genie aisé, & la vivacité qu'il fit paroître dans ses premieres études le firent destiner au Barreau. Mais quelques talens qu'il eût pour réussir dans cette profession, l'amour qu'il avoit pour les Belles-Lettres ne lui permit pas de s'y engager. Il prefera à une vie tumultueuse &

agitée la tranquillité & le repos du Cabinet, & à l'étude des Loix la connoissance des Langues & des bons Auteurs de l'Antiquité. Il joignit au Commerce de ces fameux anciens, celui de nos plus illustres Modernes, avec lesquels il fut étroitement uni par la place qu'ils lui donnerent en 1651. dans l'Academie Françoise, où il fut reçu après la mort de *Jean Baudoin.*

F. CHARPENTIER.

M. *Colbert* étant entré dans le Ministere, & ayant conçu le dessein de former à l'imitation de nos voisins, une Compagnie pour le Commerce des Indes Orientales, voulut d'abord donner à toute la France une idée avantageuse de cet établissement par un ouvrage publié sur cette matiere : *Charpentier* fut chargé de le composer ; & le Ministre fut tellement satisfait de son travail, qu'il le nomma pour être d'une autre Academie, qui ne faisoit que de naître, & que l'on appella depuis l'Academie des Inscriptions.

Les langues savantes qu'il possedoit parfaitement, la connoissance qu'il avoit de l'Antiquité, & une

F. CHARPENTIER.

critique judicieuse le rendoient très-propre à concourir aux travaux de cette nouvelle Academie ; & personne n'a plus contribué que lui aux desseins de cette belle suite de Medailles, qu'on a frappées sur les principaux Evenemens du Regne de *Louis XIV*.

A l'égard du Caractere de ses Ouvrages, on peut dire en general qu'on y trouve par tout de l'esprit & de l'art, de la force & de l'érudition.

Il avoit le corps sain & robuste, la voix masle & forte, avec un certain air de confiance, & pour ainsi dire, d'intrepidité. Il étoit naturellement éloquent & parloit avec vehemence. Desorte que lorsqu'il soutenoit un avis, & que son feu s'allumoit par la contradiction, il lui échappoit quelquefois des choses plus belles encore, que tout ce qu'il a écrit de plus vif & de plus animé.

Son discours *de l'excellence & de l'utilité des Exercices Academiques* decouvre assez quel étoit son zele pour ces exercices : mais son assiduité aux Assemblées des Academies, dont il étoit, l'a fait encore mieux voir. F. CHARPENTIER.

Il mourut le 22 Avril 1702. âgé de 82 ans.

Catalogue de ses Ouvrages.

1. *La vie de Socrate. Paris* 1650. *in*-8°.

2. *Les choses memorables de Socrate, ouvrage de Xenophon, traduit en François. Paris* 1650. *in*-8°.

3. *Le Voyage du sieur du Loir au Levant en* 1639. 40 & 41. *avec la Relation du Siege de Babylone en* 1639. *par Sultan Mourat, Paris* 1654. *in*-4°. *Charpentier* a composé l'Epitre dedicatoire de ce Voyage, dont il a de plus corrigé le stile, & auquel il a ajouté bien des remarques. M. *Sauval* ayant appris qu'il revoyoit cet Ouvrage lui envoya deux Inscriptions Gréques, qu'il y a inserées.

4. *La Cyropedie, ou l'Histoire de Cyrus, avec l'Eloge d'Agesilaus, traduit du Grec de Xenophon. Paris* 1659. *in-fol.*

5. *Louis, Eglogue Royale. Paris* 1663. *in*-4°. Cette piece, qui est d'environ 300 vers, a été vivement

F. CHARPENTIER. censurée par M. *Boileau*, dans son *Epître au Roy*, où il en parle ainsi.

*L'un en stile pompeux habillant une Eglogue*
*De ses rares vertus te fait un long prologue,*
*Et mêle, en se vantant soi-même à tous propos,*
*Les louanges d'un fat à celles d'un Heros.*

6. *Discours d'un fidele sujet du Roi touchant l'établissement d'une Compagnie Françoise pour le Commerce des Indes Orientales. Paris* 1664. *in*-4°. C'est l'ouvrage qu'il composa par l'ordre de M. *Colbert*.

7. *Relation de l'établissement de la Compagnie Françoise pour le Commerce des Indes Orientales. Paris* 1665. *in*-4°.

8. *Ode au Roy. Paris* 1667. *in*-4°. Piece d'environ quatre-cent vers.

9. *Le Voyage du Vallon tranquille; Nouvelle Historique. Paris* 1673. *in*-12. *Charpentier* nous apprend dans le *Carpentariana* cette particularité sur cet Ouvrage. » En 1673. dit-il, » Madame *Colbert* m'engagea d'aller

» à sa belle maison de *Seaux* avec » elle & plusieurs autres personnes » de distinction. Cette partie pro- » duisit la petite nouvelle historique » intitulée: *Le Voyage du Vallon tran- » quille*. J'y ai fait le portrait de plu- » sieurs personnes sous des noms em- » pruntés, même jusqu'au mien, » que j'ai donné sous le nom d'*Ama- » xite*.

F. CHARPENTIER.

10. *Athenes ancienne & nouvelle, par le sieur Guillet. Paris* 1675. *in*-12. » *Guillet*, dit *Charpentier* au même » endroit, est un de mes debiteurs. » J'ai non seulement composé l'Epî- » tre dedicatoire de son *Athenes*, » après y avoir fait un grand nombre » de corrections; mais j'ai été l'ar- » bitre du differend qu'il eut à ce » sujet avec M. *Spon*. Ma mediation » leur a fait tomber la plume des » mains à tous deux.

11. *Défense de la langue Françoise, pour l'inscription de l'Arc de Triomphe. Paris* 1676. *in*-12.

12. *Version du Pseaume* XIX. *& du Pseaume* L. *Paris* 1678. *in*-4°. Cette version est en vers.

13. *Panegyrique du Roi sur la Paix.*

F. CHARPENTIER. *Paris* 1679. *in*-4°. Il prononça ce Panegyrique dans l'Academie Françoise.

14. » Le second voyage que j'ai » donné au Public, dit-il encore » dans le *Carpentariana*, est le pre» mier tome de celui du Chevalier » *Chardin*; & je continuerai à en » revoir la suite, puisqu'il m'en a » prié. Ce n'est pas une petite affaire » que d'en corriger le stile, mais j'en » suis assez bien dedommagé par la » bonté des matieres qui s'y rencon» trent.

15. *De l'excellence de la langue Françoise. Paris* 1683. *in*-12. Cet Ouvrage roule sur le même sujet que celui que j'ai marqué au *N*°. 11. Il tend à repondre à un Discours Latin que le P. *Lucas* Jesuite, Professeur de Rhetorique à *Paris*, avoit prononcé sur la fin de l'année 1676. *De Monumentis publicis Latine Inscribendis.* Ce livre, dit M. *Bayle* dans les *Nouvelles de la Republique des Lettres*, contient une érudition fort exquise, & merite extrémement d'être lû.

16. *Discours de l'excellence & de l'utilité des exercices Academiques. Paris* 1695. *in*-4°.

F. CHARPENTIER.

17. *Relation de la mort de Schach Soliman Roi de Perse, & du Couronnement du Sultan Ussain son fils, avec plusieurs particularités touchant l'état present des affaires de Perse, & le détail des Ceremonies observées à la consecration de l'Evêque de Babylone à Zulpha lès Hispahan. Paris* 1696. *in*-12. *Charpentier* nous marque lui-même la part qu'il a eu à cet Ouvrage, lorsqu'il dit dans le *Carpentariana:* » La Relation de la mort de *So-* » *liman* a fait beaucoup d'honneur à » M. *Chardin*, grace à mes correc- » tions, & à l'Epître au Roi que j'ai » faite.

18. *Les Amours de Catulle par M. de la Chapelle. Amsterdam* 1699. *in*-12. 4 *vol. Charpentier* prétend au même endroit, que *la Chapelle* lui a obligation d'une bonne partie de sa préface sur les Amours de *Catulle*, sur tout de la remarque touchant la Naissance de ce Poete. L'Ouvrage de *la Chapelle* parut pour la premiere fois en 1680.

19. *Réponse à M. Pavillon à sa reception à l'Academie Françoise le* 17. *Decembre* 1691. *Paris* 1691. *in*-4°.

F. CHARPENTIER. 20. *Réponse à M. de Tourreil à sa reception à l'Academie le 14 Fevrier 1692. Paris 1692. in-4°.*

21. *Réponse à M. l'Abbé Bignon, & à M. de la Bruyere à leur reception à l'Academie le 15. Juin 1693. Paris 1693. in-4°.*

22. *Carpentariana, ou Remarques d'Histoire, de Morale, de Critique, d'érudition & de bons mots de M. Charpentier. Paris 1724. in-12.* Recueil fort superficiel.

23. Il a beaucoup travaillé au Dictionnaire de l'Academie Françoise, dont il dit avoir fait l'Epître & la Préface, pour la premiere édition.

24. Il avoit fait des Inscriptions pleines d'emphase, qui furent mises par ordre du Roi *Louis XIV.* au bas des Tableaux des Victoires de ce Prince, peints dans la grande Gallerie de *Versailles* par M. *le Brun*; Mais M. De *Louvois* ayant fait entendre au Roi que ces Inscriptions déplaisoient fort à tout le monde, & lui ayant fait voir un écrit de M. *Despreaux* sur cette matiere, ce Prince en partant pour Fontainebleau ordonna qu'en son absence on

les otât, & qu'on y mît les Inscrip- tions simples, qui y sont maintenant, & qui furent faites presque sur le champ par M. *Despreaux* & M. *Racine*. F. CHARPENTIER.

V. *Son Eloge dans le Journal des Savans du 31 Juillet 1702. & dans l'Histoire de l'Academie Françoise par M. l'Abbé d'Olivet.*

---

## LUC D'ACHERI.

L. D'ACHERI.

LUC *d'Acheri* naquit à *Saint-Quentin* en Picardie l'an 1609. Etant entré dans l'ordre des Benedictins de la Congregation de S. Maur, il y fit profession dans l'Abbaye de la *Sainte Trinité* de *Vendôme* le 4 Octobre 1632. âgé de 23 ans.

Comme il avoit quitté le monde, non seulement de corps, mais encore de cœur & d'affection, il s'appliqua tout entier aux exercices de la Pieté, & à l'étude, dont il contribua le plus après le P. *Menard*, à faire revivre le goût dans l'ordre de *S. Benoît*. Il fit dans l'une & l'autre des progrès si considerables, qu'il

L. D'ACHERI.

ne fut pas moins estimé des personnes de pieté, que des Savans. Plusieurs distingués par leur devotion se mirent sous sa conduite, & quantité de Savans se firent un honneur de le frequenter & de le consulter. Il travailloit avec zéle à la sanctification des premiers, & les seconds tiroient de grands secours tant de ses avis, que des Manuscrits qu'il leur prêtoit liberalement.

Il a eu la direction de la Bibliotheque de l'Abbaye de *S. Germain des Prés*, qu'il a mis en ordre, dont il a fait le Catalogue, & qu'il a augmentée de plusieurs livres qu'il a ramassés avec beaucoup de soin.

Il a passé toute sa vie dans une entiere retraite, ne sortant presque point, se communicant fort peu, évitant les visites & les conversations inutiles, parlant modestement & avec retenue.

Enfin accablé de travail, d'infirmités & d'années, il mourut aussi saintement qu'il avoit vécu, dans l'Abbaye de *Saint-Germain des Prés* le 29 Avril 1685. âgé de 76 ans. Le P. *le Cerf* s'est trompé en mettant sa mort au 16 Avril, & en lui donnant alors 78 ans. L. D'ACHERI.

» *Luc d'Acheri* doit être consi-» deré comme un excellent compi-» lateur, qui avoit un talent parti-» culier pour deterrer d'anciens & » de précieux Monumens, & un goût » sur lequel le Public pouvoit se re-» poser pour en faire le choix & le » discernement ; mais ses remarques » ne sont pas d'un prix à soutenir » l'attention du Lecteur, & à exci-» ter sa curiosité. C'est le jugement que le P. *le Cerf* porte de cet Auteur.

Catalogue de ses Ouvrages.

1. *S. Barnabæ Epistola Catholica, Græce & Latine, cum notis & observationibus Hugonis Menardi. Paris.* 1645. *in*-4°. Le P. *Hugues Menard* avoit eu dessein de publier cette lettre, qui n'avoit point encore été donnée au Public, & l'avoit dans cette vûë éclaircie par plusieurs notes, mais étant mort avant qu'elle eût pu être imprimée, le P. *d'Acheri* prit soin de l'édition, & c'est la seule part qu'il y a euë.

2. *B. Lanfranci, Cantuariensis Ar-*

L. D'ACHERI.

*chiepiſcopi, & Angliæ Primatis, Ord. S. Benedicti, Opera omnia quæ reperiri potuerunt. Evulgavit D. Lucas Dacherius, Vitam & Epiſtolas Notis & Obſervationibus illuſtravit, & Appendicem adjecit. Pariſ.* 1648. *in-fol.* Les notes ſont exactes & ſavantes, au jugement de M. *Du Pin.* Les pieces contenues dans l'Appendix ſont les ſuivantes : *Chronicon Beccenſe : Vita B. Herluini Fundatoris, ac primi Abbatis Becci, & quatuor priorum Abbatum ejuſdem Monaſterii : Vita S. Auguſtini Anglorum Apoſtoli : Tractatus duo de Eucharistiæ Sacramento contra Berengarium ; Hugonis Lingonenſis Epiſcopi, & Durandi Abbatis Troarnenſis. Teiſſier* dans ſes additions à la *Bibliotheca Bibliothecarum* du P. *Labbe* dit que *Luc d'Acheri* publia à *Paris* en 1648. la Vie de *S. Auguſtin.* Ce qui pourroit faire croire que ce ſeroit un Ouvrage de ſa façon, qui regarderoit le fameux Evêque d'*Hippone.* Mais il faut entendre par là la vie de S. *Auguſtin* Apôtre d'Angleterre, qui ſe trouve dans l'Appendix de *Lanfranc*, & qui n'eſt pas de d'*Acheri*, mais d'un ancien Auteur.

3. *Asceticorum, vulgo spiritualium, Opusculorum, quæ inter Patrum opera reperiuntur, Indiculus, Christianæ pietatis cultoribus ab Asceta Benedictino digestus. Paris.* 1648. *in*-4°. It. *Secunda editio auctior. Paris.* 1671. *in*-4°. Ce n'est pas un simple Catalogue; l'Auteur fait voir en peu de mots le prix & la bonté de chaque livre & l'utilité qu'on en peut retirer, & marque à la marge les differentes personnes à qui conviennent davantage les differens Traitez, dont il propose la lecture. L. D'ACHERI.

4. *Venerabilis Guiberti Abbatis B. Mariæ de Novigento Opera omnia; Prodeunt nunc primum in lucem, una cum Appendice ad librum tertium de vita ipsius, nimirum Hermanni Monachi libri tres de Miraculis S. Mariæ, sive de reparatione Laudunensis Ecclesiæ; de gestis Bartholomæi Episcopi; ac de Origine & incremento Præmonstratensis ordinis. Item Notæ & Observationes ad quosdam V. Guiberti libros. Hic accedunt additamenta, in quibus, Vitæ S. Geremari, B. Simonis Comitis Crespeiensis, & S. Salabergæ Abbatissæ: nec non Hugonis Rotho-*

L. D'ACHERI.

*magensis Archiepiscopi libri tres dogmatum Christianæ fidei contra Hæreticos sui temporis ; & Roberti de Monte Accessiones, atque Appendix germana ad Sigebertum. Paris.* 1651. *in-fol.*

5. *Regula Solitariorum, sive exercitia quibus ad pietatem & ad Ecclesiastica munia instruebat Candidatos sæculo circiter nono Grimlaicus Sacerdos. Paris.* 1653. *in-*12.

6. *Veterum aliquot Scriptorum, qui in Galliæ Bibliothecis, maxime Benedictinorum supersunt, spicilegium. Paris.* 13. *vol. in-*4°. Le 1^r^ en 1655. Le 2^d^ en 1657. Le 3^e^ en 1659. Le 4^e^ & le 5^e^ en 1661. Le 6^e^ en 1664. Le 7^e^ en 1666. Le 8^e^ en 1668. Le 9^e^ en 1669. Le 10^e^ en 1671. Le 11^e^ en 1672. Le 12^e^ en 1675. & le 13^e^ en 1677. Le P. d'*Acheri* a mis à la tête de chaque volume une Préface, où il parle de presque toutes les pieces qui y sont contenues. Comme ces pieces ont été placées au hasard, & à mesure qu'elles tomboient entre les mains de l'Editeur, sans aucun égard au temps où elles avoient été composées, ni aux matieres dont elles traitoient, il a ajouté à la fin du 13^e^ Volume

lume un Index où elles sont rangées par ordre Chronologique. Ce Recueil étant devenu rare, on en a publié une seconde édition : *Editio nova, priori accuratior, & infinitis prope mendis ad fidem MSS. Cod. quorum varias lectiones Steph. Baluze, & Edm. Martene collegerunt, expurgata per Lud. Franciscum de la Barre Tornacensem. Paris.* 1724. *in-fol. trois Volumes.* Les pieces sont rangées dans cette édition par ordre de Matieres, & celles de chaque matiere suivant l'ordre Chronologique. L. D'ACHERI.

7. *Acta Sanctorum Ordinis S. Benedicti, in sæculorum classes distributa. Sæculum* I. *quod est ab anno Christi* 500 *ad* 600. *Paris.* 1668. *in-fol.*

*Sæculum* II. *ab anno* 600 *ad* 700. *Paris.* 1669. *in-fol.*

*Sæculum* III. *ab anno* 700 *ad* 800. *Pars* 1ª & 2ª. *Paris* 1672. *in-fol. deux vol.*

*Sæculum* IV. *ab anno* 800 *ad* 900. *Paris. in-fol. Pars* 1ª. 1677. *Pars* 2ª. 1680.

*Sæculum* V. *ab anno* 900 *ad* 1000. *Paris.* 1685. *in-fol.*

*Sæculum* VI. *ab anno* 1000 *ad* 1100.

L. D'ACHERI. *Pars* 1ª & 2ª. *Paris*. 1701. *in-fol. deux vol.* Le P. *d'Acheri* a rassemblé les Ouvrages qui entrent dans cette compilation, & le P. *Mabillon* en a fait les Prefaces, les Notes & les observations.

V. *Son Eloge dans le Journal des Savans du 26 Novembre 1685. Bibliotheque des Auteurs de la Cong. de S. Maur du P. le Cerf. Bibliotheca Benedictino-Mauriana Bernardi Pez. Du Pin, Bibliotheque des Auteurs Ecclesiastiques.*

---

## LAURENT PIGNORIA.

L. PIGNORIA. LAURENT *Pignoria* naquit à *Padoue* le 12 Octobre 1571. d'*Antoine Pignoria*.

Il apprit les humanités sous les Jesuites qui enseignoient alors à *Padoue*, & sous quelques autres maîtres ; & s'appliqua ensuite à la Philosophie sous *Jean Baptiste Scortia*, Jesuite de *Gennes*, dont on a deux livres *de Natura & incremento Nili* imprimés à *Lyon* en 1617. *in*-8°. sous *Jerôme Dandini* aussi Jesuite, qui est principalement connu par ſon Voya-ge du *Mont-Liban*, ſous *François Picolomini*, & *Jaques Zabarella*, tous deux Profeſſeurs dans l'Univerſité de Padoue. L. PIGNORIA.

Ses études Philoſophiques étant finies, il ſe livra au penchant qu'il ſe ſentoit pour les Belles-Lettres; mais les exhortations de ſon pere l'engagerent quelque temps après à ſe donner a l'étude du Droit qu'il apprit des plus fameux Profeſſeurs de ce temps-là, *Gui Pancirole*, *Ange Mattheacio*, *Ottonello Diſcalcio*, & *Marc-Antoine Ottelio*.

*Marc Cornaro*, Evêque de *Padoue*, touché de ſon bon naturel & de ſes heureuſes diſpoſitions, le choiſit enſuite pour ſon Secretaire, & lui donna l'ordre de Prêtriſe en 1602. Ce Prelat ayant été à *Rome* en 1605. y mena avec lui *Pignoria*, qui y demeura deux ans occupé à viſiter les Antiquités de cette ville, à frequenter les Bibliotheques, à conferer les anciens manuſcrits, & à converſer avec les Savans.

De retour à *Padoue* il fut nommé Curé de l'Egliſe de *S. Laurent*, par

L. PIGNORIA. les Religieuses de *S. Etienne*, dont il fut ensuite Confesseur, après l'avoir été de celles de *Sainte Claire*. Dans ces differens postes, il donnoit tous ses momens de loisir à l'étude de l'Antiquité, qui faisoit tous ses delices, & dans laquelle il se rendit très-habile. *Galilée* lui offrit une chaire de Belles-Lettres & d'Eloquence dans l'Université de *Pise*; mais l'amour qu'il avoit pour sa patrie & pour son repos la lui fit refuser.

En 1630. le Cardinal *François Barberin* lui procura un Canonicat de l'Eglise de *Trevise*; mais il n'en jouit pas longtemps; car la peste étant survenue à *Padoue* l'année suivante, il en fut attaqué & en mourut le 13 Juin dans sa 60 année.

*Dominique Molino* lui fit mettre cette inscription sous le Portique de l'Eglise de *S. Laurent*.

*D. O. M.*

*Laurentio Pignorio,*

*Alteri hujusce Ecclesiæ primum Parocho, deinde Tarvisii Canonico, Pietate ac morum sanctitate spectatissimo, vero candoris & pudoris exemplo, lue-*

*rarum omnium, cùm graviorum, tum politiorum peritissimo, penitioris antiquitatis, non minus certo, quam curioso indagatori, Patriæ, Amicorum, & sui ipsius Memoriæ, luculentissimis scriptionibus propagatori, Musarum denique & Gratiarum Corculo, & Ocello.* L. PIGNORIA.

*Dominicus Molinus Sen. Ven. Amico ac hospiti carissimo & jucundiss. P.*

*Ob. anno* 1631. *Idibus Junii. Vixit an.* 59. *Mens.* 8.

C'étoit un homme d'une belle taille, grave dans sa demarche, & un peu pensif, mais au reste doux & aimable dans ses manieres.

Il étoit de l'Academie des *Ricovrati* de *Padoue*, dont il faisoit un des principaux ornemens.

Il avoit amassé un riche cabinet rempli de diverses curiosités de l'art & de la Nature & de Manuscrits tant Latins, que Grecs & Italiens. *Tomasini* a donné un détail de tout ce qui y étoit contenu, & on le trouve à la fin de la vie de *Pignoria* écrite par ce Prelat.

Catalogue de ses Ouvrages.

1. *Vetustissimæ Tabulæ æneæ Hieroglyphicis, hoc est, Sacris Ægyptiorum*

L. PIGNORIA.

*literis cœlatæ, accurata explicatio; in qua antiquissimarum superstitionum Origines, progressiones, ritus, ad Barbaram, Græcam, Romanamque Historiam illustrandam, enarrantur; & multa scriptorum veterum loca quà explanantur, quà emendantur; Auct. L. Pignorio. Accessit ab eodem Auctuarium, in quo ex antiquis Sigillis, Gemmisque selectiora quædam ejus generis, & veterum Hæreticorum Amuleta exhibentur. Venetiis* 1605. *in*-4°. Cette Table avoit deja été publiée par *Enée Vico.* It. sous ce titre : *Laurentii Pignorii Characteres Ægyptii, hoc est, Sacrorum quibus Ægyptii utuntur, simulachrorum Delineatio & Explicatio, cum ejusdem Auctuario; cum figuris æneis per Fratres de Bry incisis. Francofurti* 1608. *in*-4°. It. sous ce nouveau titre: *L. Pignorii Mensa Isiaca; quà Sacrorum apud Ægyptios ratio & simulacra subjectis tabulis æneis simul exhibentur & explicantur. Accessit ejusdem Authoris de Magna Deum Matre discursus, & Sigillorum, Gemmarum, Amuletorum aliquot figuræ & earumdem ex Kirchero Chiffletioque interpretatio; nec non Jacobi Philippi Tomasini Ma-*

*nus ænea*, *& de vita rebusque Pignorii* *Dissertatio. Amstelodami* 1669. *in*-4°. L. PIGNORIA.

2. *De servis & eorum apud Veteres Ministeriis Commentarius cum figuris; Accessit Ant. Velseri de Zeta & Zetario, sive Diæta & Diætario Epistola. Augustæ Vind.* 1613. *in*-4°. It. *Editio Secunda. Patavii* 1656. *in*-4°. It. *Amstelodami* 1674. *in*-12.

3. *L'Attestatione di Giulio Paolo. In Padoua* 1620. *in*-4°.

4. *Prosopopæia Aldinæ Catellæ. Patavii* 1620. *in-fol*. It. sous cet autre titre: *Lacrymæ Poeticæ in obitum Aldinæ Catellæ. Paris.* 1621. *in*-8°.

5. *Andreæ Alciati Emblemata cum Commentariis Claudii Minois, Francisci Sanctii & Notis Laurentii Pignorii. Patavii* 1621. *in*-4°.

6. *Magnæ Deum Matris Idææ & Attidis initia ex Vetustis Monumentis nuper Tornaci Nerviorum erutis. Paris.* 1623. *in*-4°. It. *Edente iterum & explicante accuratius L. Pignorio. Venetiis* 1624. *in*-4°. It. à la suite de la *Mensa Isiaca. Amstelod.* 1669. *in*-4°. It. à la p. 505. du 7$^{e}$ tome des Antiquités Greques de *Gronovius*.

7. *Carmen ad Urbanum VIII.*

L. PIGNO-RIA. *Pont. Max. Patavii* 1623. *in*-4°.

8. *Aponus ad Franciscum Barbarinum Cardinalem. Patavii* 1623. *in*-4°.

9. *Gareggiamento vicendevole in lode dell' Illust. Signor Domenico Molino. In Venetia* 1624. *in*-4°.

10. *Notizie Istoriche di Lorenzo Pignoria, sopra la Gierusalemme di Torquato Tasso. In Venetia* 1624. *in*-24. avec les Remarques de *Scipion Gentilis* & de *Jules Guastavini* sur le même Poeme. It. *In Padoua* 1628. *in*-4°. Avec les mêmes Remarques & la *Jerusalem* du *Tasse*.

11. *Le Origini di Padoua. Con figure. In Padoua* 1625. *in*-4°.

12. *L'Antenore, o vero Dichiaratione & illustratione del Sepolcro di questo fundatore di Padoua, con Annotationi e figure. In Padoua* 1625. *in*-4°.

13. *La Principessa delle compositioni sfiorata. In Venetia* 1625. *in*-4°.

14. *Miscella Elogiorum, Adclamationum, Adlocutionum, Conclamationum, Epitaphiorum & Inscriptionum. Patavii* 1626. *in*-4°.

15. *Della consecratione delle Vergini. In Padoua* 1626. *in*-4°.

16. *La Vita di Santa Giustina Ver-*

*gine, e Protomartire Padouana. In Padoua* 1626. *in*-4°. L. PIGNORIA.

17. *Annotazioni & Aggiunte al libro dell' Imagini de gli Dei di Vicenzo Cartari. In Padoua* 1626. *in*-4°. Avec l'Ouvrage de *Cartari*.

18. *Symbolarum Epistolicarum liber, in quo nonnulla ex Antiquitatis, Juris Civilis, & Historiæ penu depromuntur & illustrantur, multaque Autorum loca emendantur & explicantur. Patavii* 1628. *in*-8°. It. *Ibid.* 1629. *in*-8°.

19. *Antiquissimæ Picturæ, quæ Romæ visitur, Typus, à L. Pignorio explicatus, ad Cassianum à Puteo, Equitem. Patavii* 1630. *in*-4°.

20. *Spicilegium in Albertini Mussati Historiam Augustam Henrici VII.* Avec cette Histoire imprimée à *Venise* en 1636. *in-fol.*

21. *Strenæ variæ nov-antiquæ à Laur. Pignorio oblatæ & inscriptæ Ascanio Zabarellæ. in*-4°.

22. Jacobi Cavacii, *Patavini, illustrium Anachoretarum Elogia, sive Religiosi viri Musæum. Venetiis* 1625. *in*-4°. C'est *Pignoria* qui a publié cet Ouvrage, après l'avoir revû, & y a ajouté une Preface.

L. Pignoria. V. Son Eloge par *Jaques Philippe Tomasini tom.* 2e *de ses Eloges p.* 199. & à la suite de la *Mensa Isiaca* de l'Edition de 1669. où l'on a ajouté la date des éditions de ses Ouvrages. *Freher* qui a extrait de cet Eloge ce qu'il rapporte de *Pignoria* dans son *Theatrum virorum Doctorum p.* 1526. l'a estropié, & l'a contredit en plusieurs endroits, faute de l'avoir entendu.

---

## PHILIPPE CLUVIER.

P. Cluvier. PHILIPPE *Cluvier*, ou plutôt *Cluwer*, comme on doit l'appeller (en Latin *Cluverius*) naquit l'an 1580. à *Dantzic*, où son pere étoit Directeur de la Monnoye.

On n'épargna rien pour lui donner une bonne éducation. Il fit ses premieres études dans sa patrie, & on l'envoya ensuite en Pologne pour y apprendre la langue du Pays. Il passa de là en Allemagne, où il étudia quelque temps; après quoi son pere qui vouloit qu'il s'appliquât à la Jurisprudence, l'envoya à *Leyde*

dans ce deſſein. Mais comme il n'a- P. CLUVIER.
voit aucun goût pour cette ſcience, & qu'il s'en ſentoit beaucoup pour la Geographie, il ſe livra tout entier à celle-ci par le conſeil de *Joſeph Scaliger.*

Non content de l'apprendre dans les livres, il forma le deſſein de voyager pour voir les choſes par lui même; il commenca par le Brabant, tant pour viſiter les villes de cette Province, que pour avoir la ſatisfaction de voir *Juſte Lipſe* dont la reputation faiſoit alors du bruit. Mais ce voyage ne fut point heureux; il ne vit point *Lipſe*, qui étoit alors abſent de *Louvain*, & il fut volé dans la route, & depouillé de tout ce qu'il avoit. Cette diſgrace l'obligea à retourner le plus vîte qu'il put à *Leyde.*

D'ailleurs ſon pere irrité de ce qu'il avoit abandonné l'étude du Droit, qu'il regardoit comme la ſeule voye par laquelle il pût s'élever aux honneurs & aux dignités, ne voulut plus fournir à ſa depenſe, & lui refuſa les ſecours les plus neceſſaires.

P. CLUVIER.

Il se vit par-là reduit à la triste necessité de se mettre dans les Troupes, pour pouvoir subsister. Il servit en Boheme & en Hongrie pendant deux ans, au bout desquels ayant eu occasion de connoître le Baron de *Popel*, qui avoit été mis en prison par ordre de l'Empereur, ce Seigneur le chargea de mettre en Latin l'Apologie qu'il avoit composée, pour se défendre des accusations intentées contre lui, & l'envoya en Hollande pour l'y faire imprimer.

Cet Ouvrage n'eut pas plutôt paru, que *Cluvier* fut mis en prison, à la requisition de l'Ambassadeur de l'Empereur. Dès qu'il en fut sorti, il reprit son premier dessein de voyager, & passa en Angleterre où il demeura quelque temps, & se maria.

De retour en Hollande, après avoir fait quelques voyages en France, il commenca en 1611. à y publier ses Ouvrages, qui lui procurerent en 1616. une pension de la part de l'Academie de *Leyde*, avec esperance de quelque chose de plus considerable. Il se fixa alors dans cette ville, &

travailla à la description de l'Italie P. CLU-
& de la Sicile, qu'il acheva en seize VIER.
mois. Mais avant que de la publier, il voulut faire un voyage dans les lieux qu'il avoit décrits, pour en parler avec plus de certitude; ce voyage d'Italie, pour lequel les Curateurs de l'Academie de *Leyde* lui firent donner une certaine somme, dura un an, & il y eut à souffrir beaucoup de fatigues, pour satisfaire sa curiosité. Il s'acquit dans ses courses l'amitié & l'estime des Italiens, qui dès qu'il fut de retour à *Leyde*, lui offrirent une chaire de Geographie & d'Histoire ancienne, dans quelqu'une de leurs Universités.

*Cluvier* fut quelque temps incertain du parti qu'il prendroit, mais enfin il se determina à demeurer à *Leyde*, & travailla à achever sa description de l'Italie. Il avoit conçu le dessein de plusieurs autres Ouvrages semblables, mais il ne put l'executer, une mort prematurée l'ayant enlevé l'an 1623. dans sa 43$^{e}$ année.

Il savoit dix langues, la Gréque,

P. CLUVIER.

la Latine, la Françoise, l'Italienne, l'Allemande, la Flamande, l'Angloise, la Polonoise, la Hongroise & la Bohemienne. On s'est trompé dans le Dictionnaire de *Morery*, en disant que lorsqu'il fut de retour à *Leyde*, il enseigna avec applaudissement; *Meursius*, dont cet article est pris, dit le contraire dans son *Athenæ Batavæ*, & marque que l'Academie lui donna une pension, sans l'engager à enseigner les autres, mais seulement pour l'aider dans ses propres études. Il est vrai qu'il avoit des disciples, à qui il enseignoit en particulier la Geographie, mais l'expression de *Morery* dit quelque chose de plus, & ne peut convenir qu'à une Profession publique.

Catalogue de ses Ouvrages.

1. Il a fait une traduction Latine de l'Apologie du Baron de *Popel*, qui a été imprimée en Hollande, comme je l'ai dit ci-dessus.

2. Il dressa en 1603. une Carte de l'Italie ancienne.

3. *De tribus Rheni Alveis, atque Ostiis, & de quinque populis quondam Accolis. Lugd. Bat.* 1611. *in*-4°.

Ce fut un prélude de l'Ouvrage suivant. Il a été attaqué par *Jean Isaac Pontanus*, qui avoit des sentimens differens sur cette matiere. P. CLUVIER.

4. *Germaniæ antiquæ libri tres, nec non Vindelicia & Noricum. Lugd. Bat.* 1616. *in-fol. deux vol.* Cet Ouvrage est très-savant ; mais *Cluvier* y donne quelquefois trop à la conjecture. Le celebre *Grotius*, qui estimoit cet Ouvrage, ne pouvoit pas néanmoins lui passer une hardiesse trop marquée & trop conjecturale. Il y a au reste des recherches très-utiles pour ceux qui ont assez de lumieres pour en profiter. (*Lenglet. Cat. des Historiens*) *Jean Bunon* en a donné un abregé, dans lequel il a supprimé les témoignages des anciens Auteurs, que *Cluvier* avoit ramassé avec beaucoup de soin. *Phil. Cluverii Germania antiqua in compendium redacta à Joan. Bunone. Guelpherbyti* 1663. *in*-4°. Cet abregé est si mal imprimé, que quand il seroit encore meilleur qu'il n'est, on seroit dégoûté de sa lecture. (*Lenglet. Ibid.*)

L'Ouvrage de *Cluvier* a été attaqué plusieurs années après sa publication

P. CLUVIER.

par divers Auteurs. Tels sont les suivans.

*George Stiernhielm* dans son *Anti-Cluverius ; seu scriptum breve Johanni Cluverio oppositum, Gentis Gothicæ originem & antiquissimam in Scandia vel Scandinavia sedem vindicans. Holmiæ* 1685. *in*-8°. *Baillet* n'a pas fait mention de ce livre dans ses *Anti.*

*Marc Zuerius Boxhornius*, qui dans son Histoire Universelle p. 217. a combattu le sentiment de *Cluvier*, qui donne la même origine aux Goths & aux Getes.

*Jaques Thomasius*, qui a pretendu refuter dans un Programme, qui fait la 52e de ses Dissertations imprimées à *Hall* en 1603. *in*-8°. ce que *Cluvier* a avancé sur les Dieux des anciens Germains.

5. *Siciliæ Antiquæ libri duo, Sardinia ac Corsica Antiqua. Lugduni Batav.* 1619. *in-fol. Jean Bunon* en a donné un Abregé, qui a été imprimé à *Wolfembutel* en 1659. *in*-4°.

6. *Italia Antiqua. Lugd. Bat.* 1624. *in-fol.* L'Abbé *Lenglet* met une édition de 1616. mais il n'y en a point eu cette année, la seule qu'on ait est celle

celle de 1624. qui fut donnée après la mort de *Cluvier* par les ſoins de *Daniel Heinſius*. Cet Ouvrage eſt accompagné comme les autres deſcriptions de *Cluvier*, d'un grand nombre de Cartes, que *Jean Bunon* a conſervées dans ſes abregés, en les reduiſant à une plus petite forme. Son abregé de l'Italie parut à *Wolfembutel* en 1659. *in*-4°. *Luc Holſtenius* a fait des notes ſur l'Italie ancienne de *Cluvier*, qui ont été imprimées à *Rome* en 1666. *in*-8°. P. CLUVIER.

7. *Introductionis in Univerſam Geographiam tam veterem quam novam libri ſex. Lugd. Bat. Elzevir* 1629. *in*-12. *pp*. 252. C'eſt la premiere & la meilleure édition qui a été publiée par les ſoins de *Joſeph Vorſtius*, & qui a été ſuivie d'un grand nombre d'autres. Voici les principales.

*Amſtelodami. Apud J. Hondium* 1629. *in*-12. *pp*. 328. Quoique le titre porte: *Editio ultima prioribus emendatior*, elle eſt remplie de fautes, outre que le caractere & le papier ne ſont pas à beaucoup près ſi beaux que dans l'édition d'*Elzevir*.

P. CLUVIER.

*Paris. Guil. Pelé.* 1631. *in*-12. *pp.* 506. Le caractere de cette édition est beaucoup plus gros que dans les precedentes ; au reste elle est correcte.

*Lugd. Bat.* 1634. *in*-12. Avec *P. Bertii Breviarium Orbis Terrarum.*

*Paris* 1641. *in*-12. Avec *P. Bertii Breviarium.*

*Amstelodami. Lud. Elzevir* 1651. *in*-8°. Cette édition est semblable à la precedente.

*Lugduni Batavorum.* 1654. *in*-24.

*Oxonii.* 1657. *in*-8°. Avec *P. Bertii Breviarium.*

*Amstelodami.* 1659. *in*-12.

*Amstel. Elzevir* 1661. *in*-12. Avec *rtii Breviarium.*

*Paris. Joh. Henault.* 1661. *in*-16. On trouve à la fin de cette édition, *Philippi Labbe Geographiæ Episcopalis Breviarium.*

*Guelferbyti.* 1661. *in*-4°. Avec les Notes de *Jean Bunon* & 42. Cartes. Le Commentaire de *Bunon* sur *Cluvier* est bon, & si l'on y avoit corrigé, ou supplée quelques petites choses, on pourroit se passer de tous les autres. C'est le jugement qu'en fait M. de *la Martiniere.*

*Amstelodami.* 1665. *in*-24. P. CLUVIER.

*Lugduni.* 1666. *in*-16.

*Guelferbyti.* 1667. *in*-4°. C'est la 2e édition de *Bunon.*

*Amstelodami.* 1669. *in*-12.

*Guelferbyti.* 1672. *in*-4°. Troisiéme édition de *Bunon.*

*Amstelodami.* 1676. *in*-4°.

*Guelferbyti.* 1678. *in*-4°. Quatrieme édition de *Bunon.*

*Amstelodami* 1683. *in*-4°. Cette édition a de plus que les autres, outre le *Breviarium Bertii, Oratio Danielis Heinsii in Obitum Philippi Cluverii.*

*Amstel.* 1685. *in*-12.

*Ibid.* 1697. *in*-4°. Avec les Notes de *Bunon*, augmentées de celles de *Jean Frederic Hekelius*, & de *Jean Reiskius.* M. de *la Martiniere* juge fort desavantageusement des Notes d'*Hekelius*, dans lesquelles il ne trouve que des fadaises, & des bévues aussi grossieres que celles d'avoir transporté le premier Concile de *Nicée* dans le Piémont. Pour ce qui est de celles de *Reiskius*, il ne les reprend que d'être chargées de trop d'Astronomie, & d'une érudi-

P. CLUVIER.

tion trop au-dessus de la portée des jeunes gens, pour qui cet Ouvrage est particulierement dressé.

*Londini* 1711. *in*-4°. Avec les Notes de *Bunon*, d'*Hekelius*, de *Reiskius*, & de nouvelles qui portent le nom de *Guillaume Reading*, mais qui sont remplies de tant d'erreurs & de pauvretés, que M. de *la Martiniere* croit qu'elles ne peuvent être de lui, mais de quelque ignorant qui aura usurpé son nom, pour les faire mieux recevoir.

*Amstelodami* 1729. *in*-4°. *Cum integris Johannis Bunonis, Joh. Frid. Hekelii, & Joh. Reiskii, & Selectis Londinensibus notis. Textum ad optimas editiones recognovit: Pauca Cluverii, multa Interpretum Sphalmata obelo notavit; Bunonianis Tabulis Geographicis passim emendatis novas accuratiores addidit; Præfationemque de Cluverii fatis & scriptis Historico-Criticam, cum præcognitis Geographicis præfixit Augustinus Bruzen la Martiniere, Hisp. Regis Philippi V. Geographus.* *

V. *Meursius Athenæ Batavæ. p.* 291. son Oraison funebre par *Da-*

* Ce livre se trouve à Paris chez Briasson.

*niel Heinsius* à la fin de l'*Introductio in Geographiam* de l'Edition d'*Amsterdam* 1684. *in*-4°. & dans les *Memoriæ Philosophorum Henningi Witten tom.* 1. *p.* 120. *Andreæ Charitii Commentatio de Viris eruditis Gedani ortis p.* 25. La Preface de M. de *la Martiniere*. P. CLUVIER.

---

## JEAN BALESDENS.

JEAN *Balesdens* né à *Paris*, vers la fin du 16ᵉ siecle prit le parti de la Robbe, & se fit recevoir Avocat au Parlement & au Conseil. J. BALESDENS.

Il s'attacha au Chancelier *Seguier*, & ce fut vraisemblablement ce qui lui procura une entrée à l'Academie Françoise; car du reste il paroît, à l'egard du stile, n'avoir atteint que la mediocrité, même pour le temps où il vivoit.

Après la mort de M. *Maynard* arrivée le 28. Decembre 1646. il fut sur les rangs avec *Pierre Corneille* pour lui succeder, & » comme il » avoit l'honneur d'être à M. le » Chancelier, dit M. *Pellisson*, l'A-

J. BALESDENS. » cademie eut ce respect pour son » Protecteur, de députer vers lui » cinq des Academiciens, pour savoir si ces deux propositions lui » étoient également agreables. M. » le Chancelier témoigna qu'il vouloit laisser une entiere liberté à la » Compagnie. Mais lorsqu'elle commencoit à deliberer sur ce sujet, » M. l'Abbé de *Cerisy* lui presenta » une lettre de M. de *Balesdens*, » pleine de beaucoup de civilités pour elle, & pour M. *Corneille*, qu'il prioit la Compagnie de » vouloir preferer à lui, protestant » qu'il lui déferoit cet honneur, » comme lui étant dû par toutes sortes de raisons. La lettre fut lue, » & louée par l'Assemblée, & depuis il fut reçu en la premiere place vacante, qui fut celle de M. de » *Malleville*; c'est-à-dire, peu de » temps après, vers l'an 1647.

Dans un des Privileges obtenus en son nom, il joint à sa qualité d'Avocat, celle de *Prieur de Saint-Germain d'Alluye*. Ce qui fait voir qu'il n'étoit point marié.

Il mourut à *Paris* en 1675.

L'Abbé *de Marolles* s'applaudit dans ses Memoires p. 32. de sa connoissance, & dit qu'il demeuroit au College d'*Harcour*, chez un bon homme, appellé *le Landez*, depuis Docteur en Theologie, & qu'il étoit d'une humeur gaye & d'un entretien divertissant. C'étoit en 1616. qu'il fit connoissance avec lui, ainsi *Balesdens* doit être mort fort âgé. J. BALESDENS.

*Chapelain* dans sa *liste des gens de Lettres* en parle ainsi. » Il est plus » curieux qu'habile, & plus cupi» de de gloire que glorieux. Tout » ce qu'il a publié de lui, est au des» sous de la mediocrité. On lui a » l'obligation des *Eloges de Papirius* » *Masson*, & de quelques *Ouvrages* » *de Gregoire de Tours*. Il a encore des » Manuscrits fort considerables de » gens de Lettres à donner. C'est un » bon homme.

Catalogue de ses Ouvrages.

1. *Chartiludium Logicæ, seu Logica Poetica vel Memorativa R. P. Th. Murner Argent. Ord. Minorum. Opus quod centum amplius annis in tenebris latuit, erutum & in apertam sæculi hujusce curiosi lucem productum, Opera, notis, & conjecturis Joan. Balesdens.*

☞ J. BALESDENS. *Paris.* 1629. *in*-8°. *Thomas Murner*, Cordelier Allemand, né à *Strasbourg*, enseignant la Philosophie à *Cracovie*, s'apperçut que les jeunes gens étoient rebutés des Ecrits de *Pierre d'Espagne*, qu'on donnoit alors aux Logiciens, pour apprendre les termes de la Dialectique, & resolut de faire une nouvelle Methode par images & par figures, en forme de Jeu de Cartes, afin que le plaisir engageant les jeunes gens à cette espece de Jeu, leur fît surmonter toutes les difficultés, qui se trouvent dans cette étude épineuse. Il le fit avec tant de succès, qu'un des principaux Docteurs de l'Université de *Cracovie* dit dans une attestation, qui est à la fin de cet Ouvrage, que dans les commencemens ce Pere fut soupçonné de Magie, par ce que ses Ecoliers faisoient en un mois des progrès extraordinaires dans l'Etude de la Logique, & que pour se justifier il fut obligé de produire ce nouveau Jeu, qu'il avoit engagé par serment ses Ecoliers à ne faire connoitre à personne, de le produire, dis-je, aux yeux des Docteurs de de l'Université, qui non seulement l'approuverent, mais l'admirerent comme quelque chose de divin, & lui firent donner vingt-quatre Florins, monnoye de Hongrie, pour recompenser son habileté & son adresse. Il falloit que les Esprits fussent alors disposés bien differemment qu'ils ne le sont aujourd'hui. Car son livre bien loin de pouvoir à present contribuer à l'avancement de la jeunesse dans l'étude de la Logique, ne serviroit qu'à lui embrouiller l'esprit par mille choses inutiles, qui n'apprennent rien, & ne conduisent à rien. En effet ce jeu est composé de figures extrêmement bizarres, qui demandent bien de l'attention ; & la Logique, telle qu'on l'enseigne maintenant, est plus facile à apprendre, que ne le sont les significations de toutes ces figures. L'Ouvrage de *Turner* a été imprimé pour la premiere fois à *Bruxelles* par *Thomas Vandvot* l'an 1609. *in*-8°.

J. BALESDENS.

2. *In quatuor Sacro-Sancta Jesu-Christi Evangelia, nec non Actus Apostolicos, facillima clarissimaque Scholia. Auctore Joanne Gagneo. Paris.* 1631.

J. BALESDENS. *in*-8°. Ces Scholies de *Jean Gagney*, Docteur de la Faculté de Theologie de *Paris*, mort en 1549. avoient déja été imprimées plusieurs fois. Leur bonté engagea *Balesdens* à en procurer une nouvelle édition. En effet elles ont merité les louanges de M. *Simon*, qui assure dans son *Histoire Critique de Nouveau Testament*, que *Gagney* y fait connoître qu'il entendoit la matiere qu'il traite, qu'il étoit même habile dans la critique, & que sa Méthode est judicieuse.

3. *Hieronymi Savonarolæ Ferrariensis Triumphus Crucis, sive de Veritate Fidei libri* IV. *Recens in lucem editus, Lugd. Bat.* 1633. *in*-12. *pp.* 399. *Balesdens* a eu soin de cette édition de l'Ouvrage de *Savonarole* ; de même que des Traités suivans du même Auteur, quoique son nom n'y paroisse nulle part.

4. *Ejusdem Expositio Orationis Dominicæ, sive in eam Lectio, Meditatio, Oratio, Contemplatio, & Sermo in Vigiliam Nativitatis Domini. Lugd. Bat.* 1633. *in*-12.

5. *Ejusdem Orationis Dominicæ pia & erudita explanatio : Una cum Pre-*

*cationibus ex quaque Explanatione deductis. Accedit Oratio compendiosa, septem petitiones in Oratione Dominica expressas, complectens. Lugd. Bat.* 1633. *in*-12. A la suite du livre précedent. J. BALESDENS.

6. *Ejusdem Meditationes in Psalmos* Miserere; In te Domine speravi, *&* Qui regis Israel. *Lugd. Bat.* 1633. *in*-12.

7. *Ejusdem Dialogus, cui titulus, Solatium Itineris mei. Lugd. Bat.* 1633. *in*-12.

8. *Ejusdem de Simplicitate Vitæ Christianæ libri* v. *Lugd. Bat.* 1633. *in*-12. It. *Paris.* 1637. *in*-12.

9. *Les Vies des très-illustres & très-Saintes Dames Vierges & Martyres de l'Eglise, recueillies en plus grand nombre, & mises en meilleur stile, qu'elles n'ont jamais été vûes, suivant l'ordre des jours que les Chrétiens solemnisent leurs festes. Paris* 1635. *in*-8°. *pp.* 864. M. l'Abbé d'*Olivet* n'a pas fait mention de cet Ouvrage, non plus que des Editions que *Balesdens* a données des Ouvrages de *Savonarole.*

10. *Guil. Postelli de Republica &*

J. BALESDENS. *Magistratibus Atheniensium liber; edente J. Balesdens* 1635. *in*-24. Oublié par M. l'Abbé d'*Olivet*.

11. *Rudimenta cognitionis Dei & sui, opus singulare ac pium. E Musæo Joan. Balesdens. Paris.* 1636. *in*-12. *pp.* 235. *Balesdens* dit dans la Préface ignorer l'Auteur de cet Ouvrage, qui est écrit d'un stile simple, & qui finit par un petit discours de l'Auteur à ses Enfans, lequel est daté de *Paris* le 18. Avril 1580. pendant les Guerres Civiles; mais on sait qu'il est de *Pierre Seguier*, Président à Mortier.

12. *Joan. Papirii Massonis Elogia varia, nunc primum conjunctim edita, & in duas partes divisa. Studio & opera J. B. A. Paris.* 1638. *in*-8°. 2 *vol.* C'est ce qu'il a publié de meilleur & de plus utile.

13. *Le Transport du Dauphiné fait à la Maison & Couronne de France par Humbert Dauphin de Viennois en* 1343. *extrait de la Chambre des Comptes de Dauphiné, publié par Jean Balesdens. Paris* 1639. *in*-8°.

14. *S. Gregorii Episcopi Turonici opera pia. Paris.* 1640. *in*-12. 2. *vol.*

15. *Hieronymi Savonarolæ Eruditorium Confessorum. Monasterii* 1640. *in*-12. Cet Ouvrage a été imprimé à *Leyde* & non point à *Munster*, comme porte le titre. Les Bibliothecaires de l'ordre de *S. Dominique*, qui font mention de cet Ouvrage, donnent à *Balesdens* la qualité de Prêtre, que je ne crois pas qu'il ait jamais eue. J. BALESDENS.

16. *Le Miroir des Pécheurs penitens, traduit de l'Italien. Paris* 1641. *in*-12.

17. *Epîtres de Sainte-Catherine de Sienne, avec sa Vie, par J. Balesdens. Paris* 1644. *in*-4°. M. l'Abbé d'*Olivet* a encore omis cette traduction.

18. *Les Fables d'Esope Phrygien traduites en François, & accompagnées de Maximes morales & politiques pour la conduite de la vie. Paris* 1644. *in*-8°.

19. *Exercice Spirituel, où le Chrétien apprend la maniere de bien employer le temps. Paris* 1645. *in*-12.

20. *Traité de l'Eau de vie, ou Anatomie theorique & pratique du Vin, par Jean Bronaut. Paris* 1646. *in*-4°.

21. *Lettre à Messieurs de l'Academie. Paris* 1647. *in*-8°. C'est celle

J. BALESDENS.

qu'il leur écrivit pour les prier de lui préferer M. Corneille.

22. *Lettre à M. de l'Estoile sur la Comedie des Filoux*. A la tête de cette Comedie. 1648.

23. *Le Procès de la Jalousie, avec l'Avis de M. Balesdens à M. le Chancelier. Paris* 1661. *in*-12.

24. *Lettre sur la Mort du P. Fronteau*. A la p. 194. de *Jo. Frontonis Memoria &c. Paris* 1663. *in*-4°.

V. *L'Histoire de l'Academie Françoise par M. Pellisson & les Additions de M. l'Abbé d'Olivet.*

---

## JACQUES PELETIER.

J. PELETIER.

JACQUES *Peletier* naquit au *Mans* le 25 Juillet 1517. Il vint de bonne heure faire ses études à *Paris* dans le College de *Navarre*, & il y étudia en Philosophie & en Mathematiques sous *Jean Peletier*, son frere aîné, qui les y professoit.

Il ne quitta ce College, que pour passer à celui de *Bayeux*, dont il étoit Principal en 1547. lorsqu'il fit dans l'Eglise de Nôtre-Dame l'Oraison funebre d'*Henri VIII.* Roi d'Angleterre, mort au commencement de cette année. J. PELETIER.

On voit par une de ses Lettres, qu'il avoit étudié près de cinq ans en Droit, mais que degoûté de cette Science, il étoit retourné à la Philosophie qu'il avoit abandonnée pour elle. Il l'abandonna encore dans la suite, par le Conseil de son frere, dont il suivoit ponctuellement les avis, pour se donner à la Medecine, dans laquelle il se fit recevoir Docteur, & qui lui fut plus utile que ne lui avoient été les autres sciences.

Mais comme il étoit naturellement inconstant, il ne put se resoudre à suivre les voyes de la fortune que celle-ci commençoit à lui ouvrir. Il crut qu'il trouveroit mieux ailleurs dequoi se satisfaire.

Il alla donc vers l'an 1550. à *Bourdeaux*, d'où il passa à *Poitiers*; mais n'ayant pas trouvé dans ces deux Villes ce qu'il souhaittoit, il se transporta à *Lyon*, où il demeura quelques années & composa plusieurs Ouvrages.

En 1557. il écrivit à *Pontus de*

J. PELETIER. *Tyard* qu'il se disposoit à partir pour *Rome*, où l'on lui promettoit un poste assez considerable. Je ne sai s'il fit ce voyage ; si cela est, il ne demeura pas longtemps en Italie, car il revint à *Paris* à la fin de l'année suivante 1558. lassé, a ce qu'il mandoit à son frere, de ses courses & de ses voyages.

Son inquiétude naturelle le reprit cependant dans la suite ; car à peine eut-il demeuré quelques années à *Paris*, qu'il s'en alla en Savoye, & fit quelque séjour à *Anneci*, où il composa un Poeme sur ce qu'il avoit vû de remarquable dans ce Pays.

Il ne termina ses Voyages que vers l'an 1573. qu'il se fixa à *Paris*, ayant été alors fait Principal du College du *Mans*.

Il mourut dans ce poste au mois de Juillet 1582. âgé de 65 ans. C'est la date que *Scevole de Sainte-Marthe* rapporte dans l'Eloge qu'il a donné de ce Sçavant, où il marque qu'il deceda le même mois que *Philippe Strozzi* Lieutenant General de l'Armée Navale Françoise qui fut défait par la Flote Espagnole près de l'Isle de *S. Michel*; ce qui arriva le 26 Juillet 1582. Cette date est trop circonstanciée, pour ne la pas préferer à celle de *Jaques Severt*, qui a été suivie par M. *de Launoy*, & qui met sa mort en 1586. *La Croix du Maine* est incertain entre les années 1581. & 1582. mais il se trompe en marquant qu'il mourut vers Pasques. M. *de Thou* a mis aussi sa mort en 1582. J. PELETIER.

*Peletier* s'est appliqué également aux Mathematiques, à la Poesie Françoise, & aux Belles-Lettres; la Medecine est ce qui l'a occupé le moins, & il a peu écrit en ce genre là.

Catalogue de ses Ouvrages.

1. *L'Art Poetique d'Horace mis en François. Paris. Michel Vascosan.* 1545. *in*-8°. Cette traduction est en vers.

2. *Oeuvres Poetiques; A sçavoir, les deux premiers livres de l'Odyssée d'Homere. Le premier livre des Georgiques de Virgile. Trois Odes d'Horace. Une Epigramme de Martial. Douze Sonnets de Petrarque. Congratulation sur le nouveau Regne de Henri II. de ce nom. Epigrammes. L'Antithese du Courtisan, & de l'homme de repos.*

J. PELETIER. *Epître à Saint-Gelais. Paris, Michel Vascosan* 1547. *in*-8°.

3. *Oraison funébre sur la mort de Henri VIII. Roi d'Angleterre*, prononcée en l'Eglise de Nôtre-Dame à *Paris*, par le commandement du Roy François I. C'est ainsi que *la Croix du Maine* parle de ce discours, mais il ne marque point s'il a été imprimé.

4. *Dialogues de l'Ortografe è prononciacion Françoese, en deux livres. Avec une Apologie à Loys Meygret. Poitiers, Enguilbert de Marnef.* 1550. *in*-8°. It. *Lyon. Jean de Tournes* 1555. *in*-8°. M. de *Sainte Marthe* dans l'Eloge qu'il a donné de *Peletier*, témoigne que cet Auteur a écrit très-purement en François, & qu'ayant composé ses Dialogues sur notre Ortographe d'une maniere élegante pour ce temps-là, il a établi par cet Ouvrage les fondemens de la réputation qu'il acquit dans la suite. Cependant son Ortographe, qu'il vouloit rendre entiérement conforme à la prononciation, n'a pas fait fortune, quoiqu'il l'ait suivie dans la plûpart des Ouvrages qu'il publia

dans la suite, entre autres dans son *Art Poetique* & dans son *Algebre*; & qu'il ait fait tous ses efforts pour la soutenir contre *Louis Maigret*, qui l'avoit attaquée. J. PELLETIER.

5. *Enseignemens de Vertu au petit Seigneur Timoleon de Cossé, premier fils de M. le Maréchal de Brissac. Lyon, de Tournes 1554. in-16.*

6. *L'Algebre departie en deux livres. Lyon. Jean de Tournes 1554. in-8°.*

7. *L'Arithmetique departie en quatre livres, revûe & corrigée. Lyon. Jean de Tournes 1554. in-8°.* Cette Arithmetique avoit déja été imprimée à *Poitiers* vers l'an 1551. Le P. *Dechalles* dans sa Bibliotheque des Mathematiciens fait assez de cas de cet Ouvrage, où il trouve tout exact & bon.

8. *Art Poetique François, divisé en deux livres. Lyon. Jean de Tournes 1555. in-8°.* Il n'y a rien de fort singulier, si l'on en excepte la bizarrerie de l'Ortographe. Néanmoins plusieurs ont jugé ses maximes assez judicieuses. (*Baillet Jugem. des Savans.*)

9. *Les Amours des Amours, conte-*

J. PELLETIER. nant 96 Sonnets. L'Amour volant. Le Parnasse. L'Uranie. L'Air, les trois Regions de l'Air, la Rosée, le Frimas, la Pluyë, la Grêle, la Neige, les Vents, la Foudre, la Lune, Mercure, le Soleil, Mars. Vers Lyriques. Le Rossignol. La description des quatre Saisons de l'année. Epître à M. le Maréchal de Brissac. Lyon. Jean de Tournes 1555. in-8°.

10. *Opuscules en Vers; A sçavoir, Chanson, Epigrammes, Sonnets, Ode, Epithalame, Ode à Louyse Labé Lyonnoise, le Desesperé, le Content, l'Alouete. Lyon. Jean de Tournes* 1555. *in*-8°. A la suite de l'*Art Poetique François* de *Peletier*.

11. *Demonstrationum in Euclidis Elementa Geometrica libri sex, quibus octo adjiciuntur Epistolæ. Lugduni. Apud Joannem Tornæsium* 1557. *in*-8°. Les huit Lettres ajoutées aux Démonstrations sur *Euclide* sont adressées, la premiere à *Jean Peletier* son frere; la 2e à *Pontus de Tyard*; la 3e à *Pierre Ronsard*; la 4e à *Maurice Sceve*; la 5e à *Jean Fernel*; la 6e à *Jerôme Cardan*; la 7e à *Pierre Nonius*, & la 8e à *Paschase Hamel*. Ce détail sert à

faire connoître ceux avec qui il étoit en commerce de Lettres, & en liaison d'amitié. Quant aux Démonstrations de *Peletier*, elles ont merité les louanges du P. *Dechalles*. J. PELLETIER.

12. *Exhortatio pacificatoria ad Christianos Principes, Carolum V. Imperatorem & Henricum II. Galliæ Regem. Paris. Michel Vascosan* 1558. *in*-8°. It. en François : *L'Exhortation de la paix entre Charles V. & Henri II. Paris. André Wechel* 1558. *in*-8°.

13. *Demonstrationes tres. Prima de Anguli Rectilinei & Curvilinei æqualitate. Secunda de lineæ in tres partes continue proportionales Sectione. Tertia de Areæ trianguli ex Numeris æstimatione. Paris. Apud Hieronymum Marnef.* 1559. *in*-4°.

14. *Commentarii tres; primus de dimensione Circuli; Secundus de Contactu Linearum, & de duabus Lineis in eodem Plano, neque parallelis, neque concurrentibus; tertius de constitutione horoscopii. Basileæ. Apud Joh. Oporinum.* 1563. Il doit y avoir eu une édition précedente.

15. *In Christophorum Clavium de Contactu Linearum Apologia. De Con-*

J. PELLETIER. *ciliatione locorum Galeni Sectiones duæ. De Peste libellus. Annotationes in Arithmeticam Gemmæ Frisii. Compendium de Fractionibus Astronomicis, & de cognoscendis per Memoriam Calendis, Nonis, Idibus, Festis mobilibus, & loco Solis & Lunæ in Zodiaco. Paris.* 1559. *Apud Guil. Cavellatum* 1559. *in*-4°.

16. *La Savoye, ou Description du Pays de Savoye, en trois livres. Annecy. Jâques Bertrand* 1572. *in*-8°.

17. *De l'usage de Geometrie. Paris Gilles Gourbin* 1573. *in*-4°.

18. *Les Louanges; à sçavoir, la Parole; les trois Graces; l'Honneur; le Fourmy; la Science. Plus, Description de deux Planetes, Jupiter & Saturne. Aucuns passages traduits de Virgile. Paris. Robert Colombel* 1581. *in*-4°. Ces Pieces sont en vers.

19. *Epistola ad Jacobum Billeum.* Inserée dans l'*Histoire du College de Navarre* par M. *de Launoy* tom. 1. p. 363. Elle est datée du 22 Avril 1582.

20. » *Les nouvelles Récreations de* » *Bonaventure des Periers*, dit *la Croix* » *du Maine*, est un livre de l'inven-

» tion dudit *Peletier*, & de *Nicolas* » *Denisot* du *Mans*, surnommé le » Comte d'*Alsinois*. Je ne veux pas » nier qu'il n'y ait quelques Contes » en ce livre de l'invention dudit » *Bonaventure*; mais les principaux » Auteurs de ce gentil & plaisant » livre de Faceties, sont les susdits » *Peletier* & *Denisot*, quoiqu'il ait » été imprimé sous le nom dudit » *des Periers*. Cependant *Etienne Pasquier* assure dans une de ses Lettres, que *Peletier* n'a rien contribué à cet Ouvrage.

J. PELETIER.

*Jâques Peletier* eut cinq freres; *Alexandre*, *Victor*, *Pierre*, *Jean* & *Julien*, dont les deux derniers principalement ont été renommés par leur habileté dans les Lettres, quoiqu'ils n'ayent rien donné au public. Il faut en dire ici quelque chose.

*Jean Peletier*, aîné de notre Auteur, que par quelque changement dans son nom on appelloit *le Peletier*, enseigna d'abord la Philosophie & les Mathematiques au College de *Navarre*; il reçut ensuite le Bonnet de Docteur en Theologie en 1539, devint grand Maître de la Maison de

J. PELETIER.

*Navarre* en 1555. assista au Colloque de Poissy, & ensuite au Concile de *Trente*, où il étoit, lorsqu'il fut fait Curé de *S. Jâques de la Boucherie*, & mourut le 28 Septembre 1583.

*Julien Peletier*, frere puisné de *Jean*, fut fait en 1576. Principal des Philosophes du College de *Navarre*, & Docteur en Theologie en 1580. & succeda à *Jean* son frere dans la Cure de *S. Jâques de la Boucherie*. Il fut pendant la Ligue un des plus furieux Ligueurs, qu'il y eût alors à *Paris*, & il fut pour cela condamné à la Roue & exécuté en effigie le 11 Mars 1595.

V. *Les Bibliotheques Françoises de la Croix du Maine, & de Du Verdier. Joan. Launoii Navarræ Gymnasii Historia tom. 2. p. 744. Les Eloges de Sainte-Marthe liv. 3e.*

ROBERT

# ROBERT GARNIER.

ROBERT *Garnier* naquit l'an 1534. à la *Ferté-Bernard*, Ville du Maine. R. GARNIER.

Destiné à la Jurisprudence, il ne laissa pas de cultiver de bonne heure la Poesie Françoise, & il étudioit en Droit à *Toulouse*, lorsqu'il y remporta aux Jeux Floraux le prix de l'Eglantine.

Ayant donné ensuite dans la Poesie Tragique, il s'y proposa pour modele *Seneque*, dont le goût est bien moins juste que celui des Grecs, & il parvint à l'imiter parfaitement. C'est ce qui lui attira des louanges dans son temps, où l'on ignoroit les regles du Théatre, & ce qui fait la beauté des Pieces Tragiques; & c'est aussi ce qui fait qu'on ne tient plus aucun compte de ce qu'il a composé en ce genre, présentement que l'on est parfaitement instruit de toutes ces choses. Ainsi tous les Eloges qu'on lui a donné autrefois, & qu'on a poussé jusqu'au point de le

R. GARNIER.

comparer aux anciens Poetes Tragiques de la Gréce, ne sont plus de mise maintenant, & ses Tragedies ne peuvent plus être regardées que comme des pieces qui sont au dessous du mediocre.

Au reste il faut avouer que *Garnier* avoit beaucoup de facilité pour la versification, puisque malgré les distractions que lui causoient les differentes Charges qu'il a remplies, il n'a pas laissé de composer un assez grand nombre de Poesies.

Il fut d'abord Conseiller au Présidial du *Mans*, & devint ensuite Lieutenant Criminel au même Siege. Il remplissoit cette derniere Charge en 1584. lorsque *La Croix du Maine* publia sa Bibliotheque Françoise.

Il vint peu de temps après à *Paris*, où le Roy l'avoit pourvû d'une Charge de Conseiller au grand Conseil; mais il n'y fit pas un long séjour: peu s'en fallut même qu'il n'y perit d'une mort cruelle & tragique. Car ses Domestiques resolurent de l'empoisonner avec sa Femme & ses Enfans, pour piller sa maison. Ces malheureux formerent ce dessein pendant une cruelle peste, qui regnoit à *Paris*, dans l'esperance que l'effet de leur poison seroit attribué à la malignité de la Contagion. Ils donnerent effectivement un breuvage à sa femme; mais les marques du poison ayant paru aussitôt, on la tira d'affaire par des remedes, & on arrêta les coupables, qui furent punis suivant leurs merites. R. GARNIER.

Il se retira dans la suite au *Mans*, où il mourut l'an 1590. âgé de 56 ans, & fut enterré dans l'Eglise des Cordeliers auprès de sa femme, qui étoit morte quelque temps auparavant. Cette femme s'appelloit *Françoise Hubert*, & étoit native de *Nogent le Rotrou. La Croix du Maine* en fait mention dans sa Bibliotheque Françoise, & en parle comme d'une personne versée dans la Poesie Françoise, & qui avoit composé plusieurs pieces de vers, mais dont aucune n'a été imprimée.

Catalogue de ses Ouvrages.

1. *Plaintes Amoureuses de R. Garnier, contenant Elegies, Sonnets, Epîtres, Chansons. Plus, deux Eglogues, la premiere apprêtée pour reciter devant*

R. GARNIER. *le Roy, & la seconde recitée en la ville de Toulouse devant la Majesté du Roy. Toulouse* 1565. *in*-4°. Ce sont les Poesies qu'il composa pendant son séjour à *Toulouse*.

2. *Hymne de la Monarchie. Paris* 1567. *in*-4°.

3. *Porcie, Tragedie. Paris* 1568. *in*-8°.

4. *Hyppolite, Tragedie. Ib.* 1573. *in*-8°.

5. *Cornelie, Tragedie. Ibid.* 1674. *in*-8°.

6. *Marc-Antoine, Trag.* 1678.

7. *La Troade, ou la prise & destruction de Troye, Trag. Paris* 1579.

8. *Antigone, ou la Pieté, Trag.* 1580. C'est une imitation de *Stace*.

9. *Bradamant, Tragicomedie, écrite à l'imitation de Roland le Furieux de l'Arioste. Paris* 1582.

10. *La Sedechie, ou les Juifves. Paris* 1583.

11. *Tragedies de Robert Garnier. Paris, Mamert Patisson.* 1582. *in*-12. It. *Toulouse* 1588. *in*-16. It. *Rouen* 1616. *in*-12. C'est un Recueil des Piéces précedentes.

V. *Les Bibliotheques Françoises de*

*La Croix du Maine & de Du Verdier. Les Eloges de Sainte Marthe liv. 4. Les Eloges de M. de Thou.*

## NICOLAS-JEROSME GUNDLING.

NICOLAS-*Jerôme Gundling* naquit le 25 Fevrier 1671. à *Kirchenſittenbach*, autrefois Ville conſiderable, & à preſent bien mediocre, appartenante à la Republique de *Nuremberg*, de *Wolfgang Gundling* Miniſtre de ce lieu, qui le devint enſuite d'une des Principales Egliſes de *Nuremberg*, & d'*Helene Vogel*, fille de *Jean Vogel*, Recteur de l'Ecole de *Nuremberg*. N. J. GUNDLING.

On prétend que les *Gundling* ſont iſſus des *Bergen*, famille noble du Brabant, & qu'un de cette famille s'étant retiré en Allemagne ſous le regne de l'Empereur *Maximilien I.* s'inſinua ſi avant dans ſes bonnes graces, qu'il fut ſurnommé *Gundling*, c'eſt-à-dire *le Favori*; ſurnom, qui devint & a toujours été depuis le nom de la famille.

N. J. GUNDLING.

*Wolfgang Gundling*, pere de notre Auteur, mort en 1689. a figuré dans la République des Lettres, & je trouve trois Ouvrages, qu'il a donnés au public.

*Eustratii Johannidis Zialowski Rutheni Brevis delineatio Ecclesiæ Orientalis Græcæ, numquam antehac, nunc vero cum notis evulgata à Wolfgango Gundlingio, Eccl. ad D. Laurentii apud Noribergenses Ministro. Norimbergæ* 1681. *in*-8°.

*Canones Græci Concilii Laodiceni cum versionibus Gentiani Herveti, Dionysii Exigui, Isidori Mercatoris, & observationibus Wolfg. Gundlingii. Noribergæ* 1684. *in*-8°.

*Wolfg. Gundlingii Annotationes in Concilii Gangrensis Canones XX. Altdorfii* 1695. *in*-8°. Cet ouvrage posthume a été imprimé par les soins de *Jean Fabricius*, Professeur d'*Altorf*.

*Nicolas-Jerôme Gundling* fit paroître dès son enfance une memoire excellente, & un desir ardent d'acquerir des connoissances. Ce fut par un mouvement de curiosité assez naturel à un enfant vif comme lui, qu'un jour il monta sur le haut d'une montagne déserte, si escarpée, qu'elle en étoit presque inaccessible. La difficulté étoit d'en descendre, & ce ne fut que par une espece de miracle, qu'au bout de trois jours de faim, de soif, & de froid, cet enfant, qui n'avoit pas encore quatre ans, & que ses Parens regardoient comme perdu pour eux, trouva moyen de descendre cette montagne par les endroits les moins roides, & en se tenant aux buissons dont elle étoit couverte.

N. J. GUNDLING.

Echappé à ce danger, il vit la tendresse & les soins de ses parens redoubler à son égard. Rien ne fut omis pour son éducation, & on l'appliqua sur tout de bonne heure à des études convenables au Ministere, auquel son pere le destinoit. Peut-être sa mort, arrivée dans le temps que notre Auteur devoit aller à l'Academie, contribua-t-elle à faire changer cette destination. Ce ne fut pas neanmoins sitôt qu'il renonça à la Theologie.

Il fit ses études à *Altorf* sous plusieurs habiles Maîtres, entre autres sous *Jean Fabricius*. D'*Altorf* il alla

N. J. GUNDLING.

à *Jene* & à *Lipsic*, d'où il retourna à *Altorf*. Quelque temps après il passa à *Nuremberg*, où on lui confia des jeunes gens de distinction, qu'on souhaittoit qu'il menât à *Hall*.

Il y arriva en 1698. & ce fut là que le fameux *Thomasius*, charmé de ses talens & de son sçavoir, s'attacha particulierement à lui, en fit un disciple cheri, & l'engagea à abandonner la Theologie, & à joindre l'étude de la Jurisprudence à celle des Belles-Lettres, dans laquelle il avoit deja fait de très-grands progrès. Plus il étoit entré tard dans cette nouvelle carriere, & mieux il sçut écarter les obstacles, se garantir des fausses routes, & prendre les mesures les plus propres à s'y distinguer.

Apeine eut-il passé quelques années à *Hall*, qu'il devint habile Jurisconsulte. Il prit ses degrès en Droit en 1703. après avoir soutenu l'Examen & les Theses ordinaires avec un applaudissement general.

Ce fut alors que resolu de ne plus quitter le genre de vie Academique, auquel il s'étoit appliqué avec succès, il donna des leçons de Philosophie,

phie, d'Histoire, d'Eloquence, & de Droit. Les disciples qu'il forma, & les Ecrits qu'il continua de publier, le firent bientôt connoître à la Cour de *Berlin*, & lui procurerent en 1705. une chaire de Professeur extraordinaire en Philosophie à *Hall*, sans avoir été auparavant Maître ès Arts, comme cela se pratique ordinairement.

N. J. GUNDLING.

L'Année suivante 1706. il fut appellé pour succeder à *Jean Christophe Wagenseil*, dont la mort arrivée le 9 Octobre 1705. laissoit vacante à *Altorf* la place de Professeur en Droit Public & en Droit Canon; mais on le retint à *Hall*, où d'ailleurs il étoit assez porté à demeurer, en lui conferant la Profession ordinaire de Philosophie.

Un peu après, c'est-à-dire l'année suivante, *Christophe Cellarius* étant mort, on y ajouta la charge de Professeur en Eloquence, & puis celle de Professeur en Droit Naturel.

Il fut fait aussi, à peu près dans le même temps, Conseiller du Consistoire du Duché de *Magdebourg*, qui étoit alors à *Hall*.

N. J. GUNDLING.

Chacune de ces fonctions semble demander un homme tout entier; cependant *Gundling* s'acquitta dignement de toutes. Aussi étoit-on si persuadé de sa capacité à la Cour de *Berlin*, qu'on l'y consultoit frequemment sur les affaires publiques; & les services qu'il lui a rendus en differentes occasions, lui ont valu le titre de Conseiller privé.

Si l'on ajoute à tout cela les qualités de Doyen de la Faculté de Philosophie, & de Pro-Recteur de l'Université, dont il a été revêtu plus d'une fois, on aura de la peine à comprendre, qu'il ait trouvé le moyen de composer, comme il a fait, un nombre assez considerable de bons livres.

La chose paroît d'autant plus incroyable, que *Gundling* se maria, & ne fut pas heureux en Mariage. Il eut cependant de sa femme, qui appartenoit à une famille que l'opulence & les honneurs ont distinguée, trois fils & une fille.

Pendant l'été de 1729. il fut attaqué d'un crachement de sang, joint à une forte toux, qu'une saignée, &

quelques autres remedes guerirent ; mais au bout de quelques mois, il lui survint une fiévre lente, accompagnée d'une toux séche, d'un grand épuisement, d'insomnie & de palpitation de cœur ; accidens qui parurent bientôt incurables, & qui le conduisirent au tombeau. N. J. GUNDLING.

Il mourut le 16 Decembre 1729. dans sa 59e année, étant alors Pro-Recteur de l'Université.

Il avoit une excellente memoire, beaucoup d'esprit, de vivacité, d'éloquence, de jugement, & par-dessus tout cela une application infatigable au travail ; desorte qu'il ne lui manquoit rien de ce qu'il faut pour faire un savant, & même un savant d'un commerce agréable. Theologien dans sa jeunesse, il avoit acquis les connoissances convenables à cette profession. Appellé depuis à enseigner la Philosophie, la Litterature, & le Droit, il excella dans tous ces divers genres d'érudition. Une foule de Disciples, parmi lesquels on comptoit beaucoup de personnes de distinction, applaudit constamment au Professeur, depuis son entrée dans

N. J. GUNDLING.

l'Université jusqu'à sa fin. Le prompt débit des Ouvrages qu'il faisoit imprimer lui répondoit de l'approbation du Public plus sûrement encore que les louanges qu'il recevoit de toutes parts. Il eût été à souhaiter qu'il eût toujours observé dans ses Ecrits les regles d'une moderation Philosophique & Chrétienne; mais porté naturellement à la Satyre, il eut trop de cette sensibilité litteraire, qui souvent fait oublier aux plus grands hommes dans la pratique, les leçons de politesse qu'ils savent si bien donner aux autres.

Catalogue de ses Ouvrages.

1. *Nouveaux Entretiens. Janvier, Fevrier, & Mars* 1703. (en Allemand) *Hall* 1703. *in*-8°.

2. *Projet d'un Cours d'Histoire Litteraire.* (en Allemand) *Hall* 1703. *in*-8°.

3. *Historia Philosophiæ Moralis. Halæ in*-8°.

4. *Otia. Halæ in*-8°. C'est un Recueil de Discours sur divers sujets de Physique, de Morale, de Politique & d'Histoire. Il est écrit en Allemand.

*5. Schediasma de Jure Oppignorati Territorii, secundum Jus Gentium & Teutonicum. Halæ* 1706. *in*-4°. *pp.* 92. N. J. GUNDLING.

Il s'agit particuliérement dans cette Dissertation de l'engagement des Souverainetés. Comme dans ces sortes d'engagemens, la proprieté du Domaine passe ordinairement aux Engagistes, contre la disposition du Droit de *Justinien*, où le gage n'est qu'une assurance entre les mains du Créancier, & dont le débiteur demeure toujours proprietaire; quelques Docteurs, comme *Grotius*, *Carpzovius*, & *Colerus*, étant persuadés que tout ce qui s'écartoit en cela du Droit Romain, n'étoit ni juste ni conforme à la droite raison, ont condamné un Usage reçu non seulement en Allemagne, mais presque dans toute l'Europe. *Gundling* entreprend ici de montrer que cet Usage est fondé en raison, parce que les interests des Princes & des Etats se reglent tout autrement que ceux des particuliers.

*6. Status naturalis Hobbesii in corpore Juris Civilis defensus & defendendus. Halæ* 1706. *in*-4°.

N. J. GUNDLING.

7. *De statu Reipublicæ Germanicæ sub Conrado I. Halæ* 1706. *in*-4°. M. *Ludewig* a écrit contre cette piece un Ouvrage intitulé : *Germania Princeps post Carolingica sub Conrado I.*

8. *Observationum Selectarum ad Rem Litterariam spectantium Tom.* 1. *Francof.* 1706. *in*-8°. Il y a dans ce Recueil, qui n'a point eu d'autre volume, sept Dissertations de *Gundling*. 1°. *De Vita, fatis, & scriptis Conradi Celtis.* 2°. *Hobbesius ab Atheismo liberatus.* 3°. *Conjecturæ in locum ad Ephesios* VI. 12. 4°. *Adolphus Nassovius injuste depositus.* 5°. *Joannes Casa an defenderit crimen Pæderastiæ.* 6. *De Origine Sepulchrorum in templis.* 7°. *De Theodora Imperatrice & Justiniani M. uxore.* Avec une autre d'un Anonyme *de Beda & cognomine Venerabilis.*

9. On trouve quelques pieces de sa façon dans un Recueil en dix Volumes, dont celui dont je viens de parler est une suite, qui porte le même titre, & est cependant plus connu par celui d'*Observationes Halenses*, parce qu'il a été imprimé à *Hall.* Voici le détail de ces Pieces,

tel que *Gundling* lui-même nous le donne dans la Préface du Livre précedent. I°. *De Corrupta per locos Dialecticos Eloquentia.* Dans le I^r^. vol. p. 231. II°. *De intempestivo libros scribendi & disputandi pruritu.* Dans le 2e. p. I. III. *De Nævis Justini Martyris, præsertim in ratiocinando ab eo commissis.* Dans le même p. 89. IV. *De Justini Martyris Apologia Secunda.* Ibid. p. 170. V. *Præfatio tomi tertii.* Elle roule sur les Dedicaces des Livres. VI. *Bonifacius VIII. Johannis Rubei.* Dans le tome 3^e^. p. 73. C'est un extrait de la vie de *Boniface* par *Jean Rubeus.* VII. *De Stilo Lapidario Judicium.* Ibid. p. 98. VIII. *Notitia orbis Antiqui Christophori Cellarii.* Dans le 4^e^. tom. p. 323. C'est un extrait raisonné de ce livre. IX. *Conjecturæ de libro Sapientiæ.* Dans le 5e. tome p. 405. N. J. GUNDLING.

10. *Memoire Historique sur le Comté de Neufchatel & Vallengin* (en Allamand) *Hall* 1708. *in*-8°.

11. *Nicolai Burgundi Jurisconsulti & Professoris ordinarii Codicis in Academia Ingolstadiensi, Historia Belgica ab anno* 1558. *cum Præfatione Nic.*

N. J. GUNDLING.

*Hier. Gundlingii. Halæ* 1708. *in*-4°. La rareté de cette Histoire est le motif qui a engagé *Gundling* à la donner de nouveau au public.

12. *Joannis Casæ Latina Monumenta, cum Præfatione Nic. Hier. Gundlingii. Halæ* 1709. *in*-4°. *pp.* 193.

13. *Joannis Aventini Annalium Boiorum Libri* VII. *cum Doctissimorum Virorum quibuscumque Editionibus collati, emendatius auctiusque excusi. Quibus ejusdem Aventini Abacus, simul ac perrarus Francisci Guillimanni de Helvetia, seu rebus Helvetiorum Tractatus Lectoris curiosi commodo accesserunt; Præfationem curante Nic. Hier. Gundlingio. Lipsiæ* 1710. *in-fol.*

14. *De Henrico Aucupe, Franciæ Orientalis Saxonumque Rege, liber singularis, in quo Reipublicæ facies ex genuinis rerum documentis, Diplomatibus, Chartis, Scriptoribusque æqualibus in luce collocatur, erroresque clarissimorum virorum modeste confutantur, multa nova ex medii ævi Geographia atque Historia deducuntur, ac cognita denique melioribus argumentis testimo-*

*niisque illustrantur. Halæ* 1711. *in*-4°. N. J.
*pp*. 314. Cette Histoire est partagée GUNDLING.
en Texte & en Notes, suivant la
Méthode des Allemans, qui est assez commode pour voir la suite de l'Histoire. Les Notes sont amples, & remplies de citations & de judicieuses reflexions. Il y en a qui pourroient passer pour de justes Dissertations.

15. *De efficientia Metus, tum in promissionibus liberarum Gentium, tum etiam hominum privatorum, auxiliisque contra metum, liber singularis. Halæ* 1711. *in*-4°.

16. *Plan d'un Cours de Politique.* (en Allemand.)

17. *Schediasma Critico-Juridicum, quo C. Trebatius, J. Consultus ab injuriis tam veterum, quam recentiorum Autorum liberatur. Halæ* 1712. *in*-4°.

18. *Via ad Veritatem. Halæ* 1713. *in*-8°. 3 *tomes*. C'est un Cours de Philosophie, où l'Auteur ne traite que de la Logique dans le premier volume, de la Morale dans le 2ᵉ & du Droit Naturel dans le 3ᵉ. Il a été réimprimé plusieurs fois, quoiqu'il ait trouvé bien des Censeurs. C'est

N. J. GUNDLING.

sur tout à eux que *Gundling* s'adresse dans une espece d'*Appendix* ajouté depuis à son Ouvrage, & intitulé, *Allocutio ad inimicos*. Il a voulu introduire un nouveau principe du Droit Naturel; & au lieu que *Pufendorf* rapporte tout à la sociabilité, *Gundling* y substitue la paix du dehors (*Pax externa.*)

19. *Diatribe de Feudis Vexilli. Halæ* 1715. *in*-4°. Cette Dissertation est savante, & écrite avec précision & clarté.

20. *Dissertatio majorem à fœminis, quam à Viris requirens castitatem. Halæ* 1715. *in*-4°.

21. *An Nobilitet Venter? Halæ* 1715. *in*-4°.

22. *Gundlingiana. Hall in*-8°. C'est un Recueil de differentes piéces écrites en Allemand, tant sur la Jurisprudence, que sur la Philosophie, l'Histoire, & les Belles-Lettres; qui est divisé en 4 volumes, dont le premier a paru en 1715.

23. *De Transactionum stabilitate & instabilitate. Halæ* 1719. *in*-4°.

24. *De Causa & Origine unionis seu fœderis Electoratus. Halæ* 1720. *in*-4°.

25. *De Principe Hærede ex Testamento Civium. Halæ* 1721. *in*-4°. N. J. GUNDLING.

26. *Singularia ad Legem Majestatis, itemque de silentio in hoc crimine. Halæ* 1721. *in*-4°.

27. *De Transmissione Actorum in Legibus Imperii permissa ejusque repetitione. Halæ* 1722. *in*-4°.

28. *Libellus singularis de emptione uxorum, dote, & Morgengaba, ex Jure Germanico. Halæ* 1722. *in*-4°.

29. *Digesta. Halæ* 1723. *in*-4°. C'est le commencement d'un Commentaire sur les Pandectes, qu'il n'a pas continué.

30. *Plan d'une Histoire complette de l'Empire.* (en Allemand) *Hall* 1724. *in*-8°.

31. *Ethica, seu Philosophia Moralis, genuinis fundamentis superstructa & à præsumptis opinionibus aliisque ineptiis vacua. Editio* 2ª *auctior & emendatior. Halæ* 1726. *in*-8°. *pp*. 194. La 1ᵉ. édition avoit paru sous le titre general de *Via ad Veritatem*, à la suite de la Logique. V. *N°*. 18.

32. *Singularia de beneficio excussionis. Halæ* 1728. *in*-4°.

33. *De Erroribus Pragmaticorum.*

N. J. GUNDLING. *Halæ in*-4°. Je ne sçai de quelle année est cet Ouvrage, non plus que les suivans.

34. *De Universitate delinquente, ejusque pœnis. Halæ in*-4°.

35. *De Renunciations Hæreditatum filiorum illustrium. Ibid. in*-4°.

36. *De Litis contestatione commoda plerumque, incommoda nunquam. Ibid. in*-4°.

37. On a inseré quelques pieces de sa facon dans un Journal Allemand, intitulé : *Nouvelle Bibliotheque.*

V. *Bibliotheque Germanique tom.* 23. *p.* 144.

---

## EPIPHANE FERDINANDI.

E. FERDINANDI. EPIPHANE *Ferdinandi* naquit le 2 Novembre 1569. à *Messagna*, dans la terre d'Otrante, d'une des principales famille du Pays.

Il cultiva de bonne heure la Poesie Latine & Gréque, & fit de bons vers en ces deux Langues.

Après avoir fait ses Humanités dans sa patrie, il alla à *Naples* en

1583, & il y étudia deux ans en Philosophie, & s'y instruisit ensuite dans toutes les parties des Mathematiques. Son dessein étoit de passer après cela à l'étude de la Medecine; mais le Viceroy ayant pour des raisons de Politique ordonné sous de rigoureuses peines, que tous ceux qui n'étoient point du Pays eussent à se retirer chez eux, *Ferdinandi* retourna dans sa patrie en 1591. & se mit à y enseigner la Poetique, la Geometrie & la Philosophie, pour s'entretenir dans les connoissances qu'il avoit acquises dans toutes ces sciences. E. FERDINANDI.

L'Ordre du Viceroy ayant été revoqué au bout de six mois, *Ferdinandi* retourna à *Naples*, où il s'appliqua tout entier à la Medecine tant theorique que pratique, & se fit recevoir Docteur en cette science aussi bien qu'en Philosophie, le 24 Août 1594.

Il retourna l'année suivante dans sa patrie, où il se donna à la pratique de la Medecine, sans cependant s'y borner. Car il apprit pendant ce temps-là de lui-même la

E. FERDINANDI. Theologie, l'Astronomie, & même l'Astrologie.

Il se maria en 1597. & son mariage fut fécond, en ayant eu dix enfans.

En 1605. il fut élu Syndic general de sa patrie, & il s'acquitta de cette charge d'une maniere qui lui fit honneur.

*Julie Farnese* Princesse d'*Avetraria*, voulant en 1616. aller à *Rome* & ensuite à *Parme* avec ses enfans voir le Duc son frere, prit *Ferdinandi* pour l'accompagner dans ce voyage, en qualité de son Medecin ordinaire. Il ne fut pas plutôt à *Rome*, que sa réputation lui attira les visites de plusieurs Savans. A *Padoue* on lui offrit la premiere chaire de Medecine, mais l'attachement qu'il avoit pour sa patrie la lui fit refuser. Le Duc de *Parme* lui offrit une semblable chaire, qu'il refusa de même. Comme la Princesse *Farnese* devoit faire un long séjour à *Parme*, il en obtint au bout de quelque temps la permission de s'en retourner à *Messagna*.

Il vécut dans une parfaite santé

jusqu'à l'âge de 60 ans; mais il commenca alors à devenir fort infirme & à être sujet à une si grande difficulté de respiration, qu'il ne pouvoit presque plus visiter les Malades. Il eut cependant quelque relâche dans ses maux jusqu'à l'an 1638. qu'il n'en eut plus. Il mourut le 6 Decembre de cette année âgé de 69 ans. E. FERDINANDI.

C'étoit un homme d'un esprit fort & qui s'élevoit au-dessus des disgraces. L'Auteur de sa vie en rapporte ces deux exemples. Un jour pendant qu'il expliquoit à quelques jeunes gens que s'étoient attachés à lui pour apprendre la pratique de la Medecine, un Aphorisme d'*Hippocrate*, on lui vint apprendre qu'un de ses fils, âgé seulement de vingt ans, étoit mort à *Naples*, où il étudioit; cette triste nouvelle ne le troubla pas, il se contenta de dire : *Dominus dedit, Dominus abstulit*, & continua son explication. Une autrefois comme un de ses amis tâchoit de le consoler sur la mort de sa femme, qu'il aimoit tendrement, il lui répondit : *Je serois indigne du nom de*

E. FERDINANDI. *Philosophe, si je ne savois pas me consoler moi-même en de semblables occasions.*

Il a composé un grand nombre d'Ouvrages, mais on n'a imprimé que les quatre suivans.

1. *Theoremata Medica & Philosophica, mira doctrinæ varietate, novoque scribendi genere donata, & in tres libros digesta. Venetiis* 1611. *in-fol.*

2. *De Vita proroganda, seu Juventute conservanda & senectute retardanda. Neapoli.* 1612. *in-4°.*

3. *Centum Historiæ, seu observationes & casus Medici, omnes ferè Medicinæ partes, cunctosque Corporis humani morbos continentes, quæ non minus ob Theoricam & Praxim, quam ob variam eruditionem, aureasque digressiones erunt Philosophis & Medicis, aliarumque bonarum Artium studiosis apprimè utiles, necessariæ, ac perjucundæ, lectuque dignissimæ. Venetiis* 1621. *in-fol.* Cet Ouvrage a été réimprimé plusieurs fois en Allemagne & en Hollande.

4. *Aureus de Peste libellus, varia, curiosa, & utili doctrinâ refertus, atque*

*que in hoc tempore unicuique apprimè necessarius. Neapoli* 1631. *in*-4°. E. FERDINANDI.

V. Son Eloge par *Dominique de Angelis* dans *Le Vite de Letterati Salentini. Tom.* 2.

---

## JAQUES ZENO.

J. ZENO.

JAQUES *Zeno* naquit en 1417. à *Venise* de *Jâques Zeno* Senateur de cette ville.

Il étudia d'abord à *Padoue*, & s'y fit recevoir Docteur en Droit Civil & en Droit Canon. Il alla ensuite à *Florence* en 1439. dans le temps que le Pape *Eugene IV*. y tenoit un Concile, & il y fut honoré de la Charge de Soudiacre Apostolique, qui étoit alors plus considerable qu'elle n'est à present. Pendant son séjour en cette ville, il plaida en 1441. pour la Maison *Justiniani* de *Venise*, qui l'avoit chargé de ses interests dans une affaire qu'elle y avoit.

Sous le Pontificat de *Nicolas V*. il fut fait Referendaire Apostolique. Mais ce n'étoit là qu'un degré qui devoit le conduire à quelque chose

J. Zeno. de plus considerable. Il fut nommé aux Evêchez de *Feltre* & de *Belluno* qui étoient alors unis le 26 Avril 1446. selon *Piloni* dans son Histoire de *Belluno*, ou 1447. selon *Ughelli*.

Le Pape *Pie II.* le transfera en 1459. à l'Evêché de *Padoue*, qu'il conserva jusqu'à sa mort; ce que *Jaques de Bergame*, & après lui *Vossius* ont mal mis en 1476. Ce fut en 1481. qu'il mourut d'apoplexie, comme le marquent *Ughelli* & *Tomasini* dans son *Gymnasium Patavinum*.

Il avoit amassé une Bibliotheque fort curieuse, qui fut pillée après sa mort, mais que le Cardinal *Pierre Foscari* son successeur ramassa avec beaucoup de soin, & donna suivant ses intentions, au Chapitre de sa Cathedrale.

Catalogue de ses Ouvrages.

1. *De Vita & Moribus Nicolai Albergati Cardinalis Sanctæ Crucis. Coloniæ Agrippinæ* 1618. *in*-4°. *Zeno* composa cet Ouvrage, lorsqu'il étoit Evêque de *Feltre* & de *Belluno*; & le *P. George Garnefelt* Chartreux, la fit imprimer longtemps après, avec un discours de *Pogge* l'ancien sur la

mort de ce Cardinal. Les Bollandistes l'ont inseré dans les Actes des Saints au mois de May tome 2^e^. J. Zeno.

2. *De Vita, moribus, rebusque gestis Caroli Zeni Veneti ad Pium II. Pontificem Maximum.* Jâques Zeno fait dans cet Ouvrage le recit de la vie de son Ayeul mort en 1417. à l'âge de 84 ans. Il n'a jamais été imprimé ; mais on en a publié une traduction Italienne sous ce titre : *La Vita di Carlo Zeno descritta dal Rever. Gio. Giacomo Feltrense, & tradotta in volgare da Francesco Quirini. In Venezia* 1544. *in*-8°. It. 1606. *in*-8°. Je ne sai pourquoi le traducteur a estropié le nom de l'Auteur, & a passé sous silence celui de sa famille. On a fait aussi un abregé de cette vie, qui a paru sous ce titre : *Compendio della vita di Carlo Zeno, Nobile Veneziano, estratta dall Historia Latina di Giacomo Zeno, Vescovo di Feltre & di Belluno, per Hieronimo Diviaco da Montona. In Bergamo* 1691. *in*-4°. *Ughelli* & *Tomasini* se trompent lorsqu'il citent comme un Ouvrage de sa façon *Libri* x. *de rebus ab ipso gestis* ; puis-

J. ZENO. qu'il n'a jamais écrit d'Ouvrage semblable. Ils ont voulu apparemment parler du suivant, qui est effectivement en dix livres.

3. Il a écrit les Vies des Papes; mais cet Ouvrage qui ne va que jusqu'à la mort de Clement V. en 1314. n'a point été imprimé, il est en Manuscrit dans la Bibliotheque du Vatican, de même que quelques discours que *Zeno* a fait en differentes occasions.

V. *Le Jour. de Venise tom.* 18. *p.* 406.

---

## EDOUARD POCOCK.

E. POCOCK. EDOUARD *Pocock* naquit le 8. Novembre 1604. à *Oxford*, d'*Edouard Pocock* Bachelier en Theologie.

Après avoir fait ses premieres études à *Thame*, dans le Comté d'*Oxford*, il retourna dans cette ville, & il y fut fait en 1618. membre de College de la Madelaine, d'où il passa deux ans après à celui du Corps de Christ.

Son inclination particuliere le portoit à voyager ; ainsi lorsqu'il eut été reçu Maître ès Arts, il partit pour l'Orient, dont il visita plusieurs contrées, tant pour satisfaire cette inclination, que pour apprendre les langues Orientales, pour lesquelles ils avoit beaucoup de disposition. E. POCOCK.

Il employa quelques années à ces voyages. A son retour à *Oxford*, il prit le degré de Bachelier en Theologie, & vers le même temps, c'est-à-dire en 1636. *Guillaume Laud* Archevêque de *Cantorbery*, qui venoit de fonder une chaire de Professeur en langue Arabe dans l'Université d'*Oxford*, le choisit pour la remplir ; & il fit sa premiere leçon le 10 Août de cette année sur les sentences d'*Haly*, un des Successeurs de *Mahomet*.

L'année suivante ce Prélat l'envoya à *Constantinople*, pour y chercher des livres Arabes, & pour achever de s'y perfectionner dans cette langue.

Lorsqu'il fut retourné à *Oxford*, il obtint la Rectorerie de *Childrey*

E. Pocock. dans le Comté de *Berks*, & se maria avec *Marie Burdet*, dont il eut neuf enfans.

Au commencement de l'année 1648. il fut nommé Professeur en langue Hebraique, & Chanoine de l'Eglise de Christ; mais ayant refusé de prêter le serment que les Parlementaires exigoient alors des Membres de l'Université, il perdit ces deux postes, dont il fut dépouillé à la fin de l'année 1650. ou au commencement de la suivante.

Il se retira alors à *Childrey*, se contentant d'aller passer quelque partie de l'année, principalement le Carême, à *Oxford*, pour y remplir les fonctions de Professeur en Arabe; emploi qu'on lui avoit permis de conserver, parce qu'il n'y avoit alors personne qui fût en état de le remplir.

Il croyoit que personne ne pourroit l'inquiéter dans sa Rectorerie de *Childrey*; cependant il fut quelque temps après en danger de la perdre, sous prétexte d'incapacité. Les Commissaires preposés par le Protecteur *Olivier Cromwel* pour le

Gouvernement des Eglises de ce Comté, se servoient ordinairement de ce prétexte pour chasser les Ministres, qui paroissoient peu affectionnés au Gouvernement nouvellement établi, & voulurent s'en servir à l'egard de *Pocock*. Mais tant de personnes rendirent témoignage de son merite & de son habileté, qu'on le laissa joüir tranquillement de son benefice.

E. Pocock.

Au rétablissement du Roy *Charles II.* il rentra dans son Canonicat, dans son poste de Professeur en langue Hebraique, & se fit recevoir Docteur en Theologie le 20 Septembre 1660.

Depuis ce temps-là il vécut tranquille, occupé tout entier des fonctions de Professeur & de la composition de ses Ouvrages.

Il mourut le 10 Septembre 1691. âgé de 87 ans; & fut enterré dans l'Eglise Cathedrale d'*Oxford*, où on lui dressa un Monument de Marbre blanc avec cette Inscription.

*Edwardus Pocock S. T. D. (cujus si nomen audias, nil hic de fama desideres) natus est Oxoniæ Nov. 8. an.*

E. POCOCK. *Dom. 1604. Socius in Collegium Corp. Christi Cooptatus 1628. in Linguæ Arabicæ Lecturam publicè habendam primus est institutus 1636. deindè etiam in Hebraicam Professori Regio successit 1648. Desideratissimo Marito Sept. 10. 1691. in cælum reverso, Maria Burdet, ex qua Novenam suscepit prolem, tumulum hunc Mœrens posuit.*

*Thomas Hyde* fut son successeur dans la charge de Professeur en langue Arabe.

Catalogue de ses Ouvrages.

1. *Versio & Notæ ad quatuor Epistolas Syriace, videlicet, ad Petri Secundam, Johannis secundam & tertiam, & Judæ unam ex Manuscriptis in Bibliotheca Bodleiana nunc depromptas. Lugd. Bat.* 1630. *in*-4°.

2. *Specimen Historiæ Arabum, sive de Arabum populis eorumque Moribus. Oxoniæ* 1648. *in*-4°. It. *Oxoniæ* 1650. *in*-4°. M. *Simon* dans sa *Bibliotheque choisie* dit qu'il y a une édition de *Leipsic*, mais que celles d'*Oxford* doivent leur être préferées. Les Notes qui accompagnent cet Essay, que *Pocock* a pris de *Gregoire Abulfarage*, sont très-savantes

tes & très-judicieuſes, ſuivant le même M. *Simon*. Elles ſont tireés des plus ſavans Ecrivains Mahometans. E. POCOCK.

3. *Porta Moſis Arabice & Latine, cum Appendice Notarum Miſcellanearum ad varia S. Scripturæ loca. Oxonii* 1655. *in*-4°. M. *Simon* (*a*) loue beaucoup cet Ouvrage, & dit que *Pocock* y donne de grands éclairciſſemens à pluſieurs paſſages obſcurs des Livres ſacrés; qu'il fait connoître en même temps ce qu'il y a de meilleur & de plus rare dans la litterature Orientale, & que s'il cite les Rabbins, il ſçait faire le diſcernement de ce qu'il y a de plus rare & de plus ſenſé parmi eux. Il ajoute par rapport à ſes autres Ouvrages, qu'ils ont eu une approbation univerſelle; que ce ſavant Auteur y fait paroître non ſeulement un grand fond d'érudition, mais auſſi beaucoup de jugement; qu'ils doivent être recherchés avec ſoin par les ſavans, & tenir un rang conſiderable dans les bonnes Bibliotheques.

4. *De ratione Variantium in Pen-*

(*a*) *Bibliot. Choiſie to.* 2. *p.* 78.

E. POCOCK. *tateucho Arabico Lectionum.* Inseré dans le 6<sup>e</sup>. vol. de la Polyglotte d'Angleterre.

5. *Contextio Gemmarum, sive Eutychii Patriarchæ Alexandrini Annales, Interprete Edwardo Pocockio, Oxonii* 1659. *in*-8°. Cet Ouvrage est en Arabe & en Latin.

6. *Grotius de Veritate Christianæ Religionis Arabice versus. Oxonii* 1660. *in*-8°. Cette traduction est accompagnée des remarques de *Pocock*.

7. *Tograi Carmen Arabicum, cum versione Latina & notis. Oxonii* 1661. *in*-8°.

8. *Gregorii Abulpharagii Historia Dynastiarum Arabice & Latine, cum Appendice. Oxonii* 1663. *in*-4°. L'Université d'*Oxford* donna 140 livres sterling pour l'impression de cet Ouvrage.

9. *Commentaire sur les Prophetes Michée & Malachie.* (en Anglois) *Oxford* 1677. *in-fol.*

10. *Commentaire sur le Prophete Osée* (en Anglois) *Oxford* 1685. *in-fol.*

11. *Commentaire sur le Prophete Joel.* (en Anglois) *Oxford* 1691. &

1692. *in-fol.* It. *Ex Anglico Latine factus. Lipsiæ* 1695. *in-4°.* E. POCOCK.

12. *Mosis Maimonidis Præfatio in Misnam, in Latinum versa.* A la tête d'une partie de la *Misna* publiée par *Guillaume Guise* à *Oxford* en 1690. *in-4°.*

13. *Pocock* a aussi traduit, à la priere du Docteur *Huntington*, la plus grande partie de la Liturgie Anglicane en Arabe, & cette traduction a été imprimée; mais la plûpart des exemplaires ont été envoyés en Turquie.

Un de ses fils, nommé comme lui, a composé quelques Ouvrages qu'il ne faut pas confondre avec les siens.

V. *Antoine Wood Athenæ Oxonienses & Historia Universitatis Oxoniensis.*

*Fin du vingt-uniéme Volume.*

## *TABLE NECROLOGIQUE des Auteurs contenus dans ce Volume.*

SAGUNDINO. (Nicolas) m. après l'an 1440.

FACIO. (Barthelemi) m. en 1467.

BESSARION. m. le 18 Novembre 1472.

ZENO. (Jaques) m. en 1481.

VIVE'S. (Jean Louis) m. le 6 May 1540.

EOBANUS. (Helius) m. le 5 Octobre 1540.

DOLET. (Etienne) m. le 5 Août 1546.

* CURION. (Cœlius Horace) m. le 15 Fevrier 1554.

* CURION. (Cœlius Augustin) m. le 24 Octobre 1557.

CURION. (Cœlius Secundus) m. le 24. Novembre 1569.

FOLIETA. (Hubert) m. le 5 Septembre 1581.

PELETIER. (Jaques) m. en Juillet 1582.

GARNIER. (Robert) m. en 1590.

TYARD. (Pontus de) m. le 23 Sep-

tembre 1605.
FREHER. (Marquard) m. le 13 May 1614.
ROCCA. (Ange) m. le 8 Avril 1620.
CLUVIER. (Philippe) m. en 1623.
PIGNORIA. (Laurent) m. le 13 Juin 1631.
FERDINANDI. (Epiphane) m. le 6 Decembre 1638.
SCACCHI. (Fortunat) m. le 1 Août 1643.
RIGAULT. (Nicolas) m. en Août 1654.
HALES. (Jean) m. le 19 May 1656.
FRONTEAU. (Jean) m. le 17 Avril 1662.
BALESDENS. (Jean) m. en 1675.
LARROQUE. (Matthieu de) m. le 31 Janvier 1684.
ACHERI. (Luc d') m. le 2 Avril 1685.
ROQUE. (Gilles André de la) m. le 3 Fevrier 1687.
POCOCK. (Edouard) m. le 10 Septembre 1691.
SCHELSTRATE. (Emanuel) m. le 6 Avril 1692.
CHARPENTIER. (François) m. le 22 Avril 1702.

## TABLE NECROLOGIQUE.

REGNARD. (Jean François) m. en Septembre 1709.

MARTIN. (David) m. le 9 Septembre 1721

BOIVIN. (Louis) m. le 22 Avril 1724.

WHITBY. (Daniel) m. en May 1726.

BUDDEUS. (Jean François) m. le 19 Novembre 1729.

GUNDLING. (Nicolas Jerôme) m. le 16 Decembre 1729.

*Fin de la Table Necrologique.*

# TABLE

*Des Auteurs contenus dans ce Volume, selon l'ordre des matieres qu'ils ont traitées dans leurs Ouvrages.*

## A.

*Algebre.*



*Antiquités Egyptiennes.*



*Antiquités Grèques.*



*Arithmetique.*



*Astronomie.*



## C.

*Comedies.*

*Controverse.*



*Critique.*



D.

*Droit Public.*



*Droit Civil.*



*Droit Canonique.*

## E.

*Ecriture Sainte.*



*Eloquence.*



## G.

*Genealogies.*



*Geographie.*



*Geometrie.*



*Grammaire Latine.*

## L.

*Lettres.*



*Liturgie.*



*Logique.*



## M.

*Medecine.*



*Monnoyes.*



*Morale.*



## P.

*SS. Peres.*

# TABLE DES MATIERES.

## R.

*Religion Chretienne.*



## S.

*Satyres.*



*Sermons.*



## T.

*Theologie Dogmatique.*



*Theologie Morale.*



## V.

*Voyages.*



*Fin de la Table des Matieres.*

## APPROBATION.

J'AY lû par ordre de Monſeigneur le Garde des Sceaux le vingt-uniéme Volume de ces Memoires, & j'ai crû qu'on en pouvoit permettre l'impreſſion. A Paris ce 12. Août 1732.

HARDION.

## PRIVILEGE DU ROI.

LOUIS, par la grace de Dieu, Roy de France & de Navarre: A nos amez & feaux Conſeillers, les Gens tenans nos Cours de Parlement, Maîtres des Requêtes ordinaires de notre Hôtel, Grand Conſeil, Prevôt de Paris, Baillifs, Senechaux, leurs Lieutenans Civils, & autres nos Juſticiers qu'il appartiendra, SALUT: Notre bien amé ANTOINE-CLAUDE BRIASSON, Libraire à Paris, nous ayant fait remontrer qu'il lui auroit été mis en main un Manuſcrit, qui a pour titre: *Memoires pour ſervir à l'Hiſtoire des Hommes Illuſtres dans la République des Lettres, avec un Catalogue raiſonné de leurs Ouvrages*, qu'il ſouhaiteroit faire imprimer & donner au Public, s'il nous plaiſoit lui accorder nos Lettres de Privilege ſur ce neceſſaires, offrant pour cet effet de le faire imprimer en bon papier & en beaux caracteres, ſuivant la feüille imprimée & attachée pour modele ſous le contre-ſcel des preſentes; A CES CAUSES, voulant traiter favorablement ledit Expoſant, Nous lui avons permis & permettons par ces Preſentes, de faire imprimer leſdits Memoires & Catalogue ci-deſſus ſpecifiés, en un ou pluſieurs volumes, conjointement, ou ſéparément, & autant de fois que bon lui ſemblera, ſur papier & caracteres conformes à ladite feüille imprimée & attachée pour modele ſous notredit contre-ſcel, & de le vendre, faire vendre & débiter par tout notre Royaume, pendant le tems de *huit années* conſecutives, à compter du jour de la date deſd. Preſentes. Faiſons défenſes à toutes ſortes de perſonnes de quelque qualité & condition qu'elles soient, d'en introduire d'impression étrangere dans aucun lieu de notre obeïssance; comme aussi à tous Libraires-Imprimeurs & autres, d'imprimer, faire imprimer, vendre, faire vendre, débiter, ni contrefaire lesdits Memoires & Catalogue ci-dessus exposés, en tout ni en partie, ni d'en faire aucuns Extraits, sous quelque prétexte que ce soit, d'augmentation, correction, changement de Titre, ou autrement, sans la permission expresse & par écrit dud. Exposant ou de ceux qui auront droit de lui, à peine de confiscation des Exemplaires contrefaits, de trois mille livres d'amende contre chacun des contrevenans, dont un tiers à Nous, un tiers à l'Hôtel-Dieu de Paris, l'autre tiers audit Exposant, & de tous dépens, dommages & interêts. A la charge que ces Présentes seront enregistrées tout au long sur le Registre de la Communauté des Libraires & Imprimeurs de Paris, & ce dans trois mois de la datte d'icelles, que l'impression de ce Livre sera faite dans notre Royaume & non ailleurs, & que l'Impetrant se conformera en tout aux Reglemens de la Librairie & notamment à celui du 10. Avril 1725. & qu'avant de l'exposer en vente, le manuscrit ou imprimé qui aura servi de copie à l'impression dudit Livre sera remis dans le même état où l'Approbation y aura éte donnée, ès mains de notre très-cher & feal Chevalier Garde des Sceaux de France le sieur Fleuriau d'Armenonville, Commandeur de nos Ordres; & qu'il en sera remis un exemplaire dans nôtre Bibliotheque publique, un dans celle de nôtre Chateau du Louvre, & un dans celle de nôtre très-cher & feal Chevalier Garde des Sceaux de France le Sr. Fleuriau d'Armenonville, Commandeur de nos Ordres; le tout à peine de nullité des Presentes, du contenu desquelles vous mandons & enjoignons de faire joüir l'Exposant ou ses ayans cause pleinement & paisiblement, sans souffrir qu'il leur soit fait aucun trouble ou empêchement. Voulons que la copie des Presentes qui sera imprimée tout au long au commencement ou à la fin dudit Livre soit tenue pour dûement signifiée, & qu'aux copies collationnées par l'un

de

de nos amez & féaux Conseillers & Secretaires, foi soit ajoutée comme à l'original. COMMANDONS au premier nôtre Huissier ou Sergent, de faire pour l'execution d'icelles, tous Actes requis & necessaires, sans demander autre permission, & nonobstant clameur de Haro, Charte Normande, & Lettres à ce contraires: CAR tel est notre plaisir. DONNE' à Paris le 28. Novembre l'an de Grace mil sept cens vingt-six, & de notre Regne le douziéme, Par le Roy en son Conseil,

DE S. HILAIRE.

*Registré sur le Registre VI. de la Chambre Royale des Libraires & Imprimeurs de Paris, N. 530. F. 421. conformément aux anciens Reglemens confirmez par celui du 28 Fevrier 1723. A Paris le 3. Decembre 1726.*

*Signé*, VINCENT, Adjoint.

De l'Imprimerie de GISSEY.

www.ingramcontent.com/pod-product-compliance
Lightning Source LLC
Chambersburg PA
CBHW070546030726
47505CB00001B/179
*9782011337511*